U0620452

最完美的离婚

〔日〕坂元裕二 著 / 李波 韩静 译

广西师范大学出版社
· 桂林 ·

小阅读 · 文艺

目 录
contents

第1话

1 小牧牙科医院·诊疗室

正在说话的是滨崎光生(30岁)。

光生 痛苦,总之太痛苦了。婚姻是人自己创造出的最痛苦的疾病。怎么说呢,不是有一种拷问方式吗?端坐着,然后脚上压上石头之类的,或是被绑在像水车一样的东西上不停地转圈。结婚就是这种感觉,结婚是一种长时间的拷问。

光生坐在诊疗台上。

这里是牙科医院,牙科医师海野菜那(25岁)正拿着口腔清洗器坐在光生前面。

光生 我时常在想,好想和猫一起生活在没有人的森林深处啊。

菜那 请漱口。

光生张开了嘴巴。

口腔清洗器插进了光生的嘴里,光生无奈地张着嘴巴。

光生 跟我老婆结婚之后不久,最初的摩擦是关于蘑菇山和竹笋村①。我们两个人一起去超市,我老婆把竹笋村放进了篮子

① 蘑菇山和竹笋村都是明治公司销售的巧克力饼干的名称。

里。我很惊讶,唉,她不买蘑菇山啊。我觉得我们两人绝对合不来。我想喝红葡萄酒的时候她会打开白葡萄酒。白天吃了炸猪排,我想晚饭除了炸猪排吃什么都可以,这时她却说想吃炸猪排。

菜那　准备好了吗?

光生张开了嘴巴。

检查完毕。

光生　我们结婚不到两年,但就没有合得来的时候。她本人说自己是看着富士山长大的,所以心胸开阔。(摇头)实际上就是个粗鲁的人。我们不是约好了去看电影吗,她基本上都会迟到。电影当然已经开始了,她还说要看。说是只过了十分钟,不是刚开始吗?对于她来说,十分钟有或没有都一样。不管是讲述主人公的经历也好,包含了作者想要讲述的主题也罢,在她看来都只不过是刚刚开始而已。能和这种人一起看电影吗?

菜那　结婚真不容易啊。

光生　结婚用季节来打比方就是梅雨季,用婚丧嫁娶来打比方就是葬礼,用家具来打比方的话就是……

菜那　要进行口腔清洗了,滨畸先生。

光生　不是滨畸,是滨崎。

菜那　啊,和滨崎步一样的姓。

光生正生着气,任凭管子插进他的嘴里。

治疗结束,光生站起来对菜那说,

光生　可以吃甜食吗?昨天有人送了我一份萩之月点心。

2　中目黑车站前·外景(夜晚)

3　目黑川沿岸

浅浅的河水静静地流淌着,绵延不绝,河上每隔一段距离就架有一座桥。河两侧的独栋房子、公寓、店铺鳞次栉比。

光生一身西装下班回到家。

他经过神社前,照常拍了两下手,低头行礼,然后继续走。

陈旧的公寓一楼是挂着大大招牌的洗衣店,光生走上了公寓的二楼。

4 滨崎家·玄关~起居室

室内翻修过,房间较大。

光生走进来,玄关处杂乱地摆放着很多女人的鞋子。

他叹了口气,把鞋子一一摆放整齐。

进入起居室就听到女人聊天的声音,餐桌边有四个女人在喝茶。

滨崎结夏(30岁)注意到了光生。

结夏 你回来了。

其他女人也都跟他打了个招呼,说:打扰了。

光生刚要微笑着跟她们打招呼,表情就凝固了。

女人们正吃着萩之月点心。

桌子上的盒子已经空了。

光生还没来得及微笑,一副僵硬的表情。

两只猫(八朔和玛蒂尔达)在睡觉。

光生在厨房洗完杯子站起来,一边用抹布擦着餐桌一边说话。

光生 我并不是在说吃没吃萩……我的萩之月点心这种鸡毛蒜皮的小事。

结夏放下手中的易拉罐啤酒,坐在瑜伽球上。

结夏 那你在生哪门子气?

光生 我没生气。

结夏　要是只有生气和高兴两种选择呢?

光生　那就是生气。

结夏　看吧。

光生　生气归生气,但在我复杂的情感划分中也不见得是生气。

两个人的表情比之前还要严肃。

易拉罐啤酒的空罐子越来越多,结夏坐下来。

结夏　我就不能和朋友聊聊天吗?

光生一边解下领带一边说。

光生　我不是跟你说了关掉浴缸的保温再跟我说话的嘛。

结夏　你要是看见了,自己关上不就好了嘛。

光生　唉,你怎么推卸责任呢?我又不知道你什么时候去洗,所以一直在忍着。

结夏　你在忍着?(冷笑)

光生　唉,你笑什么啊?我没在说好笑的事情。

两只猫看看这两个人,离开了房间。

结夏　一个礼拜前我就告诉你要开同学会了。

光生　我没听到。

结夏　那是因为你没听我说话吧,还摆出一副瞧不起同学会的无聊表情。

光生　我没有。

结夏　你有。好好,你聪明,所以你会在意别人的缺点。把别人的缺点一个一个地列出来,这很有意思吗?

光生　(叹了口气)够了!

结夏　这不是你自己先说的吗?

结夏一边说一边走进卧室,但好像突然想起了什么似的又返回来。

结夏　我说过要开同学会！

结夏　洗衣店是你的吧。你爸爸说想要把洗衣店关掉去乡下生活的时候，是你说想要把店留下来的吧。

光生　那是因为你说想要有点事做。

结夏　什么都怪我。

光生　能不能停止你的被害妄想症。

结夏　平时店里的事你什么都不管，光用嘴巴指使人。

光生　你知道我不擅长和小孩子相处吧。

结夏　知道。可是我将来想要孩子，这个想法被你直接否定了，怎么可能不难过。

光生　那么，是一开始就选错了对象吧。

结夏　唉，你竟然说这种话，你是这么想的？

光生　我是说你是这样想的。

结夏　那又怎样。

光生　这是不是一个错误啊。

结夏　你指什么错误？结婚是错误？

光生　是指……

结夏　是吧，你是说结婚吧。啊，是啊，也许是个错误啊。

光生　（叹气）

光生和结夏转过脸去，默不作声。

两只猫从屋里探出头来看着二人。

5　目黑川沿岸·实景（早上）

天渐渐亮了起来，送报纸的摩托车驶过。

光生的声音　啊，请问是目黑区区政府吗。大半夜，哦，不，一大早打扰了，不好意思。我想离婚。

6　滨崎家・客厅

光生在打电话。

光生　是的，如果可能的话我想尽快。那张纸是叫离婚申请书吧，什么时候可以去领取和提交？

结夏在塞满了文件和乱七八糟的东西的抽屉里找印章。

光生　唉？啊，是吗。唉？下载？可以下载？

结夏　（唉？）

光生　下载，然后打印……好的。

光生打开了手提电脑，搜索离婚申请书，然后屏幕上出现了离婚申请书的 PDF 文件。

光生按下了打印键，结夏坐在打印机旁，离婚申请书从打印机里打印了出来。

结夏拿出来给光生看。

光生在填离婚申请书。

结夏打了个哈欠在旁边等着。

光生填完申请书，来到了结夏身旁，把离婚申请书放在了桌子上。

光生　好了。

结夏　好的。

结夏拿起笔开始写了起来。

结夏　啊，写错了。

光生　……

光生按下了电脑上离婚申请书的打印键。

打印机又打印出了离婚申请书。

光生已经填完了自己那部分的内容，结夏在填她那部分。

光生在旁边看着。

结夏　(注意到光生在看她)……你看着我我会分心的，你看，又写错了。可以了吧，这样可以提交了吧？

光生　不行，这是正式的文件。

光生按下了电脑上离婚申请书的打印键。

结夏把刚才填的离婚申请书放在了架子上，走到打印机前，但申请书没有打印出来。

结夏　(往打印机里瞅)好像卡住了。

光生　你碰了吗？

结夏　我没碰啊。

光生打开打印机的盖子，想要取出卡住的纸，但没取出来。

结夏　(又一边打哈欠一边说)所以我跟你说要买个新的嘛。

光生　还能用。

结夏　印贺年卡的时候，乱七八糟的线什么的都印上去了，那时我就说太耽误事了嘛。

光生　别吵了，我在做细活。

结夏　已经没纸了。

光生　去堂吉诃德买点不就行了。

结夏　要用在堂吉诃德买的纸打印离婚申请书？

光生　现在卡住的纸也是在堂吉诃德……买的。

结夏躺在沙发上。

结夏　我不去，太冷了。

光生　那这怎么办？就不去提交了？

结夏　纸不是卡住了吗？

光生　是卡住了，卡在里面了。

结夏　纸弄出来了再叫醒我。

说着，结夏就披上毛毯在沙发上睡了。

光生　……（惊呆了，叹了口气）

7　小牧牙科医院·诊疗室（另一天）

光生正坐在诊疗台上接受治疗。

光生　结果就那样不了了之。总是这样，最终，她根本不想离婚。就是解闷吧，或者说是闹剧吧，闹剧。婚姻生活每天都是闹剧，一辈子的闹剧。痛苦啊，啊，太痛苦了。

小牧　可以开始了吗？

光生点点头，张开了嘴巴。

牙齿被钻得滋滋响，光生一副痛苦的表情。

上剧名

8　滨崎家·卧室（早上）

结夏睡在双人床上，腿伸出了被子，略带性感。

光生戴着眼罩缩在床的一端。

闹钟响了，光生马上伸手把它关掉了。

光生摘下眼罩，一边斜眼看着张嘴熟睡的结夏，一边走出了房间。

9　滨崎家·洗手间~客厅

光生在洗手间洗脸刷牙，然后仔细擦干了台面上的水。

光生在摆弄窗边的盆栽。

光生在厨房做早餐。

他烤了竹荚鱼,做了漂亮的煎鸡蛋,尝了尝味噌汤的咸淡,把酱菜盛到盘子里。

光生坐在餐桌边吃着早餐。

他优雅地看着盆栽。

光生给猫喂了他亲手做的猫食。

他一直盯着猫吃食。

光生 好可爱……

光生不由得说道,露出了满意的微笑。结夏扎着发髻从他背后经过,进了洗手间。

结夏咬着牙刷从卫生间出来,迷迷糊糊地躺在沙发上刷牙。

光生走进卫生间。

洗手台上尽是水,抽屉都开着,毛巾也掉了下来。

光生擦干净了水,关上了抽屉,整理了毛巾。

光生一边打领带一边看着天气预报。

电视上显示降水概率为30%,光生把折叠伞放进了包里。

结夏咬着牙刷在沙发上睡着了。

光生 起来吧。

结夏眼睛也不睁地打了个哈欠。

结夏 起不来。我也想起来,可是起不来。

光生 我走了。

结夏 去哪儿?

光生 公司。

说着,光生出去了。

结夏 (一边打着哈欠一边挥手说)走好。

结夏一翻身从沙发上掉了下来。

猫咪惊讶地抬起了头。

10 目黑川沿岸

光生走出家门,叹了口气,沿着河边走去车站坐车上班。

11 大井赛马场·自动贩卖机旁

工人正将饮料补货到自动贩卖机里,光生正在和赛马场的自动贩卖机负责人多田寒暄。

光生 石田调到别的营业所了,这里现在由我负责。今后请多多……

多田 那么,星期天早上七点,在大井运动场集合吧。

光生 什么?

多田高兴地做出挥动球棒的动作。

光生 (虽然完全不喜欢棒球)啊,棒球啊,我一定去。

12 大井赛马场·围场

光生一边看着骑手牵马,一边喝着饮料瓶里的水,吃各种各样的药片。

光生摆出接球的手势和姿势。

周围的人奇怪地看着他。

13 洗衣店·店前~店内

结夏系着围裙,摘下了庆祝新年的海报,走进店内。

柜台里面站着打工的阿姨矢萩聪子。

结夏 不好意思。

杯面里倒了热水,结夏开始吃面。

矢萩 至少把盖子拿掉吧。

结夏　我老公也总是说我。

矢萩　我说你呀，给你老公做早饭吗？

结夏　我低血压，早上起不来。

矢萩　要是在以前，你老公早就写个三行半休书把你给休了。

结夏　那可麻烦了，我爸妈要哭了。（一边吃一边问）三行半是什么？

矢萩　写成三行半，古代的休书好像都写成三行半。

结夏　啊！你个/笨蛋/滚出去，是这样吗？（笑）

14　目黑川沿岸（夜晚）

光生下了班，疲惫地往家赶。

有一个女人手扶大桥栏杆，腿从栏杆缝隙伸出去，在空中来回摇晃。她提着一个超市袋子，里面露出了萝卜。

只能看到这个女人的部分侧脸，她是上原灯里（30岁）。

光生从旁边经过，完全没有注意到灯里。

15　洗衣店・店内

光生在回家的路上顺便来到洗衣店，把包放在一旁，看了看柜台上的小票。

结夏在整理洗好的衣服。

光生　（一边看小票一边说）晚饭怎么办。

结夏　晚饭？

光生　……

结夏　……

有客人按响了门铃。

结夏过去一看，客人已经走了进来，是上原谅（30岁）。

结夏　欢迎光临。

谅从纸袋里拿出了上衣和白衬衫放在了柜台上。

结夏　您有会员卡吗？

但是谅没有反应。

结夏　会员卡……

光生对结夏示意了一下自己的耳朵。

结夏一看，谅的耳朵上戴着耳机。

结夏　（把脸转向谅的前面）请问……

谅　（注意到了结夏，不由得大声说道）啊？

谅摘下了一边的耳机。

结夏　您有积分卡吗？

谅　没有……

结夏　要办一张吗？很划算的。

谅　好……

结夏　请在这里填一下姓名和电话。

谅在积分卡的背面填上了"上原谅"。

结夏展开衬衫，发现上面有口红印记。

光生也看到了。

结夏　（尽量不表现出惊讶）要去除污渍吗？

谅　（没有任何的犹豫）好。

结夏　有普通去污和强力去污的。

谅　强力的。

结夏　好的。白衬衫一件，去除污渍，西装外套一件。

结夏整理上衣，发现上面有什么东西，拿下来一看，是长长的假睫毛。

结夏和光生不知如何是好。

结夏想把假睫毛递给谅。

谅　扔了吧。

结夏　好的。（点击收银机）一共一千四百七十日元。

谅从口袋里拿出皱巴巴的钱，从里面抽出两张一千日元纸币，放在了柜台上。

结夏　找您五百三十日元，明天傍晚五点衣服会洗好。

谅拿好小票，冷淡地走出店门，骑上停在外面的黄色自行车离开了。

结夏一看，发现谅忘记拿走会员卡了。

结夏　啊，没想到他字写得还挺漂亮。

光生一直看着衬衫上的口红印。

结夏　（不怀好意地说）你羡慕了？

光生　（指着结夏的嘴唇说）上面有海苔。

结夏　（照着镜子）啊，从早上就一直粘在上面的吧，真是的，这么看来好像有点可爱啊。

光生　并没有。

16　目黑川沿岸

光生和结夏保持了一点距离，两个人沉默着一边看手机一边往前走。

路边有一辆小货车，一个中国男人在卖天津栗子。

光生停下来看了看栗子。

17　沿河的咖啡馆·店内

店内多是年轻女性和情侣。

但在柜台里面，滨崎亚以子（80岁）坐在凳子上，穿着和服，与咖啡馆的氛围有些不协调。

柜台上有很多饺子皮，碗里有饺子馅，还有包好了摆放整齐的饺子。

厨师濑田继男（44岁）从厨房里端着水饺走出来，身上穿着印有“夫”字样的T恤，穿着“妻”字样T恤的店员濑田智世（39岁）把水饺端到客人桌上。

智世　水饺好了，让您久等了。

说着正要回去的时候，结夏进来了。

智世　欢迎光临，一个人？

结夏用手示意两个人，光生跟在后面进来了。

光生　奶奶，晚上好。

亚以子没有回答。

结夏　亚以子奶奶，晚上好。

亚以子　晚上好，结夏。

结夏和亚以子用欧式亲脸方式打了招呼。

光生走了过来，把甘栗放在了亚以子面前。

亚以子　哇，好开心。（对着结夏说）谢谢。

光生　（唉，明明是我送的。）

光生和结夏在亚以子两边坐了下来。

光生熟练地包着饺子。

亚以子　我都要看得入迷了，光生唯一的本事就是包饺子了啊。

光生　（苦笑）每天早上很冷吧，你的膝盖怎么样了？

亚以子　（没有听，转头问结夏）结夏，下周放假有什么安排？

结夏　唉，去后乐园？

亚以子　看 DDT①。

结夏　真好啊。

光生　什么？

亚以子　那孩子也会出赛的。

结夏　饭伏？

---

① 即 Deep Death Taste（深度死亡体验），一种摔角技，是锁住对手头部使其落下后头部撞击地面、造成重创的强力摔技。

亚以子　是的。

光生　是谁啊？

结夏　真想看饭伏啊。

亚以子　我也想看。

光生　你们在说什么？

亚以子　跟光生说了他也不知道的，对吧。

结夏　就是啊。

光生　反正就是职业摔角什么的吧，没劲。

结夏　赛马不也很没劲嘛。

亚以子　就是啊，那种赌博。

光生　赛马是英国绅士的运动。

亚以子　不就是马在跑吗？

光生　田径比赛只是人在跑，棒球只是挥动球杆打球，跳舞只是活动关节而已。

亚以子　（对结夏说）他真爱讲歪理啊。你能跟我这个麻烦的孙子结婚，真不容易啊。

结夏　（害羞地说）哪里哪里。

光生　（啊？）

亚以子　对了对了，我今天和朋友去了水天宫。

结夏　水天宫？

亚以子递给结夏一个护身符。

结夏疑惑地拿过来一看，上面写着“求子护身符”。

结夏不出声，光生也偷偷地看了一眼。

亚以子　回来的路上我还吃了豆沙水果凉粉，真好吃。

结夏　是吗？

亚以子　对不起，你们可能会觉得我多管闲事了。

结夏　没有。

光生　……

亚以子　我老公是个没用的人,所以我跟他离婚了。我开了家洗衣店,辛辛苦苦把店做大了,儿子又把它开成了连锁店。我一直没遇到过什么好事。但是到了这把年纪,有了一个这么合心意的孙媳妇,帮我照顾这个我一直以为迟早会犯罪的孙子。

光生　(一副不满的表情)……

亚以子　(看着结夏说)接下来要是能抱上曾孙的话,人生就没有遗憾了。

结夏　(抬起低着的头,微笑着说)是。

光生　(心情复杂)……

18　目黑川沿岸

光生和结夏前后保持距离走着。

光生仍然在看手机。

突然结夏跟了上来,走在光生的旁边。

光生合上了手机。

光生　课长说有多余的票。

结夏　嗯……?

光生　初春大歌舞伎,明天晚上有两张票。

结夏　明天晚上要在商店会的堀越家开新年晚会。

光生　唉?

结夏　我说过了吧。

光生　正月的歌舞伎可是一票难求啊。

结夏　你说了会去的。

光生　啊,是吗?(为难的表情)但我不知道跟那些人聊些什么好。

结夏　聊聊天气不就行了。

光生　天气?

结夏　　你们没有共同的兴趣吗？啊，好像堀越也一身老毛病。

光生　　啊，是吗。嗯，好。

二人经过神社前面时简单参拜了一下。

19　小牧牙科医院·诊疗室（另一天）

光生坐在诊疗台上接受诊疗。

光生　　聊天气？管它是晴天阴天，是冷是热，这种人类无能为力的事情有什么好聊的。聊老毛病？一定要错过一票难求的歌舞伎去聊老毛病吗？

菜那　　请漱口。

光生用杯子里的水漱了漱口。

光生　　她虽然很有自信地说告诉过我，但那是在一月初告诉我的，一月初啊。粗心大意吧！她东一榔头、西一榔头，做什么事情都乱七八糟。她怎么能不关门呢。门关起来才是门，开着的话那就是一个洞。她就说我不大气、小男人什么的。男人是什么？我就跟她说，你喜欢的三浦春马家难道就常年不关门吗？

菜那　　您太太就是那么一个什么都不操心的人吗。

光生　　与其这样，我倒希望她什么都不要管。她偶尔会心血来潮买几本书回来，什么《轻松整理小窍门》《收纳能手主妇》《每天十分钟扫除好轻松》，这些教人整理的书都被扔得乱七八糟。她居然买了两本《收纳能手主妇》，还有脸说好奇怪。

菜那　　（笑了笑）都这样了，你们还能过得下去啊。

光生　　都是因为我一直忍着，而且会这样忍一辈子吧，一直这样下去吧。痛苦，啊，痛苦。

20　棒球场（另一天）

草地棒球队正在进行比赛。

光生穿着不合身的制服守卫着外场。

球被打到了外场。

光生拼命跑起来去追。

21　家庭餐厅·店内

餐桌拼在一起，草地棒球队的队员们穿着制服气氛高涨地喝着啤酒。

光生坐在边上，身体探出沙发一大截，喝着饮料。

大家净聊些光生陌生的棒球选手的名字。

光生听不懂，自己一身制服装扮也让他觉得痛苦……

多田　滨崎，你觉得哪个球员最棒？

光生　（紧张）唉？……

大家都看着光生，等着他的回答。

22　目黑川沿岸

光生穿着制服，一副疲惫不堪的样子回来了。

走到桥上时，他盯着桥下的河水。

光生　痛苦……

他拿出手机看照片。

是海獭的照片。

光生痛苦的脸上浮现出了笑容。

这时，从他提着的包里滚出了棒球。

就在他急忙想要弯腰去捡的瞬间，他停住了。

光生　（发出呻吟）啊……

腰扭了。

他想动，但疼得厉害。

他一直忍着，几乎要发出痛苦的呻吟了。

他只能转动着眼睛，看着周围。

人们都没有留意到他的情况，从他的身边经过。

23 同·杂居公寓前

光生弯着腰,吃力地走着。

看到骨科按摩的牌子,光生松了口气走了过去。

前面有个台阶,骨科店的海报上贴着停止营业的公告。

光生沮丧地走了回来。

就在走投无路的时候,他发现隔着几户人家的旧公寓前有一家精油按摩店的时髦招牌。

光生决定就去那里了,他像乌龟一样慢慢地前进。

24 精油按摩店·店内

光生打开门走了进去。

狭小的店内闪着微弱的灯光,点着蜡烛,一副巴黎的装修风格。

光生与走出店的女顾客打了个照面,来到了前台。

光生　(对着店里)打扰了,打扰了。

从纱帘后面出来一个女人,她是灯里。

灯里戴着口罩。

灯里　你好。

光生　你好。

灯里看着穿着制服的光生。

灯里　您有什么事?

光生　嗯……

灯里　您说。

光生　啊,按摩。

灯里　啊。

光生　我想做个按摩。

灯里　对不起,我们店,男性……

光生　唉？

灯里　我们只接待女性。

光生　啊。

灯里　我们是精油按摩。

光生　精油。

灯里　对不起。

光生　没有，没有，对不起。

灯里　对不起。

光生　没有。

但是光生根本无法行动。

灯里　（在等光生离开）……你动不了了吗？

光生　动不了了。

灯里　是膝盖还是腰？

光生　是腰。

灯里　是闪着腰了吗？

光生　是闪着腰了。对不起，我现在要在这里转个身。

灯里　啊，请进来吧。

光生　唉？

灯里　我稍微看一下。

光生　精油按摩？

灯里　不是精油按摩，是稍微看一下。

光生　啊，好的，谢谢。

灯里　那边，你能上来吗？

灯里指着那边的台阶。

光生　啊……

灯里　实在不好意思。

光生　啊，没关系，刚才喊得太大声了，我没事的。

光生一边上楼一边说。

光生　啊，刚才喊的声音比想象中更响啊……

在纱帘围起来的地方，铺有垫子。

光生被灯里带着走了进来。

灯光昏暗，灯里靠得很近，氛围有点暧昧。

光生突然间意识到了。

灯里　本来是要脱了衣服穿上这个的。

灯里指着一次性内裤。

光生　……

灯里　（微笑着）有些不好意思呢。那么，请脱下裤子吧。

灯里态度随意地说着，开始整理毛巾。

光生　好的（边答应边转过身）。

光生虽然有些为难，但还是解开了皮带，只剩一条短裤。

灯里　（一边准备一边说）请趴下。

光生　（故意假咳嗽一声，并不转过来）好。

光生脱下棒球帽，小心地坐下，躺平。

摘下口罩的灯里面对着光生的后背。

光生有些紧张，灯里毫不在意地在光生的下半身盖了一条毛巾。

灯里　失礼了。

说着支着膝盖，骑在光生的腰上。

灯里　请放松。

光生　好的。

灯里开始按摩光生的腰部。

光生失声叫了起来。

灯里　疼的话就告诉我。

光生 （点点头）

光生呼了口气，闭上了眼睛。

灯里 那个，冒昧地问一句。

光生 什么？

灯里 如果我搞错了请见谅，你是滨崎吗？

光生 唉？

灯里 滨崎，不是吗？

光生 我是滨崎。

灯里 啊，滨崎。

光生 是的，唉？

灯里 刚才看到你，我就觉得很像。

光生抬起头回头看灯里。

灯里微笑着点了点头。

灯里 我是绀野灯里。

光生 绀野，啊，是绀野啊。

灯里 是的，还记得我吗？

光生 是的，记得。

灯里 好久不见。

光生 好久不见。

灯里 不好意思，不要起来。

光生 对不起。

灯里继续按摩。

光生 我们有十年没见面了吧。

灯里 大概有了吧。

光生 感觉变了吧？

灯里 我吗？我也不知道。滨崎你也变了很多啊。感觉你之前好像不打棒球。

光生　啊，是的，是的。

灯里往下挪了挪坐的位置，开始按摩腰部。

光生有点警觉。

灯里　你结婚了吧。

光生嗯了一声。

灯里看到了光生左手无名指上的戒指。

光生　……

25　洗衣店·店内~店外

结夏和矢萩在整理洗好的衣服。

结夏　矢萩，你今天身上很香啊。

矢萩　是吗？

结夏　什么是吗？

矢萩　结夏你也要化化妆啊，你老公会喜欢的。

结夏　不会喜欢的。会喜欢吗，会吗？

这时，有客人进来了。

是谅。

结夏　（啊，是那个客人）欢迎光临。

店外停着谅的黄色自行车。

26　精油按摩店·店内

光生从里面走了出来，换上了平常的衣服。

灯里准备好了茶，放在桌子上。

灯里　感觉怎么样？

光生　舒服多了。

灯里　太好了。（指着茶）请。

光生点了点头，坐下来喝茶。

灯里　（看着光生）啊，是滨崎。

光生　（看着灯里）啊，绀野。

灯里　真怀念啊。

光生　原来你在做这个工作啊。

灯里　最近刚搬来的，自己住，顺便开了店。

光生　啊……

灯里　你也住在附近吗？

光生　是的，离这挺近的。

灯里　你现在在做什么工作？当时你好像说想当动物饲养员。

光生　啊，是的。但现在就是个普通职员，在一家安装售卖自动贩卖机的公司，做销售。

灯里　啊，那就是打开自动贩卖机……

光生　就是干这个的，打棒球算是陪客户吧。

灯里　啊，怪不得。

光生　我完全不懂棒球，感觉搭不上大家的话。

灯里　啊，之前有个朋友说过，对喜欢棒球的人说自己是广岛的球迷就可以了。

光生　广岛，唉……

灯里　好像这个是万能的。

光生　唉，广岛。

这时有个女客人进来了。

女客人　我是岛田，预约过了。

灯里　啊，请稍等。

光生　啊，那么……

光生站了起来。

灯里　居然是以广岛的话题……

光生　结束对话的啊。

灯里把光生送到玄关。

灯里　（递上名片）谢谢惠顾。

光生　我还会来的。

灯里　……

光生　啊，不对，这里不接待男顾客的啊。

灯里　（点了点头表示对不起）

光生　啊，那么，下次有空喝个茶吧。

灯里　这一带有好多店呢。

光生　有很多，我会介绍给你。

灯里　（微笑着说）好的。

光生　（边转身边看着灯里的微笑）

27　滨崎家·洗手间

光生把制服放进洗衣机，按下了开关。

28　同·客厅

光生把笔记本电脑放在餐桌上，连接了外置硬盘。

他打开电脑，点开了“OLD DATE”文件夹，在里面找到了“2002”文件夹。

文件夹里杂乱地放着一些文件，光生凭感觉点击了一个，打开了里面的照片。

是二十岁左右的光生和灯里的照片。

两人躺在红色沙发上，互相抱着，照片拍到的是胸口以上的部分，光生伸手拿着照相机朝两人方向拍的。

灯里靠在光生身上，害羞地笑着。

光生伤感地看着照片。

29　目黑川沿岸·实景（夜晚）

30　滨崎家·洗手间

结夏对着镜子在画眼线。

不知画得怎么样。

31　同·客厅

光生在厨房煮意大利面。

结夏从洗手间出来，走到了窗边。

光生一心煮着面，结夏开口说道。

结夏　快看，今天的月亮好大啊。

光生　月亮一直那么大的。

结夏　但真的好大啊，快看快看。

光生　那是由于参照物的不同而引起的眼睛的错觉。

结夏　啊，是吗？

结夏关上了窗。

光生　纱窗。

结夏一看，纱窗没关好。

结夏　知道了（说着，又打开窗重新关好了纱窗）。

光生和结夏在餐桌前面对面坐着吃意大利面。

光生在看盆栽的商品目录，结夏在看游戏攻略，两个人都沉默不语。

结夏看了看光生，又继续看攻略。

结夏　你心情不好？

光生　为什么？

结夏　没什么。

两个人又继续默默地吃饭。

光生在整理的时候发现了混在杂志里的茑屋书店的袋子。

光生看了看发票……

结夏从浴室里走出来，头上包着浴巾，她插上吹风机插头，准备吹头发。

光生　这个怎么办？过了归还期限了。

光生给结夏看茑屋的袋子。

结夏　啊，我还没看呢。

光生　啊，是吗？

光生有些不满地把袋子放在餐桌上。

结夏　（看了看光生）我明天会看的。

光生　（嘟囔着说）又要付滞纳金了。

结夏　我忘了嘛。

光生　我知道。

结夏　知道了就不要摆一张臭脸。

光生　我没有摆臭脸啊。

结夏　你为什么一直一副臭脸啊？

光生　我说过我没有摆臭脸。

结夏　知道了，我现在去还。

结夏走到洗脸台，使劲地洗着脸。

光生赌气地看着盆栽。

32　目黑川沿岸

冷风萧萧，结夏拿着茑屋的袋子走着。

33　大井赛马场·自动贩卖机旁（另一天）

光生和多田在自动贩卖机前聊天。

多田　你看上去不太喜欢棒球。

光生　没那回事，我很喜欢。

多田　你支持哪个队？

光生　广岛。

多田　广岛？啊，是吗？滨崎，你是广岛球迷啊。不错啊，有品位啊。是吗，广岛球迷啊。

光生　（一副满足的表情）是的。

34　同·看台

比赛中，光生拿着手机和灯里的名片在发信息。

信息是发给绀野的："我是滨崎，谢谢你前几天帮我摆脱窘境。关于广岛，的确如你所说，我很感激。"

光生稍微考虑了一下，然后发送了。

马上收到了回信：

"我是绀野，前几天谢谢你。腰好了吗？我有个朋友在祐天寺开了家骨科医院，需要的话可以介绍给你。"

光生看了一会儿，脸上露出了微笑，开始打字："那就拜托了。"

35　洗衣店·店外~店内

结夏拿着一个快递纸箱。

快递员　很重的。

结夏　谢谢，辛苦啦。

结夏搬着重重的纸箱。

快递上的寄出人写的是"富士宫市星野庆子"。

撕开胶带打开一看，里面是些大米、蔬菜之类的。

结夏拿起蔬菜，微笑地看着。

36　骨科医院·诊疗室（夜晚）

光生躺在诊疗台上，一个身材魁梧的男人正在为他按摩治疗。

男诊疗师用胳膊肘压住光生，又将光生的身体扭来扭去。

37　同·候诊室

光生一副无力的样子从诊疗室里走了出来。

他一屁股坐在椅子上，叹了口气。

这时门开了，灯里走了进来。

光生　啊。

灯里　啊。

光生　（点了点头）

灯里　（点了点头）怎么样？

光生　啊，已经……（无力地说不出话）

灯里　（微笑）

灯里戴着眼镜，穿着平常的衣服。

光生不经意地盯着……

诊疗师进来了。

灯里　啊，医生，谢谢啦。

灯里把礼物递给了诊疗师。

38　东横线旁的坡道

光生和灯里从祐天寺方向走下坡道。

光生　不好意思麻烦你跑一趟。

灯里　今天我休息，离得也很近。刚才不疼吗？

光生　疼啊。

灯里　医生毫不留情啊。

光生　很疼，还把我弄成这种诡异的姿势。（笑）

灯里　（笑）是会那样的。

路旁是单间公寓，前面的护栏上锁着一辆自行车。

一辆黄色自行车。

灯里　（微笑着，突然看到了自行车）

光生　唉，你也被弄成过那个姿势吗？

灯里　（一边看着自行车一边说）没有那么奇怪啦。

前面走来一个女人,是有村千寻(21岁)。

光生　啊,方便的话,我们去附近喝杯茶吧。

光生、灯里和千寻擦肩而过。

千寻肩上背着的好像是美术大学学生装画用的画筒。

光生　(看灯里没有回应)啊,是不是没有时间啊?

灯里　啊,喝茶吗?

光生　是的,或者你肚子饿吗?

灯里走在下坡路上,突然回过头去。

千寻已经走进了刚才停着自行车的单间公寓。

灯里　(仅掠过一丝忧伤)饿的。

光生　啊,那么……

灯里　滨崎,你不用回家吃饭吗?

光生　我们家基本上都是各吃各的。

灯里　那么,好的。

光生　好。

39 沿河的咖啡馆·店内

亚以子还像往常一样在柜台里包饺子,结夏坐在旁边,从环保袋里拿出了蔬菜等东西。

亚以子　帮我向你妈妈问好。今天光生怎么没来?

结夏　他刚才来信息说,跟以前的朋友吃完饭再回来。

亚以子　那你在这儿吃了再走吧。

结夏　(摇摇头)正好练习一下做饭。

亚以子　以前的朋友?男的女的?

结夏　不知道啊。

亚以子　你不在意吗?

结夏　唉,应该要在意吗?那样的话,我不是也就不能和男性朋友一起吃饭了吗?

亚以子　如果只是吃个饭也没什么。

结夏　是啊,他的优点就是不撒谎。

亚以子　还有喜欢动物。

结夏　只对动物露出笑脸。

亚以子　你竟然会喜欢上他。

结夏　不可思议啊。

亚以子　是啊,就算有一大堆让人生气的事情,但女人只要喜欢上了对方,就都能原谅。

结夏　啊。

亚以子　男人正好相反。喜欢上一个女人,他就会开始不断挑剔女人的缺点。女人喜欢一个男人就会去谅解他,而男人喜欢一个女人就会变得斤斤计较。

结夏　我们女人也太亏了吧。

40　餐厅·店内

玻璃柜里摆放着葡萄酒。

光生和灯里在服务员的带领下来到了餐厅靠里的位置。

服务员　请这边坐。

面对面的座位是两种不同种类的沙发。

光生坐下来看了看窗外。

灯里把外套递给服务员,坐在光生对面的沙发上。

光生　有空位太好了。(说着把脸转向前方)

灯里坐在红色沙发上。

光生　(吃了一惊)

灯里　是啊。

光生　(愣住了)

灯里　你怎么了？

光生　没事，喝点什么？（把菜单递给了灯里）

灯里　（看着菜单）葡萄酒吧。

光生　葡萄酒吗？

灯里　红葡萄酒怎样？

光生　好的。

灯里　那么，红葡萄酒吧。

光生　那么，别的……

灯里　啊，你做主吧。

光生　好的。

光生四处张望，想要找服务员，但没找到。

灯里　我给客户回个邮件，可以吗？

光生　请便请便。

灯里在用手机回邮件。

光生　不用给你男朋友发个信息吗？

灯里　（笑了笑）

光生　笑什么？

灯里　我跟他说我今天很忙。

光生　哦，你男朋友是做什么的？

灯里　在美术大学当老师。

光生　美术大学？教绘画吗？

灯里　叫什么产品设计科，家电产品设计之类的，当助手。

光生　比你大吗？

灯里　跟我们一样大。

光生　帅吗？

灯里　怎么了？

光生　哦不，我就是觉得你看上去挺幸福的，很好。

灯里　有什么问题吗？

光生　没有问题啊，还是先问清楚比较好。

灯里　（笑了笑）

光生　（找服务员）服务员还是没来啊。

灯里看着自己坐的沙发，用手指在上面描画着。

光生　（看了看）……那个沙发

灯里　啊，是啊。

光生　红色沙发。

灯里　是的。

光生　你还记得吗？

灯里　笹塚公寓里的那个？

光生　（回想了一下）很像啊。

灯里　（回想了一下）嗯，是很像。

回忆闪现。

光生和灯里躺在红色沙发上拍照。

光生　那个沙发你怎么处理的？

灯里　好像，（用手指指自己和光生）分手之后送给朋友了。

光生　哦。

灯里　哦不，好像卖了吧（笑了笑）。

光生　是吗（笑了笑）？

41　滨崎家·客厅

结夏把土豆和胡萝卜放进锅里，在做咖喱。

结夏一边用圆勺搅拌锅里的菜，一边用鼻子哼着千秋直美的《星光小路》。

42　餐厅·店内

饭菜已经上了，吃了一些。

光生和灯里两个人在看面前放着的手提电脑。

画面上有 YouTube 网站字样，正播放着视频。

灯里　唉，这是什么？

光生　海獭。

画面中两只海獭手牵着手在游泳。

灯里　好可爱。

光生　你看，它们牵着手。

灯里　是啊，好亲密啊。

光生　据说海獭在海里的时候，实际上是在裙带菜或海草上睡觉的，但水族馆里不是没有裙带菜什么的嘛。

灯里　没有裙带菜就手牵手吗？好可爱。

光生　可爱吧，萌死了。啊，再来一杯？

43　滨崎家·客厅

结夏开心地看着出锅的咖喱。

她突然想起来，打开电饭煲一看，空的。

结夏　搞砸了……（叹了口气）

44　餐厅·店内

服务员给灯里的杯子倒了酒。

灯里开心地看着。

光生　（看着灯里）勾起好多回忆啊。

灯里　都有哪些回忆？

光生　绀野，你好像总是……

光生刚开始说，突然间发现杯里的酒在晃动。

然后发现整个酒杯都开始动了。

周围摆放葡萄酒的酒柜也在剧烈摇晃。

光生和灯里很惊讶。

客人们也开始环顾四周。

天花板的灯在摇晃，整个店都在晃动。

灯里　地震吗……?

接下来的一瞬间，酒柜里好多瓶葡萄酒从架子上掉下来，砸到了柜子上。

服务员回过头来，撞倒了灯里的酒杯。

酒杯掉在地上摔碎了。

光生呆住了。

45　滨崎家·客厅

结夏坐在餐桌旁，吃着盘子里的咖喱，她抬起头。

天花板上的灯在摇晃。

书架上的书接连掉下来好几本。

结夏大吃一惊，躲到了桌子下面。

餐桌也在摇晃，桌上的杯子和盛着咖喱的盘子掉在地上摔碎了。

结夏吓得发抖。

46　餐厅·店内

店里的灯还在摇晃，客人们仍然像平时一样坐着聊天，大家在议论着是不是地震，可能是上下摇晃型地震。

光生刚要站起来，灯里伸手抓住了光生的胳膊。

光生有点惊讶，灯里抓紧了他的胳膊。

灯里吓得发抖。

光生看着灯里。

灯在摇晃。

光生附近的客人四处张望，对着服务员说。

客人　地震停了？

服务员　……啊，是的，停了。

酒柜也停止了摇晃。

年轻的客人夸张地叫出声。

年轻客人　真吓人。

听到这句话，客人们纷纷笑出声，松了口气。

几位客人拿出了手机。

服务员　（对光生说）对不起，我马上收拾一下。

灯里迅速收回了自己的手。

两个人不再紧张，露出了笑容。

光生　这次地震还真不小呢。

47　滨崎家·客厅

结夏手里拿着手机。

她看了看天花板，灯已经不摇晃了。

掉下来的杯子和盘子都打碎了，咖喱也洒落一地。

书架上的书也掉了下来。

结夏突然间感觉到了什么，她低头一看，脚底的袜子里渗出了一点血。

好像是踩到杯子碎片了。

结夏刚觉得有点疼，房间又开始嘎吱嘎吱响起来。

结夏又把身体缩成一团，握紧了手机。

48　餐厅·店内

餐桌收拾好了，又摆上了新的酒杯。

光生和灯里在用手机发信息。

两个人发完了信息。

灯里　据说震度四级，我还以为是更大的地震呢。

光生　啊，没什么大问题。

灯里　滨崎，那天你在干什么？

光生　那天？啊，跟往常一样在公司，你呢？

灯里　当时我在工作的美容店里，那栋楼有些年代了，摇得厉害。

光生　很可怕吧？

灯里　当时不是一个人，大家互相关心询问。快要两年了呢。

光生　是啊。

灯里　你还不回家没关系吗？

光生　我家很近，现在还不想回去。

灯里　嗯？

光生　什么？

灯里　什么叫还不想回去？

光生　啊，不，也没什么特别的意思。

灯里　是吗？

光生　嗯……（突然间想起了什么）

灯里　（想要转变话题）滨崎你以前喜欢吃甜食吧，点个甜点吧。

光生　（好像在想什么）

灯里　……？

光生　绀野，大地震的时候，你已经跟现在的男朋友在一起了吗？

灯里　没有，还没。你呢？

光生　我跟我老婆可以说是以此为契机交往的。

灯里　大地震？

光生　至少没有大地震的话，我们不会结婚，又没有太深厚的感情。

灯里　……

光生　啊，对不起。

灯里　不喜欢却结婚了？

光生　该怎么说呢。

灯里　怎么回事？我很想听听。

光生　……没什么特别的感情，感觉非常平淡。

49　滨崎家·客厅

两只猫走了进来，房间里没有人。

光生的声音　我们的营业所在神保町，那天电车什么的不是全瘫痪了嘛。

50　餐厅·店内

光生和灯里在聊天。

光生　我就回不了家了。

灯里　嗯。

光生　当时我住在府中，要坐京王线，离神保町大概三十公里，但是没办法，就想着走回去吧，因为大家都在走。

灯里　嗯，我也走了好久。

光生　夜晚的街道，人行道上全是人，毕竟那时候除了回家也别无选择。不时从店里的电视或者别人的手机里了解到当时的状况，看到那些可怕的场景。大家都在一个劲地走，但还是会流露出不安的表情，有种不知道今后会怎样的感觉，只能不停地走下去。

灯里　嗯。

光生　走到甲州街道的时候，看到前面有个人很面熟，我就想是谁呢，啊，原来是客户公司前台的女生。我只记得她的长相，不知道她的名字。平时的话，肯定不会跟她搭话，但当时感觉，啊，是我认识的人，感觉好像松了一口气。

光生喝了口酒。

光生　我就想打个招呼吧，但我不知道名字，所以就追了上去，拍了一下她的肩膀。她回过头来，看到了我，她好像也是一副松了口气的表情，我在想刚才我是不是也是这样的表情。

灯里　（点点头）

光生　然后我们就“啊，你好”“啊，你好”“啊，你走这边吗”这样聊了起来，一起往回走。路上我们一直在聊天，聊的净是和当时的情况无关的事情。

51　回想

当时，光生和结夏同很多回不了家的人一起走在拥挤的甲州街道上。

周围能够听到新闻报道的声音。

光生　动物就是好，不会撒谎。

结夏　唉，滨崎先生……

光生　我叫滨崎。

结夏　滨崎先生会想变成鸟吗？

光生　你在耍我吗？

结夏　我人生中重要的事情几乎全部是从富士山那里学到的。

光生　你说得好绝对啊。

结夏　是真的，在能看到富士山的地方长大的人都心胸开阔。

光生　你这太绝对了吧。

结夏　没有一个人会计较小事。

光生　有数据证明吗？

光生　马可真好。

结夏　哪里好啊？

光生　马不会说话。

结夏　滨崎，你好像想说“去了印度，人生观都改变了”，是吧？

光生　你绝对是在嘲笑我。

结夏　没有，反而很尊敬你啊。

光生　你之前是在瞧不起我喽。

52　餐厅·店内

光生和灯里在笑着。

光生　那种情况下，却很开心。终于走到调布，她住在调布，我就把她送到家，要道别的时候，结果就想再待一会儿吧。

灯里　谁主动的？

光生　（歪着脑袋）……

灯里　也没谁主动？

光生　（点点头）没人主动。进了房间，也没开电视，吃了点放了很久的有点受潮的点心。最后聊得没话可说了，就手牵着手，就这样到了早上，然后就这样住到了一起。

灯里　哦（微笑着）。

光生　这是我第二次跟女人同居。

灯里　（害羞地苦笑了一下）……

光生　（害羞地苦笑了一下）所以那天如果没发生地震的话，可能我们还是陌生人。我也不知道我们之间究竟有没有爱情，只是因为不知道称呼什么才好，就拍了拍她的肩膀，不知道该说什么才好，就握住了她的手，就这样，我们就结婚了。没什么恋爱之类的美好回忆。

灯里　滨崎……

光生　对不起，说了一堆牢骚话……

灯里　那就是美好的回忆。

光生　（有点吃惊）……

灯里　虽然那天不太合适，不过那也算是一种美好的回忆，属于你和你太太之间的回忆。

光生　……啊，我没这么觉得。

灯里　（微笑着）……

光生　……

光生看向窗外。

光生　我想也许还有其他选择。

灯里　……

光生　和其他人一起走不同的路。

光生看着坐在红沙发上的灯里。

光生　你脑海里没有浮现过这种念头吗？

灯里一直低头看着下方。

光生　……啊，该吃甜点了，你要什么，杏仁豆腐怎么样……

灯里　差不多该回去了吧。

光生　对不起，净说了些无聊的话。

灯里　没有，我觉得今天还是回去比较好。

光生　我没关系的……

灯里　回去吧。

光生　好的（喝光了杯里的酒）。

灯里　（微笑着）

光生　笑什么？你经常会莫名其妙地发笑啊（微笑着）。

53　目黑银座商店街一带

光生和灯里走着，前面是目黑区区政府。

突然灯里看到了什么。

灯里稍微有点介怀。

光生　以后经常一起吃饭吧。

灯里　我去买瓶茶可以吗？

光生　啊，好的。

灯里背对着马路走进了便利店。

光生在一旁等着，随意朝马路的方向看去。

那里停着一辆黄色的自行车。

谅和千寻在一起，千寻靠在谅的胸口。

谅就让千寻那样靠着。

光生看到谅，突然间想起来了。

灯里只买了茶。

谅向千寻挥了挥手，骑上自行车，朝车站的方向骑去。

光生一直看着这一幕。

灯里买好茶，走了过来。

灯里　久等了。

光生和灯里走了出来。

千寻走进了附近的便利店。

光生　刚才有个男人，好像是那个女孩的男朋友。

灯里　这样啊。

光生　果然是因为那么亲密才会沾上口红啊。

54　目黑川沿岸

光生和灯里走了过来，两人走到桥的前面。

光生　晚安。

灯里　晚安。

灯里点头道别，离开了。

她低着头，背影看上去有点寂寞。

光生一直看着灯里，虽然很在意，但还是过了桥。

55　洗衣店·店前

光生回来了，抬头看了看二楼的窗户。

房间的灯亮着，纱窗没关。

光生表情有些不满，他刚要进去的时候，手机响了。

56　繁华街道的一角

街头摆放着很多自动贩卖机，都断了电，技术人员岛村（55岁）正在修理。

光生在给顾客道歉。

光生　非常抱歉，我们马上修好。

顾客离开了。

光生看了看手表，已经过了半夜一点。

光生　（对岛村说）辛苦了。

岛村一边工作一边说。

岛村　小哥，你爱人在家等着你吗？

光生　唉？我吗？啊……

岛村　千万不能离婚啊。

光生　你离过婚？

岛村　大年三十很难过的。

光生　轻轻松松地不好吗？离过一次婚多帅啊。

岛村　小哥，两个人一起吃的是饭，一个人吃的是饲料。

光生　（苦笑）因人而异吧。

岛村　感个冒都会伤心地哭出来的，一个人孤零零死掉很可怕的。

光生　我倒挺喜欢一个人孤零零地死去的。

57　洗衣店·店前（清晨）

天开始亮了，光生一身疲惫地回来了。

他抬头看了看二楼的窗户，发现房间的灯还亮着，纱窗还是没关。

58　滨崎家·玄关~客厅

光生走了进来。

他把结夏乱糟糟的鞋子摆整齐,把墙上歪了的画挂正,然后走了进去。

房间里没人,灯亮着,电视也开着。

书架上的书掉落在地板上。

光生关上了纱窗,用遥控器关掉了电视,把书放回了书架。

他确认了一下盆栽安然无恙,转了转朝向。卧室的门一直开着,猫从里面走了出来。

卧室里好像很昏暗。

59　同·卧室

在昏暗中,光生打开门走了进来。

他看到结夏在床上盖着被子,背朝着自己睡着了。

光生嘀咕着她怎么睡着了,刚想离开。

结夏　你回来了。

结夏背对着光生说。

光生　你还没睡啊。

结夏　嗯。

光生　纱窗没关。

结夏没反应。

光生　纱窗。

结夏　对不起。

光生　还有灯和电视也都没关。

结夏　对不起。

光生　我并不是生你的气,是说让你注意一点。

结夏　嗯。

光生觉得有点奇怪,想去看看结夏怎么了,但又想算了,关上门走了出去。

结夏一直背对着他。

60 同·客厅(另一天 早上)

光生和结夏坐在餐桌边,面对面吃早饭。

光生　(一边看着盆栽一边蹦出一句)就没什么好事情吗?

结夏　……

光生　昨天我看到那个人了,就是衬衫上沾了口红的那个客人。

结夏　啊。

光生　感觉好像他很受女孩子喜欢的样子。

结夏　……我觉得有。

光生　唉,什么?

结夏　有好事,虽然不知道是什么。

光生　你说什么啊(又看了看盆栽)。

61 小牧牙科医院·诊疗室

光生坐在诊疗台上,在跟菜那说话。

光生　老实说,我是想离婚。但要是我单方面把她丢下的话,她就太可怜了。在这点上我还是对婚姻负责的,算是自我牺牲吧。要问我痛不痛苦,其实我很痛苦。结婚就是 3D,打算、躲避、惰性①,不过如此。

菜那　准备好了吗?

光生点点头,张开了嘴巴。

62 目黑川沿岸·傍晚

下班回家的光生走了过来。

---

① 这三个词在日语中发音以 d 开头。

他突然看到了河对面的灯里。

灯里今天的打扮很朴素，手里拎着超市的袋子，一副家庭主妇的模样。

光生四处看了看，朝前面的桥跑了过去。

他一边看着灯里一边跑到了桥对面，刚要打招呼。

灯里的声音　你回来了。

光生吃了一惊，站住了。

谅骑着黄色自行车过来了。

谅在灯里的面前停了下来。

谅　今天吃什么？

灯里　汉堡肉咖喱。

谅　真棒（谅开心地笑了），你好像有点冷。

谅把自己的围巾给灯里系上。

谅一边系围巾，一边注意到了站在一旁的光生。

谅　（有点疑惑）

灯里顺着谅的视线回过头来。

三个人遇到了一起。

灯里　（给谅介绍光生）啊，这是我读书时的朋友。

灯里冷静地看着光生。

灯里　（给光生介绍谅）这是我丈夫。

光生　……

光生的笑容突然变得僵硬。

光生　你好，初次见面，我是滨崎。

谅　（点头打招呼）我是上原。

光生　啊，白天天气还很好，到了傍晚还是有点冷啊。

光生笑了笑，默默地逃走似的离开了。

从背影能够看出灯里和谅在聊天。

63 滨崎家·玄关~客厅~洗手间

光生回来了，内心有些混乱。

他看了看脚下，没有结夏的鞋子。

打开鞋柜发现一半都空了，只剩下光生的鞋子。

光生觉得奇怪，走进房间，看到很多打包好的纸箱堆在一起。

光生呆呆地不知所措。

桌子上放着两个印章。

光生拿着印章，心想："这是怎么了？"这时，玄关处传来了声音。

光生 结夏？

光生回头一看，结夏捧着天津栗子回来了。

结夏 啊，好早啊，你回来了。

光生 我回来了。

结夏想要去洗手间。

光生 （指着纸箱）这是什么？

结夏 嗯？嗯。

结夏走进洗手间洗手。

光生 这是什么？新的整理方法吗？

结夏 我刚才去了目黑区区政府。

光生 （预感到了什么）……

结夏 我去交了离婚申请书。

光生 ……

结夏洗完手回到了客厅。

光生跟在后面。

光生 你在说什么？

结夏打开天津栗子的袋子，开始剥栗子。

结夏　前几天不是填了嘛，我就交上去了。你说那样写不行，但人家受理了。

光生　我不明白你什么意思，你是什么意思？

结夏　嗯，可能你一辈子都不会明白。

光生　什么？你生什么气啊？

结夏　我没生气啊，要说的话，我这不算生气。

光生　那么……

结夏　已经够了，我不需要你了。

光生　……

结夏　我已经不需要你了。

光生　……

结夏　（微笑着）心情超爽。

光生　……

两只猫靠在一起睡着了。

64　立式荞麦面店·店内（夜晚）

店里没什么客人，结夏一边吃着荞麦面，一边在跟柜台里的老板大原卓说话。

结夏　你知道陀思妥耶夫斯基写的小说《罪与罚》吗？我读过的哦，要说为什么读，因为听说我老公的毕业论文写的是这个，我觉得读了的话就能更了解他吧。我买来了上下卷，我从没读过那么厚的小说，全是些生僻字，但我还是努力地想要去了解他。读上卷的时候觉得很受挫，但读完下卷感动得不得了。我哭着告诉他，太感人了，我能和你分享这份感动了。你知道他说什么吗？他说岩波文库的《罪与罚》不是上下卷，是上中下卷，你跳过了中卷。有必要说这种话吗？什么叫体贴，至少他不懂。前几天地震之后，他给我发了个信息，你知道他写的是什么吗？你要看吗？

结夏把手机给店主看。

发件人为光生的信息里写着“盆栽没事吧”。

结夏叹了口气。

结夏 真是莫名其妙。

第1话 完

第2话

1 立式荞麦面店·店内

结夏一边吃着荞麦面，一边跟柜台里的大原说话。

结夏　提交离婚申请书的时候，我就觉得这种感觉、这种感觉好像之前有过。（在接着说之前就开始大笑）我曾经有两周没上过大号，第二周才出来。当时就有一种，怎么说呢，成就感？就像山冈研究出了终极菜式，格斯打败格里菲斯那一瞬间的感觉。从区政府回来的路上，我一个人去了卡拉 OK，痛痛快快唱了一个小时。

大原一边做面条，一边问。

大原　你在气头上离了婚，不会后悔吗？

结夏一边加着七香粉，一边说。

结夏　我才没生气呢，我很冷静，我觉得算了，不需要这种人。我很平静地交了离婚申请书，没什么好后悔的。要说在意的事情，也只有那么一件，就那么一件，不过那也算了。

2 小牧牙科医院·诊疗室（另一天）

光生坐在诊疗台上，面对着小牧。

光生　并不是谁先提出要离婚的,可以说双方都有这样的想法才走到了今天这一步。虽然之前我偶尔提出过要离婚,只是偶尔哦。

菜那给光生戴上了围兜。

菜那　那你已经恢复单身了吗?

光生　还不知道呢,今天回去估计她还会找我谈谈,不晓得会不会搞得很沉重,我老婆没准还会哭呢。她还会和以前一样固执,这次谈话会很沉重。真痛苦。

3　目黑川沿岸(傍晚)

光生走了过来,结夏在桥上。

结夏正在跟购物回来的 Girolamo 先生聊天、握手。

结夏　啊,谢谢。可以合张影吗?

Girolamo　可以啊。

光生看着结夏,心想:“她在干什么?”

结夏　(看到了光生)啊,来帮我拍一张。

结夏把手机给了光生,站在 Girolamo 旁边。

Girolamo 把胳膊搭在结夏肩膀上,结夏顺势靠在 Girolamo 身上。

光生沉默。

结夏　我们一起说 cheese。

光生　意大利可不说 cheese,要说 formaggio。

Girolamo　就说 cheese 好了。

结夏　就说 cheese。

光生不情愿地把相机对准二人。

光生　好的,cheese(不知为什么光生也笑了)。

4　滨崎家·客厅~玄关~卧室

结夏正看着手机里和 Girolamo 的照片。

光生不高兴地看着结夏。

光生　（嘟囔着）你那样做不太好啊，毕竟那是人家的私人时间，你还去打扰。

结夏　对了，滨崎先生。

光生　滨崎先生？

结夏　滨崎先生。（指了指自己）星野小姐。

光生　星野小姐？

结夏站了起来，手里拖着行李箱，指着堆在一起的纸箱。

结夏　我要回老家了，之后会有搬家公司来搬行李。（指着两只猫）八朔和玛蒂尔达之后也会有人来把它们带走，这段时间先麻烦你照顾一下。

结夏说着就要离开。

光生　……星野小姐。

结夏　什么事？我必须要赶七点的新干线。

光生　我是想跟你谈谈才早早回来的。

结夏　谈什么？

光生　不，就是……

结夏　现在就算你反省道歉也没用。

光生　反省什么啊，为什么要跟你道歉。

结夏　（苦笑）

光生　我想说的不是这个。

结夏　那你想说什么？

光生　我想说事情并不像你想的那样。

结夏　无所谓了，再见。

结夏要离开。

光生　星野小姐……

结夏　什么事？

光生　（指着包）小心台阶。

结夏　谢谢。

说着，结夏走了。

光生在想：她真的要走？他偷偷朝玄关方向看去，然后听到了关门的声音。

光生　……

他焦躁起来。

光生看到结夏的瑜伽球在地上，狠狠地打了过去。

但是球跳开了，光生打在了地板上。

光生　……

光生小声发出了呻吟，按压着食指。

两只猫看着他。

5　车站附近的杂居公寓·电梯里（夜晚）

光生按压着手指，坐上电梯，要按关门键。

电梯正要关的时候，一个女人走了进来。

是牙科护士菜那。

菜那　你忘记东西了吗？

光生　我去其他楼层有事。

菜那看到牙科诊所楼上的骨科诊所的电梯按钮被按亮了。

电梯上行。

菜那　（看着光生的手指）唉，不是吧，都肿起来了啊。

光生　啊。

菜那　好可爱（不由得笑了出来）。

光生　……

电梯到了牙科诊所那层。

菜那不想出电梯，有点扭扭捏捏。

光生对她说“请”。

菜那下了电梯。

电梯门要关的时候，菜那回过头来。

菜那　下次如果方便的话……

话还没说完，电梯门关了。

光生急忙用他肿了的手指连续按下开门键。

光生　啊（一阵剧痛）。

上剧名

6　现场音乐吧（Live House）·过道（另一天）

过道的音乐声比音乐吧内的还大，光生正和同事一起给贩卖机补充货品。

光生帮负责搬运的同事大木打开贩卖机的门。

光生　更换果粒橙和抹茶欧蕾。

大木　好的，果粒橙出来了。

光生右手的食指包着厚厚的绷带，行动有些不方便，但还在帮忙递饮料。

大木　麻烦拿五瓶抹茶欧蕾。

光生　好的，抹茶欧蕾，五瓶。

光生护着自己的食指，把饮料递给大木。

大木　麻烦拿五听大罐可乐。

光生　大罐，五听……（停了下来）。

7　洗衣店·店前（夜晚）

光生在门口贴上了招聘广告。

矢萩收起立着的广告标牌，准备打烊。

矢莉　结夏什么时候回来？

光生　要看她爸爸住院到什么时候了。

矢莉　前几天还说她爸爸身体很好呢。

光生　……麻烦你了。

8 滨崎家·客厅

光生正在摆弄盆栽，突然看到了瑜伽球。

他手拿修剪刀，压住瑜伽球。

左手拿着剪刀想要把瑜伽球剪破。

但是怎么也剪不破，他又用胳膊压住球。

他拼命地剪，突然间看到镜子里的自己一副可怕的杀人犯模样。

光生放下了修剪刀。

9 茑屋中目黑店·外景

10 同·店内

光生四处张望，发现了成人区。

他看了一下周围，然后走了进去。

里面有其他客人，光生装作很随意的样子瞄着书架上的书。

突然他看到了带有"人妻诱惑温泉"字样的包装。

光生盯着"人妻"两个字……

光生回想起上一次的情景。

在目黑川沿岸偶遇的光生、灯里和谅。

灯里　（给光生介绍谅）这是我丈夫。

光生看着《人妻诱惑温泉》，决定伸手去拿，然后又发现旁边还有一本《人妻催眠温泉3》。

光生在犹豫要选哪一本。

11 目黑川沿岸

光生腋下夹着茑屋书店的袋子，迈着小快步往家走。

刚要过桥的时候，听到了金属的声音，他回过了头。

是谅在搬自行车。

光生认出了谅。

自行车好像很重，谅把自行车放下休息，不经意地回头张望。

光生　（点头打了个招呼）晚上好。

谅　（有点愣住的感觉）晚上好。

光生　啊，我们之前见过的。

谅　（有点诧异）

光生　啊，你爱人介绍过我的。

谅　啊（仍然有点疑惑的样子）。

光生　你不记得了吧，不好意思，我先走了。

光生慌慌张张地想要离开。

谅　你知道这附近有没有修自行车的地方？

光生　（四处看了看）可能都已经关门了。

谅　是吗，已经九点了啊。

光生　车钥匙没了吗？

谅　自行车停车场里有条窄窄的沟，钥匙刚好掉下去了。

光生　啊。

谅　（指着自行车的锁）要想撬锁的话……

光生　啊，可以去堂吉诃德买把钳子之类的。

谅　堂吉诃德？

光生　一直走，稍微拐个弯就到了。

谅　直走，拐个弯？往右？

光生　往左。

谅　谢谢(微笑着)。

谅搬着自行车走了。

光生看着他的黄色自行车,突然闪过一个念头。

光生追上谅,和他一起搬自行车。

光生　我带你去吧。

谅　(点头道谢,看到了茑屋的袋子)

光生　(觉察到了谅的目光)我租的《马达加斯加3》。

12　堂吉诃德·旁边的马路

光生和谅提着堂吉诃德的黄色袋子,走到停在路边的自行车旁。

谅从袋子里拿出了大大的钳子,开始撬锁。

光生帮他拿着袋子,看着袋子里的东西。

光生　唉,为什么要买这种东西?

是成人罐头。

谅　因为看起来很厉害。

光生　成人罐头,是什么?

谅　我也不知道。

光生　唉,这里面该不会有什么性感小道具吧。

谅　啊,你要吗?我买了两个。

光生　你为什么买了两个?这是干吗用的?你好这一口?

谅　好顽固啊(撬着车锁)。

光生　这个什么时候用?

谅　对不起,能帮我扶一下吗?

光生　好的。

光生把罐头放到一边,扶着自行车。

光生　……(看着正在撬锁的谅,突然问道)你结婚很久了吗?

谅　两个月。

光生　那就是最近啊,你们关系好吗?

谅　嗯?

光生　你是不在外面玩、直接回家的人吗?

谅　嗯?

光生　嗯是什么意思?

谅　嗯?

光生　你不在外面玩吗?

谅　我偶尔会去钓鱼。

光生　不,我说的是那种玩。

谅　你是说室内活动?

光生　之类的。

谅　怪物猎人之类的游戏吗? 我不玩的。

光生　我也不玩,我不是这个意思。

谅　啊,对不起,是喝酒的意思吗? 那我们一会儿去喝一杯吧。

光生　不,不了,我不喜欢喝酒。

谅　不喝酒也可以,撬开了我们就去吧。

光生　不了,可能你爱人还在等你呢。

谅　我妻子应该也会乐意来的。

光生　……

13　沿河的咖啡馆·店内

亚以子正在玩店里的飞镖游戏。

光生拿着咖啡欧蕾和香蕉汁经过。

亚以子　结夏爸爸怎么样了? 我不需要去探望一下吗?

光生　没事,用不着去。

亚以子　你别随便决定，我给结夏发个信息。

光生走到靠里的座位，在谅的旁边坐了下来。

谅　我喝了。

谅用吸管喝起了香蕉汁。

过了一会儿。

光生　……你和你太太是在哪里认识的？

谅　（一边喝着果汁）嗯？

光生　我跟她是在大学期间认识的。

谅　（一边喝着果汁）哦。

光生　虽然不是很熟，但也认识很久了。

谅　这个超级好喝。

光生　啊？

谅　你要不要喝点？（递给光生）

光生　不了，我……

谅　啊，来了。

光生回头一看，灯里走了进来。

光生看着灯里……

灯里来了，跟光生点头打了个招呼，很自然地坐到了谅的旁边。

谅　（指着他喝的香蕉汁）尝尝这个。

灯里　嗯？（喝了一口）

光生……

谅　味道很赞吧。

灯里　超级好喝。

谅　（看着光生，叫不出名字）

灯里　滨崎先生。

谅　这里是滨崎先生奶奶的店。

灯里　是吗?

谅看着正在玩飞镖的亚以子。

谅　奶奶,等一下。

谅站起来,走到亚以子身旁,站在她的后面。

谅　你胳膊弯了。

亚以子　是吗?

谅　嗯,要这样,伸直。

谅站在背后,把手放在亚以子的手腕上加以指导。

光生看着谅。

灯里　他有没有失礼啊?

光生　嗯?

灯里　他是个以自我为中心的人。

光生　啊,有点吧。

灯里　对不起,他不太记人,每次都一副第一次见面似的表情。

光生　那么,下次见面他还会是一副初次见面的表情吗?

灯里　对不起。

光生　不,没什么。

过了一会儿。

灯里　……我们也去玩飞镖吧(刚开口)。

光生　为什么前几天你没告诉我?

灯里　什么?

光生　你结婚了的事情。

灯里　啊(害羞地笑了笑)。

光生　是难以启齿吗?是因为和我的关系,不好开口?

灯里　我不是说了我有另一半了吗?

光生　但你没说结婚了。

灯里　实际上我们是秘密结婚,(看着谅)他不太想让人知道。

光生　唉，为什么？这不是很奇怪吗？

灯里　（歪着脑袋）

光生　那么，前几天，当着他的面说他是你丈夫……

灯里　（笑着）我就是试一下。

光生　……他生气了？

灯里　（摇头）没有。

光生回过头去看正玩得开心的谅和亚以子。

光生　……我前几天看见……

灯里　（刻意打断）滨崎先生。

光生　嗯。

灯里　下次介绍你太太给我们认识吧，我想两家人多多来往（微笑着）。

光生　（勉强笑了笑）好的。

灯里走到飞镖那边，光生也走了过去。

亚以子　谅玩得可棒了。

光生　谅。

谅　我们比赛吧。（说着，把飞镖递给了光生）

光生　不了，我的手指受伤了。

亚以子　（看见光生拿着飞镖）看着光生拿着那么尖的东西，真让人担心啊。

光生　你说什么啊？

亚以子　（对着灯里）以前每次看新闻里播报一些案件的时候，都会担心我孙子会不会是犯人啊。

谅　啊。

光生　啊是什么意思？

亚以子　现在没事了。

光生　一直都没事。

14 目黑川沿岸

光生、灯里、谅走了过来。

灯里和谅保持着夫妻之间的距离，光生离得稍微远一点。

光生留意着他们两个人。

三人走到了桥的前面。

谅打了个哈欠。

灯里　（看着打哈欠的谅，微笑着对光生说）晚安。

光生　晚安。

谅　晚安。

光生　晚安。

灯里和谅走开了。

谅握着灯里的手，把她拉到身边。

灯里也握着谅的手，靠在谅的身上。

光生看着两人……

谅　（突然回过头）啊，《马达加斯加3》好看的话，告诉我一声。

光生点点头，低头一看，自己手里空空的。

15 沿河的咖啡馆·店内

店里已经准备打烊了。

折返回来的光生，看到茑屋的袋子完好地放在柜台的一边。

光生正要放心地拿着袋子回去，正在打扫的智世说话了。

智世　光生，催眠术可不行啊。

继男在厨房边洗盘子边说话。

继男　对人妻下手的话，也要堂堂正正啊。

光生泄了气。

智世拿着笤帚戳光生。

智世　居然趁结夏不在家的时候偷偷摸摸干这种事。

继男　世上的男人趁老婆不在的时候会做的事，这个排第一位吧。

智世　你岳父都住院了，你还做这种事。

光生　……奶奶回房间了吗？

光生四处看了看，坐到了椅子上。

光生　我岳父没住院，都是假的。

智世和继男都很惊讶。

光生　我老婆说要离婚，回娘家去了。

智世　啊？！

光生　说要离婚，还不如说已经离了。

智世　你出轨了？

光生　没有！

智世　你家暴了？

光生　你为什么总觉得是我有错？

智世　原因肯定不在结夏身上，退一百步说，即便原因在她，也是你的不对。

光生　搞不懂你什么意思。

继男　（对智世说）喂，奶奶的生日怎么办？

智世　（叹了口气）奶奶肯定希望结夏来吧。

光生　……都已经说结夏爸爸住院了。

智世　（追问光生）结夏离开是不是因为你那种自作主张的性格？这么说不就变成结夏对奶奶撒谎了吗？

光生　……

智世　结夏肯定在等着你去接她呢。

光生　（是吗？）

16　富士宫站·站前（另一天）

光生从车站出来，看了看旁边立着的富士宫炒面的广告，朝公交站点走去。

17 能够看到富士山的马路

公车开走了，剩下光生一个人。

前方能看到高高的富士山。

光生发出了惊叹，他看了看四周，马路对面有一栋陈旧的日式房屋。

气派的门牌上写着“星野”。

光生呼了口气，拿着晴空塔点心朝那个房屋走去。

18 星野家·客厅

结夏的爸爸星野健彦紧紧地握了握光生的手。

健彦 你终于来了。

光生的手指感到一阵疼痛。

光生 好久不见。

房间里有一个瑜伽球在滚动。

健彦 请坐请坐（指着坐垫）。

光生刚要坐下，结夏的妈妈星野庆子端着点心进来了。

庆子 大老远地过来，谢谢啦。

光生站起来。

光生 啊，让您费心了，您别客气了。

庆子 都是些小点心。

光生刚要坐下，老老少少、男男女女的亲戚们一起都进来了。

亲戚 A 啊，滨崎先生，从你结婚之后就没见过了吧。

光生站起来。

光生 （不知道这人是谁）好久不见。

亲戚 B 还是这么帅啊，滨崎先生。

亲戚 C 好了好了，不要对结夏的老公暗送秋波了。

亲戚D 阿姨我真想嫁给你啊。

亲戚E 瘦了啊。

亲戚F 头发剪了?

大家随便地和光生握手。

亲戚E 滨畸叔叔,抱抱吧。

一个小婴儿被塞到了光生怀里。

还有人用手机拍了照。

结夏的哥哥星野健二一副干农活的装扮进来了。

健二 啊,光生。

健二紧紧地握了握光生的手。

光生 好久不见,哥哥。

健二 啊,你们终于有孩子了?

光生 啊,不,这是这位的……

健二 我知道,这是我家的孩子。你还是那么一本正经啊。

光生 对不起。

健二不小心踩到了晴空塔点心。

健二 结夏呢?

庆子 去学校了,说是去指导垒球部的后辈。

健彦 村田家的孩子在当教练吧。

亲戚E 不是村田,是田村。

健二 就是那个总是系着大大腰带扣子的傲慢家伙?

亲戚E 是结夏的前男友啊。

光生有点惊讶。

健彦 这两个家伙,从高中开始就经常在车站前面黏黏糊糊的。

庆子 两个人穿着校服进情人旅馆,我还为这事被叫去了呢。

健二 现在该不会又在社团教室里幽会了吧。

星野家的人大笑起来。

光生沉默。

19 高中·操场

这是一所能看到富士山的高中。

高中生放学了，光生向四周张望着走了过来。

他看到社团女学员们正在练习垒球。

还看到了拿着竹剑、穿着运动服的结夏。

旁边站着一个穿着运动服的男人田村俊介（30岁），两个人笑着，在耳语着什么。

光生……

结夏在地上画着白线走了过来，光生就站在网的另一边。

结夏 啊！

光生 哦。

两人隔着球网相对而视。

结夏 你在干吗？

光生 我刚才去了你家。

结夏 哦，是吗。

光生 你还什么都没跟你爸爸他们说吧。

结夏 ……我爸爸现在尿结石，心情不太好。我想等他的结石拿出来再说。

光生 就为了等结石啊。

20 富士宫炒面的面摊

光生和田村面对面坐在露天餐桌前。

田村 初次见面，我叫田村（说着伸出手来握手）。

光生小心翼翼地伸出手来，被田村紧紧地握住了。

结夏端来了炒面，坐到了田村旁边。

田村　你为什么坐这边？

结夏　没事没事。

田村　我回去吧？

结夏　求你了，别让我俩独处。

田村　（问光生）你们吵架了？

光生　不是吵架，是她头脑一热。

结夏　我们已经不是夫妻了，离婚了。

田村　啊，为什么？

结夏　你问他。

田村　（问光生）为什么？是因为她做的饭太难吃了吗？

结夏　你在说什么啊。

光生　（看着田村）啊，也是啊。

结夏　（对光生说）干吗一副找到战友的表情。

田村　我懂你。

光生　好吃难吃，那都是之前的问题了。你问她茗荷是什么。

田村　茗荷？（问结夏）你知道的吧？

结夏　（虽然不知道）知道啊，不就是茗荷嘛。

田村　一听这句就知道你肯定不知道了。

结夏　你问他知不知道前田敦子。

田村　前田敦子，（问光生）你知道的吧？

光生　不知道。

结夏　你还挺自豪啊。有两种情况，一种是真的不知道，另一种是不想被别人知道自己知道，所以说不知道。很麻烦吧？

田村　很麻烦。

结夏　拘泥于小事。

光生　有一次，在旅馆吃饭时上了道螃蟹，我仔仔细细花了三十分钟把蟹肉剥好放在盘子里，正要吃的时候，这个人居然从旁边把筷子伸了过来。

田村　吃了吗?

光生　一口吃掉。

结夏　开个玩笑嘛。

田村　你这是犯罪啊,我要坐到那边去了。

田村移到了光生旁边坐下。

结夏　那可是在旅行啊,他直到回到家都没跟我说过话。

光生　那当然了。

田村　啊,一直没说话吗?

结夏　一直不说话啊。明明预约了两人专用的露天温泉,却是分开去的。旅行全都毁了。

田村　这的确有点……结夏很喜欢一起泡澡的。

光生　(瞪了田村一眼)

田村　对不起。(对结夏说)你们和好吧,不是还没跟你爸爸他们说嘛。

结夏　尿道结石取出来之后就会说的。

田村　滨崎都来接你了。

光生　我不是来接她的。

结夏　那你来干什么?

光生　因为奶奶的生日。

结夏　(啊)

光生　我也无所谓了。

结夏　……

21　星野家 · 外景(夜晚)

22　同 · 起居室

二十多个家里人、亲戚和附近的人聚在家里举行宴会。

大家都醉了，小孩子也到处乱跑，健二在给光生倒酒。

健二手里拿着遥控器，让光生看电视。

健二　这是去年夏天家里人一起去野营的时候拍的。

光生　啊。

健二　山梨县的白州，是个野营的好地方。你看，这个景色，棒吧，啊？

光生　是啊。

健二　啊，妈妈出来了。出来了，我家孩子他妈，漂亮吧。以前大家都叫她富士宫的莉加子。啊，广山也在里面，这家伙是我同事，他是静学的，静学足球队的，虽然是替补，但踢得很不错哦。

光生　哦。

健二　哇，这个太过分了，这是惩罚游戏。很傻是吧，但很有意思，很有意思啊（说着笑了）。

光生　是啊（僵硬地笑着）。

23　同·厕所~走廊

光生坐在马桶上叹气。

有人敲厕所门，光生慌慌张张冲了马桶出来，原来是健彦，他手撑着墙在休息。

光生　啊，对不起。

健彦　十厘米啊，十厘米。你能想象那么大的东西从这里弄出来吗？

光生　啊……

24　同·起居室

光生回来了，房间里大声放着音乐。

电视上是卡拉OK的画面。

健二戴着墨镜，手拿话筒，唱着可苦可乐的《永远在一起》。

健二　♪一起前行，一起寻找，一起欢笑，一起约定～

大家拿着手鼓和响葫芦，气氛高涨。

光生呆呆地看着，被健二一把搂住了肩膀。

健二　♪一起感受，一起选择，一起哭泣，一起承担～

健二把另一个话筒递给了光生。

光生不知如何是好。

健二　来啊，崎滨①！

健二示意让光生接着唱。

健二　♪一起拥抱～

光生　……茫然。

健二　♪一起构筑～

光生　一起祈祷……

健二　（用目光示意光生继续唱）

光生　♪描绘着那样的生活～

健二　崎滨，Yeah！崎滨！崎滨！

大家都要崎滨再来一首。

结夏也手拿响葫芦要崎滨再来一首。

光生看了有点恼火。

光生想要逃走，被健二抓住了胳膊，递给了他一个手鼓。

健二　Yeah！（把麦克风朝向光生）

光生　不了……②

健二　光生好像不适合拿手鼓，骷髅项链比较合适啊。

大家笑了起来，结夏也跟着笑了。

光生　（一点意思也没有）……

---

① 日本的搞笑艺人山崎弘也，自称崎山，这里是借用这个段子。

② “Yeah”和日语中“不”同音。

25 同·厨房

厨房里全是女人,结夏、庆子和女亲戚们一边做着饭,一边自顾自地喝着梅酒。

庆子　你不去帮帮光生?

结夏一边切着酱菜一边喝着梅酒。

结夏　(没有回答)今年的梅酒还是那么好喝。

庆子　他能跑到这里来接你,真是体贴啊。

结夏　那是妈妈你不了解他。

庆子　天下的老公都一样,跟谁结婚都一个样。

结夏　(苦笑)话是这么说。

庆子　家里可没有你的房间。

结夏停了下来。

庆子　健二家要生老二了。

结夏沉默。

26 同·起居室

很多人都喝醉了,有的在聊天,有的倒下了。

健二已经在光生的腿上睡着了。

光生也醉得不轻,晕晕乎乎地一个人喝着酒。

他模模糊糊地看见结夏站在卡拉OK前面握着话筒。

结夏唱起了千秋直美的《星光小路》。

光生朦朦胧胧地看着。

结夏一边摇晃着肩膀一边唱歌。

27 同·厨房

庆子一边听着结夏的歌,一边摇晃着肩膀。

她拿起酱菜一看,酱菜都连在一起。

28 同·厕所

健彦坐在马桶上,远远地听着结夏的歌,摇晃着肩膀,表情有些痛苦。

29 同·起居室

光生听着结夏的歌,也在摇晃着肩膀。

健二睡在他的大腿上。

光生听着听着睡着了。

结夏一边唱一边看着光生。

30 同·卧室

结夏洗完澡进来了。

并排铺着两床被子,光生穿着衣服躺在其中一床被子上,醉倒睡着了。

光生痛苦地呻吟着。

结夏叹了口气,走到旁边看了看他。

结夏　你没事吧?

光生睁开眼睛,一副呆滞的表情,指着结夏。

光生　啊,千秋直美。

结夏　好吵!

光生　唱首千秋直美的歌!

结夏　好吵啊!

结夏把光生连同被子一起推到了房间的一边。

然后把自己的被子抱到另一边铺好。

结夏坐在被子上,看着懒散地睡着的光生。

结夏　你不要洗澡吗?要不要喝水?

光生　不要了。

结夏　啊,好吧。

光生 ……天花板。

结夏 天花板？

光生 我记得这个天花板。

结夏 （看看天花板）啊，和你之前住的是一个房间。

光生 那时你爸爸尽灌我酒。

结夏 是的。

光生 还一个劲打我的头。

结夏 （苦笑）也不知道他是高兴还是不高兴。

光生 有几下打得很用力，还说要我还他女儿。

结夏 傻瓜。

光生 我这算是还给他了吗？

结夏 ……

光生 你爸爸会不会开心呢。

结夏 我关灯了。

光生 嗯。

结夏站起来关了灯，钻进了被窝。

她背对着光生。

结夏 交了离婚申请书，我轻松了很多。

光生也背对着结夏。

光生 嗯。

结夏 我不是草率做出的决定。

光生 我知道。

结夏 我觉得你不会变，我也没希望你改变。

光生 ……

结夏 我觉得这挺好，你不觉得吗？

光生 ……（苦笑）

结夏 只是有一点，只有一点，就是我们的家人。

光生　……嗯。

结夏　离婚不仅是两个人的事情，还是双方家庭的事情。

光生　嗯。

结夏　我很对不起亚以子奶奶。

光生　这些都别说了。

结夏　奶奶生日的时候，我能去吗？

光生　她会很高兴的。

结夏　好的。

光生　好的。

光生突然想起了什么，站起来打开了灯。

光生　你爸爸的结石什么时候能排出来？

结夏　说是快的人要三天，慢的人要一年。

光生　一年？

结夏　不过，医生说他要一个月左右吧。

光生　那么也就是说要在这段时间里告诉奶奶。

结夏　嗯，慢慢地告诉。

光生　慢慢地。

光生关上了灯。

结夏　啊。

光生　嗯？

光生又打开了灯。

结夏　亚以子奶奶那边我来告诉她，比如去看摔角比赛的时候，在那之前你就瞒着她吧。

光生　嗯。

光生关上了灯。

光生　啊。

光生又打开了灯。

光生　看摔角比赛的时候告诉她这些事，万一一兴奋……

结夏　那就摔角比赛结束后。

光生　嗯。

光生关上了灯。

31　富士宫站·站前（另一天）

光生和结夏要回东京了。

庆子和健二开车送他们到车站。

健二　回去路上小心。

说完紧紧地握了握光生的手。

光生　（感到很痛）谢谢。

庆子给了光生一个纸袋。

结夏　（看了看）梅酒？

庆子　（看着光生和结夏）保质期二十年，你们一起喝。

光生和结夏不说话。

结夏　谢谢。

32　沿河的咖啡馆·外景（夜晚）

外面挂着“今日包场”的牌子。

33　同·店内

亚以子面前摆着一个生日蛋糕。

光生、结夏、智世、继男、老顾客们、亚以子的朋友们都在，大家唱着生日歌。

唱完后大家拍起了手。

亚以子吹灭了蜡烛。

大家“哇”地叫，气氛高涨起来。

亚以子朝每个人微笑。

亚以子　谢谢，谢谢啦，谢谢。（对结夏说）真是谢谢啦。

结夏　（微笑着）

34　滨崎家·客厅

光生打开灯，走进了客厅，结夏还在玄关站着。

光生　嗯？

结夏　打扰了。

结夏走了进来。

光生　要不要喝点茶？

结夏　啊，不用了。

光生　那我就泡我自己的了。

光生走向厨房。

光生　不过这样会不会太刻意了？

结夏　的确。

光生　我该在多大程度上把你当客人呢？

结夏　啊……

光生　百分百当客人的话，反而会觉得很刻意。

结夏　那我就稍微放松一点。

结夏放松了双腿。

光生　啊，这样又不太像客人了。

结夏　那我就这样。

光生　喝茶吗？

结夏　来一点。

光生　好的。

光生走去厨房开始泡茶。

结夏看到两只猫走了过来。

结夏　玛蒂尔达、八朔，你们还好吗？

结夏抚摸着两只猫。

光生　你睡卧室，我睡这儿。

结夏　我睡这儿。

光生　不，你睡卧室。奶奶的事，很谢谢你。

结夏　哦，好的。

光生　嗯。

结夏的手机响了。

结夏　（接起手机）啊，美佳，信息我看到了，看到了。嗯，我会在东京待几天，不过三十几岁的女人去喝酒，会不会惹男人们注意啊？我才不受欢迎呢。受欢迎吗？哎，JUNON BOY① 级别的？这也太赞了吧。

光生在泡茶，手抖了一下。

旁边放着梅酒的瓶子。

35　小牧牙科医院·诊疗室（另一天）

菜那在为光生进行口腔清洗。

菜那一边清洗，一边说，

菜那　你太太今天去参加酒会吗？

光生点点头。

菜那　这不是很好吗，滨崎你也恢复单身了，不是可以自由恋爱了吗？

光生似乎嗯了一声。

菜那　你有喜欢的人吗？

光生沉默。

菜那　唉，有吗？

光生歪着头。

---

① 日本JUNON杂志举办的美男子选拔比赛。

菜那一边收拾清洗器，一边说，

菜那　下次我给你介绍几个女孩子认识吧。

光生　那不用了。

菜那　或者（拉着自己的姓名牌）把这个人介绍给你也可以啊？

光生　唉，做姓名牌的人？

菜那　……

光生　嗯？

36　中目黑车站·外景（夜晚）

人们一边走着一边说今天好冷啊。

37　超市·店内

光生提着购物筐，把白菜和大葱放进了购物筐里。

走到生鲜柜台的时候，他看到了灯里。

灯里也看到了光生，两人打了个招呼。

光生　来买东西吗？

灯里　来买东西。

光生看了一眼，灯里的筐里有白菜和大葱，手里拿着鳕鱼。

光生　……

灯里　啊，鳕鱼，这是最后一条了。

光生　（有一点沮丧）没关系。

灯里　你们家今天也吃火锅吧。

光生　没关系。

灯里　可是你太太？

光生　她去联谊了。

灯里　……

光生　好像是有家室的人优先参加的活动。

光生低下了头，快速走开了。

灯里看着光生的背影，把鳕鱼放进了筐里。

38　目黑银座商业街附近

光生从中华料理店走出来。

经过古着店的时候，他突然间发现门口停着一辆黄色自行车。

光生往店里看了看，谅在里面，正和女店员光永诗织（26岁）亲密地聊天。

两人互相摸着对方的耳朵，像是在开玩笑，感觉关系很亲密。

光生听到诗织的说话声。

诗织　不要嘛，谅。

光生　……

谅被诗织拉着手走了出来，然后骑上自行车，朝车站的反方向骑去。

光生站在对面小店的门前，看着玻璃里映出的这一切。

光生回过头，看到诗织在摸着自己的耳朵。

39　东横线沿岸的坡道~单间公寓·公寓前

千寻走在坡道上。

千寻正要走进公寓，发现了停在那里的自行车。

她略带吃惊地发现谅坐在公寓入口旁边的台阶上。

谅抬起头，微笑着轻轻招了招手。

千寻　怎么不来个邮件。

谅　（微笑着）

谅站起来，千寻拉着他的胳膊，走了进去。

千寻　会感冒的。

谅　做了指甲？

千寻　你要看吗？找小广做的。

说着，两人走进了公寓。

光生站立在黑暗中。

光生沉默。

40 滨崎家·客厅

两只猫正在吃猫粮。

光生从里面的房间拿出了茑屋书店的袋子。

他从里面掏出《人妻催眠温泉3》的DVD，打开了电视。

刚要打开DVD机，突然停了下来。

光生　……好痛苦。

41 目黑川沿岸

光生从家的方向匆匆忙忙地走了过去。

他过了桥。

在河的对面折返，沿着河走去。

他的脚步越来越急促。

42 上原家·房间~玄关

桌子上放着电炉，切好的蔬菜和鱼摆放在盘子里，做好了吃火锅的准备。

灯里打开电脑里的文件夹，默默地工作。

门铃响了。

灯里微笑着走向玄关。

灯里　你回来了。

门一打开，光生站在外面。

灯里　……

光生　请问，你丈夫在吗？

灯里　不在，还没回来。

光生　是吗？

灯里　嗯。

光生　……

灯里　怎么了？

光生　是不是短时间内还回不来？

灯里好像察觉到了什么。

灯里　什么意思？

光生　……

灯里　……

光生　你丈夫……

灯里　请进来吧。

光生　啊？

灯里　请进。

光生　可是，那个……（看了看房间）

灯里　（苦笑）完全没有别的意思，没关系。

光生　……好的。

光生进来，关上了门。

43 目黑川沿岸·实景

44 上原家·房间

光生坐着。

灯里在调电炉的火。

灯里　鳕鱼是你让给我的，不介意的话请吃吧。

光生　我吃过拉面了。

灯里　那如果还能吃得下的话，请便。

灯里把蔬菜等放进了锅里。

光生　（盯着灯里的侧脸）

灯里　（一边放蔬菜一边说）你吃了什么拉面？

光生　车站对面有一家我经常去的中华料理店，在目黑银座的古着店附近。

灯里　那里好吃吗？

光生　不太好吃。

灯里　（微笑着）不好吃还经常去？

光生　那里经常没人，很清净。

灯里　（微笑着）滨崎你喜欢人少的地方吧。

光生　非常喜欢。要问我喜欢什么，我喜欢人少的地方，我喜欢的词是空荡荡。哈哈。（笑了起来）

灯里　（微笑着）以前我们去过那里吧。

光生　哪里？

灯里　荷包展。

光生　啊，各种荷包的展览会，那里确实人少。

灯里　还有没人看的无聊电影。

光生　我现在经常挤满员电车。

灯里　现在会去参加酒会吗？

光生　酒会还是不去的，会让人有死的冲动。

灯里　谁让你去死了。（微笑着）

光生　绀野你也喜欢宅着吧。

灯里　是啊。

光生　啊（突然想起什么似的）。

灯里　嗯？

光生　去年我有一次路过那里，就是我们以前住的笹塚公寓。

灯里　啊。

灯里站起来，走去厨房，一边从冰箱里拿出醋，一边回应。

灯里　你进去了吗？

光生　进去了，公寓还在。外面的楼梯还是那样，我还上二楼看了看。从里面数第二间，是吧。

灯里 是的。

光生 看着看着，想到我曾经和那个女孩一起住在这个房间，就是指你。

灯里 嗯。

光生一边卷着桌布的一角一边说。

光生 我们一起去了中介，看了好几处房子，觉得这里有林荫道，很有伦敦的感觉，虽然现在看来一点都没有，两个人都觉得不错，就定下来了。搬来了家具，还去室内用具店买了红沙发，窗帘是你从朋友那里借来缝纫机缝制的。然后，开始了我们的生活，就是这样。啊，圣诞节的时候，我们两个人都买来了肯德基圣诞派对桶，要吃完可真不容易啊。回想起这些，觉得这种，那个时候的感觉很美好。

灯里一边捞着锅里的浮沫，一边听着。

光生 我曾经想过，在我至今为止的人生中，经历过各种事情，那个时期是最棒的，在我心里排第一。（害羞地笑了笑）不过因为当时没有想到还会再见到你，所以就在胡思乱想，如果我和那个女孩一直交往下去，结婚了的话，肯定是完全不一样的感觉。

光生沉默了一会儿，抬起了头。

灯里 （看着光生）

光生 （惊讶地又看了一下灯里）我离婚了。

灯里 ……

光生 ……然后……

灯里 要吃点吗？

光生 啊，那我吃一点吧。

灯里开始往小盘子里盛菜。

光生　绀野。

灯里　(一边夹菜一边说)我现在叫上原。

光生　你为什么跟那个人结婚?

灯里　我丈夫吗?(苦笑)快点吃吧。

光生　好的。

两个人吃了起来。

灯里　他做了什么失礼的事情吗?

光生　不是对我,是对绀野你。

灯里　我现在叫上原。

光生　你没事吧?

灯里　可以喝点酒吗?

光生　好的。

灯里从冰箱里拿出了罐装啤酒,还拿来了两个玻璃杯。

灯里　我去年工作的沙龙里有个跟我很合拍的女孩,她叫亚实,是个很好的女孩。你要喝吗?

光生　(点点头)

灯里往两个玻璃杯里倒上了啤酒。

灯里　我丈夫那时是亚实的男朋友。

光生　(啊?)

酒倒好了,光生没有拿起杯子,灯里就自己喝了起来。

灯里　在这之前,我也曾经在各种聚会上见过他几次,他是那种很少自己主动说话的人,一直看着旁边,当时只是觉得他是个浮躁的人。但有一次,他给我介绍饭店的时候,给我画了一张地图。

光生　地图?

灯里　嗯,他顺手在传单还是什么的背面很快给我画了一张地图,画得非常好。一笔画成,没有丝毫犹豫。我虽然淡定地接过来,说了声谢谢，实际上内心非常感叹。怎么说呢，可能就是那个时候心动了吧。

光生 只是画了张地图而已吧。

灯里 只是这样而已。

光生 （不是很理解，笑了笑）

灯里 然后，过了一段时间，我那段时期跟我妈妈关系不太好，每天都在电话里吵，我觉得很烦，不太想回家，一个人去涩谷看电影。当我爬上副都心线长长的台阶时，他就从对面走了下来。他戴着眼镜，跟平时给人的印象不太一样。我认出他是给我画地图的那个人，但他好像不太记得我了。我说我是亚实的朋友，正准备去看电影，他说那一起吧，我拒绝了，说怕亚实生气。我逃跑似的进了电影院，（一边苦笑一边说）看的是《世界侵略·洛杉矶之战》，但是完全看不进去。看电影时我一直在想，为什么要拒绝他，完全可以不用在意，一起看一场电影的。（苦笑）那时我已经喜欢上他了吧。第二天他打电话来，约我星期天一起去钓鱼，我答应了。

光生 （不是很理解）……

灯里 很难理解吧。

光生 说实话，是的。

灯里 我也没法理解，我从未有过那种感觉。想过要谈恋爱，也主动去谈过恋爱。但那时我明白了，恋爱不是想谈就谈的，而是自然而然发生的，（苦笑）那时就发生了。

光生 ……（内心很不满）

灯里 我从最喜欢的朋友手里抢走了她的男朋友，让最喜欢的朋友伤心哭泣。流言传开了，我也不能再在沙龙里待下去了。我一直觉得我的性格是很冷静干脆的，而那时我知道了自己身上的缺点：狡猾、任性、自私。但我那时幸福得觉得这些都无所谓。他绝对不会否定我说的话，我说想结婚，他就答应了，当天就去交了结婚申请。直到现在，我还经常让他给我画地图，我还跟第一次看到时一样激动，但我没有告诉过他我是看到那张地图就喜欢上他的。

光生　绀野。

灯里　是上原。

光生　不是有种说法嘛，男人总是重蹈覆辙。

灯里　（察觉到了光生的意思）……

光生　你知道那个人现在在哪里吗？

灯里　……不知道。

光生　你已经察觉到了吧。

灯里　应该快回来了吧。

光生　你已经察觉到了吧，那个男人现在在干什么。

灯里　（低下了头）……我丈夫他没什么恶意。

光生　就算没有恶意……

灯里　应该说无意之中……

光生　无意之中就可以吗，他这是过于随便。

灯里　你不要生气。

光生　……（摇头）对不起，我不是打算来说这些的。只是，我在想能不能帮你做点什么，我能不能帮帮你。

灯里低着头。

光生　我觉得你现在肯定不幸福，我是这么想的。我并不是在追求你，绀野，我只是希望你能变回原来的灯里，那个时候你更加有活力，希望你能变回我们同居时的那个你，变回当时那种感觉……

灯里突然伸出手。

她在光生的眼前，"啪"地拍了一下手。

光生　唉……？

灯里　（苦笑）十年过去了，你还是什么都不明白。

光生　什么意思……？

灯里　我和你之间没有任何美好的回忆。

光生　……

灯里　跟你分手的时候，我想你怎么不去死，这种男人死了才好呢。

光生　……

灯里　（苦笑）你擅自把它当成美好的回忆，我也没办法。

灯里呆呆地叹了口气。

灯里　我喜欢谅。（一副坚决的表情）不管发生什么事情，我都不会和他分手。

光生　（目瞪口呆）……

45　单间公寓·千寻的房间

谅只穿着内裤，千寻裹着毯子，二人躺在地板上的床垫上。

谅剥开天津栗子的壳，把栗子放进仰卧的千寻的嘴里。

然后又开始剥栗子。

千寻看着谅，抚摸着他的下巴。

千寻　我喜欢你的下巴。

谅　好痒啊。

谅把剥好的板栗放进千寻的嘴里。

然后又剥了起来。

千寻起身走向厨房。

千寻　吃太多，你回去就吃不下火锅了。

谅一边剥着栗子一边看着千寻的背影。

谅　火锅？

千寻　你老婆买了白菜。

谅　　什么老婆？（吃着栗子）

46　桑拿房（另一天）

在冒着蒸汽的桑拿房里，灯里正在跟裹着浴巾的四十多岁的老顾客片桐麻美聊天。

灯里　　因为呢，心里再怎么不安，也比跟一个无聊的男人在一起要好得多。他昨天也是过了十二点回来的，使劲吃了两碗菜粥。看着他，我想算了，他终究还是要回这个家。所谓的夫妻，不光只是现在，而是约定了未来的两个人。说得极端一点，妻子只要能主办丈夫的葬礼就行了。

第2话　完

第3话

1　涩谷站前・十字路口（夜晚）

结夏不太习惯地走在人群中，过了十字路口，走向中心街。

2　包厢式居酒屋・走廊~里面的包厢

结夏打开里面的包厢门，走了进去。

结夏　我来迟了！

结夏大声说道，一看。

六个二十来岁的男女正开心地吃着饭。

大家惊讶地看着突然闯入的结夏，一片沉默。

结夏　对不起，走错了。

正准备出去的时候，面前一个叫芽衣的女孩注意到她了。

芽衣　啊，你是美佳的朋友吗？

结夏　啊，是的。

芽衣　美佳刚才突然有工作要做，回公司了。

结夏　是吗？那……

芽衣　请进请进。请坐到里面来。

结夏看看前面，已经是男女六人组合的样子。

不是。并不是谁不好。

只是，对某个人是生命之源的东西，

对另一个人而言，说不定却是像马桶套一样的东西。

结夏　啊，不了……

男男女女都很起劲，结夏一个人坐在里面的座位上喝着酒。

旁边的男子初岛淳之介(23 岁)正在和女生说话。

淳之介　芽衣，你和咲良怎么认识的？

芽衣　摄影的时候认识的。

淳之介　啊，是吗。大家都是封面模特啊。纱季也是模特，今天所有人都……(看着结夏)

结夏　我在干洗店工作。

淳之介　啊。

结夏　啊。

淳之介　不是，星野你也是能登上美女时钟①的美女啊。

结夏　美女时钟？

淳之介　就是说，也有不错的角度。

结夏　也有不错的角度。(一边气得板起面孔一边说)谢谢。

咲良　我想吃甜品。

淳之介　(看着菜单)有冰激凌、巧克力奶油蛋糕。啊，星野，有麻薯。

结夏　(内心生气)麻薯。

淳之介　芽衣吃葡萄慕斯吗？啊，星野，有蕨菜糕。

结夏无法容忍，拿起了包。

结夏　我也该走了……

结夏正准备走的时候，一个男人走进来了，这个人是大村圭辅(35 岁)。

他西装笔挺，是个不错的男人。

淳之介　(对拿着包的结夏说)你要回家吗？

---

① 美女时钟：每分钟切换一张手持报时牌的美女照片的网站。

结夏　（微笑）你能往那边挤一挤吗？

结夏空出了大村的位子，又重新坐下。

3　上原家・房间

光生和灯里隔着锅。

灯里　我和你分手的时候，就想过，你要是去死就好了。我想过，这样的男人，要是死了就好了。

光生　（呆滞）……

4　目黑川沿岸

光生从上原家的方向失魂落魄地走回家。到了桥上，他停下来叹了口气。

这时，听到旁边还有人在叹气。

回头一看，是从酒会回来的结夏。

两人注意到彼此……

5　滨崎家・LDK~洗手间

两只猫正在走着。

回到家的光生和结夏一边脱外套一边说。

结夏　你叹气了，滨崎。

光生　是不是有什么不开心的事情啊，结夏？

结夏走到洗手间，卸妆。

结夏　啊，挺开心的。

光生　哎，和 JUNON BOY 那样的男子吗？

结夏　有什么问题吗？

光生　能谈到一起吗？

结夏　特别合拍。你是一个人吧？

光生　两个人啊，啊，和一个女的。

结夏一边往脸上抹卸妆油一边走出来。

结夏　反正肯定是前女友吧？

光生　……

结夏　（心想："猜中了吧？"苦笑）被女人甩了，又吃回头草，这是最差劲的男人。

怒气冲冲的光生走向洗手间。

结夏正在卸妆，听到洗手间里有人叹气。

结夏　什么？

走到洗手间一看，光生正在擦淋湿的洗脸台。

结夏　你干什么？我卸好妆就来擦啊。

光生　我什么都没说。

光生擦完了，整理好毛巾挂好，返回客厅。

光生看到结夏乱扔的外套，心情不好，这时结夏来了。

结夏　非要做点让人讨厌的事不可。幸好我跟你离婚了。

光生　我也想这么说。

结夏　那你能马上就跟奶奶说吗？说我们离婚了。

光生　你说过，你会自己说的。

结夏　那是你的奶奶吧？

光生　是你说，要等你爸结石掉了再说的。

结夏　我说过，是说过……那又怎样，我们都离婚了。

光生　那……

结夏坐在餐桌旁，摊开放在旁边的报告用纸，写上了1。

结夏　1，就算心怀不满，也不可以说出来。

光生心想："嗯？"走到旁边。

光生　什么？

结夏　制定规则。我们现在是没办法才同住在一起的，需要分清楚的地方不分清楚的话，就会吵架吧？

光生　……（心想："的确如此"）

光生坐到前面。

结夏写下“心怀不满不可以说出口”，接着，旁边又加上了“也不要表现在脸上”。

结夏　因为你马上就表现在脸上了。

光生注意到信纸上没有多余的空白，“也不要表现在脸上”写得特别挤。

光生　要不重写一下？

结夏　心怀不满不可以说出口。

光生默默地把纸拿过来了。

光生　2，不依赖不撒娇。自己的事情自己做。

结夏　我又没有……

光生　3，不进对方的房间。不碰对方的东西。

结夏把纸抢过来。

结夏　4，厕所的马桶圈要放下来。

光生　什么？突然变得细化了。那可以规定每次扯下来的厕纸长度为八厘米吗？

结夏　这是第5？

光生　在4的旁边用括号写上吧。

结夏　5，互相不把对方当成异性看待。

光生　我不是把你当成异性看待才提的。

两只猫在嬉戏。

冰箱上用磁铁贴着两人的规定。

最后第6条的地方写着“恋爱自由”。

6　桑拿室（另一天）

满是蒸汽的桑拿房里，灯里裹着毛巾，和麻美说着话。

灯里　人生中最重要的事，就是利落干脆。男人是不可思议的。他们为什么会深信以前交往过的女人会一直喜欢自己呢？我家附近住着一个以前和我交往过的人。我觉得那只是个熟人吧。我觉得他结婚了，看起来又挺幸福的挺好的啊。然后他就到我家里来了，说我老公的坏话。说他离婚了，和我在一起的回忆什么的。哎，都在说什么呢？不是有部电影说邻居是个神经病吗？麻美，如果我哪天被杀了，犯人就是那个滨崎光生。

7　小牧牙科医院·诊疗室

光生坐在治疗椅上，和牙科医师菜那说着话。

光生　有部电影演的是和前女友成为邻居，两人再一次坠入爱河的。我倒也没这种期望啦，啊，就是想能不能帮上点什么忙。也不知道为什么就被嫌弃了。

菜那一边开始清洁光生的牙齿一边说。

菜那　是那个吧，不是找到了 AV 之类的吗？

光生　（想到）啊……（肯定是那个）

菜那　滨崎，你不玩 facebook 吗？

光生　哎？不，我不玩。

菜那　经常有些前男友啊前女友的，通过 line 之类的互相联系，死灰复燃的啊。

光生　哎……（兴趣盎然）

菜那　不过我也不太明白。跟我说这话的人，还说女人一吃芝士就会想恋爱。（发呆似的开玩笑）

光生　是吗，什么芝士？（认真脸）

上剧名

8　美术大学·教室（另一天）

学生们各自做好了家电制品的塑料模型。

谅一边吃着大福一边偷窥。

谅　哎，吉井，这个挺有趣的啊。

学生　粉末不要撒了。

谅　抱歉抱歉。（一边说粉末一边撒）

谅移动了位置，站到了别的做了一半的作品前面。

没有人，工具被扔在那儿。

9　同·教师办公室

谅一进来，就看到了杂乱的房间深处趴在桌子上睡着的千寻。

谅无奈地走到她旁边，桌子下面的抽屉开着。

谅　我是让你送这个过来的。（指着柜子上的文件）

脸上粘着绘画工具的千寻，指了指手里的纸。

是结婚申请书。

上面写着上原谅和绀野灯里的名字，还印着印章。

谅看着……

千寻　这是结婚申请书吧。为什么锁在学校的抽屉里？

谅　那个壳子，不错啊。

谅指了指千寻的手机壳。

千寻　Village Vanguard① 就有卖的啊。

谅　嗯。（一边说一边觉得无奈）

10　中目黑站·周边（夜晚）

穿着西装的光生结束了工作，走着路。

菜那穿着便装，站着挥手。

---

① 日本杂货店。

光生也笨拙地向她挥手。

11　手机店·店内

光生和菜那挑选着摆在柜子上的手机。

菜那　这个不就很适合你吗?

光生　哎,哪里适合了?

菜那　哪里?你问的问题真麻烦。我给你挑选。

光生　那个,能那个的,那个,能上 facebook 的。

12　立式居酒屋·店内

桌子上有一个打开的手机包装盒,菜那一边吃下酒菜,一边在设置手机。

光生读着厚厚的操作指南。

菜那　不看也没关系,我就完全没看。

光生　哎,那样就没法掌握所有功能了吧?

菜那　是啊,我设好账号了。(把手机递给他)

光生看看自己的 facebook,点击"朋友",显示"0 人"。

光生　这网络可真是没礼貌。

菜那　把想要成为朋友的人的名字输入这里。

光生　……

光生输入了"上原灯里"。

显示未找到。

菜那　啊,这个人可能没有 facebook。

光生　哎,那我为什么要买这个手机?

菜那　我来输入我的名字看看。

菜那拿过光生的手机,迅速输入。

光生　……也帮我输入"星野结夏"看看。

菜那　好的。

光生　结束的结，夏天的夏。

菜那迅速输入。

菜那　啊，有了。有的有的。

光生接过来一看，有照片，结夏拿着高尔夫球杆。

光生　（哎？）

菜那　（从旁边看）第一次来打高尔夫。以后会多加练习。

光生　哎，现在吗？

菜那　嗯。啊，是碑文谷的练习场。不是自己拍的，肯定是和谁在一起。

光生　……

13　挥杆碑文谷·高尔夫球场

结夏挥杆。

但是球从前方咕噜咕噜地滚走了。

结夏　啊。

大村在旁边看着。

大村　你的腰扭动幅度太大了。

说着，大村走到结夏的背后，把手放在她腰上支撑着。

大村　我帮你规范一下动作吧？

结夏　（心怦怦直跳）好的。

结夏挥杆，球飞得很远。

结夏　哇！

结夏坐在长椅上，正准备把打高尔夫球的照片传到facebook上。

她心想："难道是朋友?!"一看，是滨崎光生。

结夏　哎?!（皱眉）

结夏点进去一看，光生的主页跳出来了，是光生拿着乒乓球拍笑着的照片。

结夏　（读出来）来到了乒乓球吧。冬天果然适合玩室内运动……（怒上心头）

14　乒乓球吧·店内

光生面朝乒乓球桌，拿着球拍。

菜那拿着光生的手机拍照。

菜那　拍啦。

光生摆出一副锐利的眼神，做出扣球的样子让菜那拍。

15　挥杆碑文谷·高尔夫球场

结夏把手机给大村看。

结夏　冒出了一个熟人的名字。

大村　搜一下邮箱地址，账号就会跳出来了。

结夏　那对方也能看到我喽？

16　乒乓球吧·店内

光生在乒乓球桌旁边，一边用手机往facebook上传着照片，一边说。

光生　高尔夫到底有什么意思，我完全不明白。

在旁边喝饮料的菜那，好像挺开心的样子。

光生　好像要多用几种球杆吧？只用一种不行吗？

菜那　这样不是很有意思吗？

光生　很占地方啊。

菜那　乒乓球倒只要这些就可以了。

光生　说什么“被自然环绕着，心情真好啊”之类的，你在那儿驼着背呢。

光生一边说着，一边看着结夏的facebook，跳出来一张结夏一边吃着美味火锅一边喝日本清酒的照片。

光生　(读出来)正在进行火锅约会……(怒火中烧,对菜那说)我们去吃点什么吧。

17　火锅店·和式包厢

结夏一边吃着火锅,一边拿手机看着光生的facebook。

开心地吃着芝士火锅的光生的照片。

结夏　……抱歉,那儿的螃蟹借我用一下。

结夏从大村手上把螃蟹接过来,用手机拍照。

18　小酒馆·店内

光生一边吃着芝士火锅一边看着结夏的facebook,看到了结夏和螃蟹的照片。

光生　……我们点瓶高档红酒吧。

19　火锅店·和式包厢

拼命给螃蟹拍照的结夏。

摸不着头脑的大村。

20　小酒馆·店内

拼命给红酒瓶拍照的光生。

打着哈欠的菜那。

21　火锅店·外面

结夏和大村出来了。

结夏在手机上输入"接下来准备去时尚的隐藏式酒吧"。

大村　那我们回头再联系。

结夏　(哎?)

22　小酒馆·外面

光生和菜那走了出来。

光生看着结夏写的“接下来准备去时尚的隐藏式酒吧”。

光生　（环顾四周）隐藏式酒吧，什么隐藏式酒吧……

菜那　（打哈欠）我困了，我回去了。

光生　（哎？）

23　目黑川沿岸

在目黑川沿岸走着的光生，过了桥，遇到了结夏。

彼此看到对方拿着手机，停下，又继续走。

结夏　啊，今天喝了不少啊。

光生　那家店真是一般人不知道的好地方啊。

24　滨崎家·LDK

两人回来了，光生打理着盆栽，结夏坐在瑜伽球上。

手机响了。

两人同时看着手机。

不是光生的手机在响。

结夏看到是自己的手机，看看光生，微笑。

光生　……

结夏　（读出来）今天很开心。下次再一起玩吧。（炫耀地笑了）

光生　……只有两行吗？

结夏　有本事的男人不会写长篇大论的邮件的。啊，和某些收不到邮件的人比起来……

光生的手机响了。

光生得意扬扬地笑着拿起手机。

结夏　……

光生正打算看，但是不知道怎么打开。

光生一边纳闷，一边拿起操作指南。

结夏　（一看，察觉了）不知道怎么打开邮件吗？

光生一边看着指南一边点着手机屏幕。

光生　我知道。

结夏　给我看看。

结夏从光生手里接过手机，迅速打开了。

结夏　（读出来）新签约用户通知。（一边说，一边噗噗噗地笑着）

光生　……

光生拿回手机，一直盯着手机。

光生　她看起来挺困的，现在已经……

结夏　哎？哎？看起来挺困的？真是糟糕的约会。

光生　……她又不是那种对象。

光生放下手机，准备走到里面的房间。

结夏　那，那种对象是你前女友吗？

光生停下来，回头骄傲地说。

光生　我有言在先。我和你结婚期间，一次也没有出过轨。

结夏　那当然。

光生　这个世界上没有什么当然。我的，我的这方面优点，你完全不予以正面评价。

结夏　这只是很普通的事。

光生　不普通。那样的男人很多。而且也有很多太太心平气和地接受这一切。

结夏　这样不是傻子吗？

光生　……是傻子。（严肃地仔细思考）

结夏　什么？

光生　没什么。

光生走进里面的房间，结夏走进卧室，"砰"的一声关上了门。

里面的房间门打开了，光生偷偷地出来了。

光生蹑手蹑脚地走到客厅，拿起桌子上的手机，躲到厨房里面看手机。

打开 facebook，在朋友搜索栏里输入“绀野灯里”。

但是没有查找到。

光生很失落，看到有新动态，打开一看，是菜那的照片。

照片上菜那吃着芝士火锅，配文写着“很棒的夜晚”。

光生　……

光生盯着，点了个赞。

25 棒球场（另一天，早上）

正在练习业余棒球的光生。

光生接受着多田的发球。

躺在草地上，鼻子里塞着纸巾的光生。

在手机上搜索“熊的幼崽”，看着屏幕。

26 上原家·房间

灯里和谅面对面坐着吃早饭。

灯里往咖啡里加牛奶，漫不经心地问谅。

灯里　谅，你昨天什么时候回来的？

谅　嗯。几点来着？

灯里　（一边喝一边说）工作？

谅　嗯。河合也在吧。

灯里　那个副教授？

谅开始收拾自己用过的餐具。

谅　嗯。那个人是单身。但是听说，他昨天在秋叶原被一个超级漂亮的女人搭讪，然后约会了。

灯里　嗯。

谅　然后在吃饭之前，那个女人把他带到了一幢奇怪的大楼参加展会，让他买一幅八十万日元的海豚的画。

灯里　哎。他买了吗？

谅　他打电话给我，问怎么办，我说那就难办了啊。我马上就去秋叶原接他。但是我不知道那个大楼在哪里，正在找呢，就看到河合抱了一个大大的包裹从万世桥的对面过来了。

灯里　哎。

谅　他说，“上原，我买了”，就哭了。我拼命安慰他，然后就错过了末班电车。

灯里　啊……（想起了引出这个话题的前因后果）

谅　我去趟便利店。

谅说着，就走出了房间。

灯里　（目瞪口呆）……（苦笑）

27　沿河的咖啡馆・外面的马路~店内

光生穿着满是泥巴的棒球服，一边护着腰一边回到了家。

光生一进店里，继男就表现出一副不高兴的样子。

光生　嗯？（对继男说）

继男用下巴指了指里面的桌子。

智世和附近的太太们一共五六个人聚集在一起，最中央的是在表演魔术的谅的身影。

大家欢呼着“哇好厉害”。谅很有人气。

继男　都是男人，差距真大啊。

光生　……

欢笑着的智世来了。

智世　（看到光生就皱眉）这个样子不要进店里。换衣服！

28　干洗店・店内

结夏和亚以子隔着吧台坐着，喝着茶。

结夏紧张地整理着小票。

结夏　亚以子，看完后乐园之后，我们去吃饭吗？我有话必须跟你说……

亚以子　什么？

结夏　嗯？嗯，到时候再说吧。

亚以子　不必在意，现在说吧。

结夏　是吗？啊，呀，但是算了。

亚以子　什么？

结夏　呀，啊，但是。啊，喝茶吧。

亚以子　我正在喝。

结夏　是啊。那个……

这时，来客铃响了，灯里进来了。

结夏　（放心）欢迎光临。

灯里点头，拿出了谅的西装和衬衫。

亚以子　（注意到灯里）啊呀。

灯里　（看到亚以子，突然意识到了什么）啊，上次谢谢了。

结夏　（嗯？）

29　沿河的咖啡馆・店内

光生穿着《寻找威利》①的主人公那样的衣服，在吧台包饺子。

智世一边撤下杯子一边走过去。

光生　为什么只有这样的衣服？

智世　这不是去年万圣节你自己穿过的衣服吗？

继男　是楳图一雄②吧？

---

① 《寻找威利》是一套由英国插画家创作的儿童书籍。主人公威利穿着红白相间的条纹衬衫。

② 日本恐怖漫画家。

智世　是《寻找威利》。

光生回头一看，围绕着谅的太太们正在朝谅挥手告别，准备回家。

谅注意到了光生，走了过来。

谅　啊。(但是，想不起名字了)

光生　我叫滨崎。你记得我的样子吧？

谅　(指着光生旁边的座位)我可以坐这儿吗？

光生　请便。又不是我的店。

谅　失礼了。

谅坐在旁边，看着光生的样子。

谅　很适合你啊。

光生　最好想想“适合”这个词的使用方法。

智世　要不让谅也教教你变魔术？

光生　我不喜欢魔术。

谅　哎，为什么？

光生　那种东西，让大家大呼小叫的，看起来像傻子一样。

谅　你是讨厌魔术，还是讨厌大家开心地在一起呀？

光生　啊，极端地说，确实是这样的。

谅　你看到别人开心地在一起，你不会变得开心？

光生　完全不会。看电视的时候，不是会有人对着电视喊“耶”，哈哈大笑吗？看到那种，我简直想把电视砸了。啊，但我毕竟是成年人，实际上是不会这么做的。

谅　啊，但是在酒会上，别人都说我不怎么爱说话呢。

光生　可能你所说的在酒会上不怎么爱说话，和我说的在酒会上不说话是不一样的。

谅　什么？

光生　要怎么样才能这么受欢迎？(认真的表情)

30　干洗店 · 店内

结夏、灯里、亚以子三个人在说话。

结夏　我还是第一次见到他的朋友。

灯里　我和他只是在同一个大学,也算不上是朋友……

结夏　啊,否定。

亚以子　光生那时候是不是没有女朋友啊?

结夏　不可能有的啊。又不受欢迎。

亚以子　但是如果丈夫很受欢迎的话,做妻子的就要担心了吧?(对灯里说)

灯里　(歪着头)

结夏　你丈夫这么受欢迎吗?

亚以子　谅活得很轻松啊,也不麻烦。

结夏　有一点很重要啊,男人的价值就是由麻烦或不麻烦来决定的。

亚以子　男人不会明白这些的,他们还说自己有原则。

结夏　男人的原则,最差劲了。

31　沿河的咖啡馆 · 店内

光生和谅说着话。

光生　我是有原则的。女人说想吃辣的东西,我就会带她去正宗的泰国料理店。然后女人就会抱怨说“啊,好辣”。这跟她说想吃辣不是自相矛盾吗?

谅　啊。

光生　她们一边说狮子吃小鹿很可怜,一边说野味料理很流行,想去吃。和这种任性的人到底要怎样说话才行?

谅　你的意思是你想搭讪吗?

光生　如果一个女人问你她指甲做得怎么样,你怎么说?

谅　嗯。

光生　开始说《欲望都市》的时候，应该做出一副什么表情？

谅　嗯。

光生　不要说嗯，告诉我该怎么办？（逼问）

谅　不是，我也不怎么受欢迎。

光生　（生气）

谅　不是，真的……

光生　饺子包好了，我回去了。

光生站了起来。

但是就站着，不动。

谅　……怎么了？

光生用食指指着自己的腰。

32　干洗店・店内

结夏、灯里、亚以子在说话。

亚以子　灯里，还有时间吗？家里有好吃的点心。我现在拿过来。

灯里　啊，劳您费心了。

结夏　我去拿。

亚以子　行了行了，你们等着。

说着，亚以子就出门了。

结夏　（对灯里说）马上打工的人就要来了。不如我们继续聊吧，我家就在上面。

33　滨崎家・玄关~LDK

光生扶着谅的肩膀，动弹不得。

光生站不起来。

谅　你忍耐一下疼痛。忍耐一下，就能站起来了。

光生　不行。

谅　只要忍耐一次就行。

光生　不行，你别老强调一次。

谅　一二。

光生　……

谅　一二。

光生　……

谅　一二……

光生　那个，你别说了。那个，别说一二了。

光生呻吟着站起来了。

光生扶着谅的肩膀走进了房间。

光生　（看到卧室）里面。往里。

谅　好的。

这时，听到玄关处有动静。

结夏的声音　请进，就是里面有点乱。

结夏和灯里进来了。

四人互相注意到，吃惊。

两只猫回头看。

34　同·卧室

光生换了衣服，躺在床上。

光生虽然腰疼，还是留意着客厅里发生的事，伸长着脖子。

35　同·LDK

结夏端茶放到了并排坐着的灯里和谅的面前。

结夏　给你添麻烦了。

谅　没有。初次见面。

结夏　（心里想，不是第一次）初次见面。

灯里　（对谅说）我刚刚才知道。她是滨崎的太太。

谅　哎。

结夏　（指着卧室）我去看看情况。

灯里　那个，我们马上走了。

结夏　奶奶马上回来。

灯里　那我们等她。

结夏走向卧室。

灯里　（用胳膊肘顶了顶谅，小声说）在干吗？

谅　（嘿嘿嘿地笑着）

36　同·卧室

光生留意着客厅里发生的事，这时门开了，结夏进来了。

结夏走到了光生旁边。

结夏　（小声说）那个丈夫，就是之前来我们店里的衬衫上有口红印的男人吧？

光生　嗯。

结夏　要用什么方式跟她说呢？说你先生有外遇了？

光生　不行。就装作不知道。

结夏　（紧张）我最不擅长隐瞒了。本来我们离婚了这事就不得不隐瞒。

光生　那个没事，她知道我们离婚了。

结夏　是吗？那我刚才还在演戏。

光生　但是我没跟她老公说。

结夏　又把事情弄复杂了啊。

光生　你不用什么都管吧。

结夏准备出去，走到一半又停下了。

结夏　等一下。

光生　（哎？）

结夏　不是先生，是太太知道我们离婚了？

光生　嗯。

结夏　为什么和太太说这个？哎，什么时候说的？

光生　嗯……

结夏　啊，那个人，难道是……

光生　不是……

结夏　（回头看光生）我说得没错吧？

光生　……是这么回事。

结夏　……好，倒是没什么，就是超级麻烦。

光生　你学着点察言观色。

结夏　真麻烦。

37　同·LDK

结夏从卧室回来了。

结夏　（笑着）他挺疼的。

灯里　啊。

结夏侧目斜视着紧张的灯里。

结夏　（对谅说）你吃橘子吗？

谅　橘子，不太喜欢。

结夏　（感到惊讶）是我老家寄过来的，相当好吃。

灯里　我吃。你老家是哪里啊？

结夏拿着橘子过来了。

结夏　富士宫。

谅　炒面。

结夏　是的。还有很多其他的。

灯里　是有啊。

结夏　啊，你去过吗？

灯里　去是没去过啦……

结夏　啊。

灯里　（感到有些尴尬，看向卧室的方向）我去帮他按摩吧？

结夏　啊，对了，你说过的。可以拜托你吗？

灯里微笑，走向卧室。

剩下结夏和谅两个人。有点尴尬。

结夏　你老家在哪里啊？

谅　杉并。

结夏　啊，确实有杉并的感觉，嗯。

38　同·卧室

灯里坐在光生旁边，开始按摩光生的腰。

光生　麻烦你了。

灯里　没关系。

光生　那个。

灯里　嗯。

光生　前几天……

灯里　那个。

光生　嗯。

灯里　不要再说这些了。

光生　不是……

灯里　请彻底忘了吧。

光生　（哎？）

灯里　我们刚刚才搬过来，暂时想先安顿在这里。滨崎你也没打算搬家吧。

光生　嗯……

灯里　我想今后你和我以及我老公都还会再见面。就像今天这样。

光生　嗯。

灯里　在这种时候，如果硬要做点什么就讨厌了。我只是普通地在这条街上工作着，做着主妇。怎么说呢，什么是对的，什么是错的，我不需要这样的指导。

光生　嗯。

灯里　不管你因为什么、在哪里看到我老公和谁在一起，都请当成没看到。

光生　……

灯里　这些事，就请忘了吧。我现在真的挺幸福的。

光生　……啊，好的。

灯里　怎么样？

光生　我知道了。

灯里　不是，腰。

光生　啊，轻松多了。

灯里　好。

光生　嗯。

灯里走出了房间。

门关了，光生摸着灯里按摩过的腰……

光生心里还没有释然。

39　同・LDK

结夏、灯里、谅一边看着两只猫一边聊天。

结夏　那个，那边不是有个神社吗？

灯里　啊，是啊。

结夏　它们被扔在那儿了，在还很小的时候。是他把小猫捡回来的。

灯里　名字叫什么？

结夏　这只叫八朔，这只叫玛蒂尔达。

灯里　八朔？（微笑）

有什么声音。

三人回头一看，卧室的门开了，光生横躺着出来了。

三人……

光生　八朔是她取的名字。玛蒂尔达的名字是我取的。

结夏　怎么了？

光生　我以为八朔怎么了呢。（揶揄）

光生躺着，继续移动。

结夏　你去哪儿？

光生　厕所。

三人看着，光生横着身子慢慢爬向厕所。

两只猫走过光生的面前，面对面看着他。

光生……

结夏、灯里、谅在餐桌边聊着天。

灯里　（担心）奶奶还没来啊。

结夏　她总是这样。可能又在哪儿闲聊呢。

三人回头一看，光生躺在沙发那儿。

光生　（注意到他们的目光）怎么了？

结夏　没什么，因为你在那儿。

光生　这是我自己的家。

结夏　只是在意你而已。

光生　你们忙你们的，我只是待在我自己家里。

灯里　那个，如果我们打扰到你的话……

光生　你们请慢慢来。我如果能动的话，也会拿出各种各样的东西招待你们的。

结夏　我已经拿出了各种各样的东西啊。

光生　静冈茶和静冈蜜橘吗？

结夏　不好吗？

光生　哎，上原，我说过不好了吗？

结夏　你的语气就是说不好啊。

灯里和谅很尴尬……

结夏　你这样的话，别人也很尴尬啊。是我请他们来的，你给我闭嘴。

光生　是你先找茬的。

光生避开了目光。

结夏　（对灯里他们说）你们两个人会吵架吗？

灯里　（看着谅）没有吵过架吧。

谅　没有。

结夏　哎，一次也没？

灯里　一次也没有。

听着的光生　……

谅　为什么事情吵架啊？

结夏　所有事情啊。比如说，说我指甲剪得太靠肉了……

光生　又是这件事啊。

结夏　咦，有人在说话吗？

光生避开了目光。

结夏　我跟他说，我剪得太靠肉了，好疼好疼，这个人在旁边看书，说我烦。我跟他说我剪得太靠肉了，他说，我现在正在看在秘密猎杀中被杀死的非洲象。说是和因为象牙丢了命的大象比起来，剪指甲剪得太靠肉这种事就不算什么了。怎么想的？说是比起眼前的妻子，书里面的大象更重要。（对灯里说）不过分吗？

灯里　（笑着敷衍过去）

结夏　你先生不会生气吗？

灯里　不会啊。

结夏　（对谅说）你不会生气吗？

谅　会啊。

结夏　比如什么事呢？

谅　看到喋喋不休的 AV 男优之类的，就会生气。

光生不由得扑哧一下笑喷。

三人看着光生。

光生避开目光……

结夏　（对灯里说）你不讨厌你先生看这种片子啊？

灯里　我想没有男人不看这种的吧。这个事情，生气也没用啊。

光生　（哎？这样啊）

灯里　男人要做的事，怎么生气也没用啊……

结夏　是吧，是这样的吧。最后受伤的还是我们。（让光生听到）

光生避开目光……

谅　你说过，你过去曾经有过非常生气的时候。

灯里　哎？

谅　之前喝醉的时候说过。你说，以前交往过的男人是很差劲的男人，要是去死就好了。

灯里　……！

光生　……！

结夏　（难道）

谅　哎呀，什么来着？（试图回忆）

灯里　我没说过这种话。

谅　你说是大学时候的男朋友。

结夏　（果然，斜着眼看着光生）

光生　（不安）

灯里　（看看谅，摇头）

谅　（觉察到灯里不想让他说，点头）

灯里　（微笑）也没有他说的那么夸张啦。

光生郁郁寡欢……

结夏　啊，还有橘子。

灯里　我们也该回去了。我回头跟奶奶打招呼吧。

结夏　是吗？

灯里　打扰了。

灯里正准备拿起自己的杯子和盘子站起来的时候。

光生　那个人做什么了？

灯里　……

光生坐起来。

光生　你告诉我，他做了什么。

灯里　……

结夏　（哎呀）

谅　（平静地看着）

光生　他做什么了？绀野。

灯里　……（深呼吸，放弃）

谅　（看着光生，开始察觉到了什么）

结夏　啊，你可以无视他。

灯里又坐下来了。

光生、结夏、谅惊讶地看着她。

灯里低下头，开始说。

灯里　我出生在青森的八户渔港。爸爸是个渔夫。他一出海，就好几个月不回来，我是特别依赖爸爸的孩子。

光生、结夏、谅不知道灯里要说什么，只是在一旁听着。

灯里　爸爸打渔回来的前一天晚上，我完全睡不着，总是第一个跑到港口去等待爸爸的归来。我奔向举着大渔旗①下船的爸爸，紧紧抓住他强壮的手腕。到了晚上，我还靠在爸爸的大腿上，一直听他说打渔的故事。因为我特别喜欢散发着大海味道的爸爸。

灯里　爸爸是在我 14 岁那年去世的。

光生、结夏、谅一惊。

灯里　他被鲨鱼袭击了。听说他从船上掉下来失踪了，八个小时之后，他的遗体被找到了。从那之后，我总是呆呆的，去学校也无精打采，回到家妈妈也总是焦躁不安，我晚上钻进被窝就总是偷偷地哭泣。有一次我逃学了，在当地的购物中心一个人闲逛，又想起了父亲而泪流不止。我走进厕所一直在哭，这时商场的广播里传来了歌声。是当时非常流行的 JUDY AND MARY 的《CLASSIC》。我就这样去了 CD 店，买了这个，然后我都不知道自己听了几千遍。我十分崇拜主唱阿雪。某个时候，某个时候，虽然不知道，但是在某个时候，（自嘲地微笑着）我也想成为阿雪那个样子。非常想。去东京，去上大学，直到现在我还是一直喜欢着她。我偷偷地练习乐器，创作着自己的歌。虽说如此，我发现自己根本没有什么天分。不可能的，但还是想努力一把，不可能的，但还是想努力一把，我反复纠结着。最后我通过谈恋爱来逃避，就和男人谈起了恋爱……

光生　（意识到是说自己）……

灯里　我不好意思说出自己的梦想，就把它藏起来了。过了几个月，我鼓足勇气准备说出来，就把 CD 拿出来循环播放。我的梦想，还有关于父亲的事情，我都打算说出来。我也不是想让他鼓励我。我只是想说，我发生过这样的事情，但是我还有梦

① 大渔旗：渔夫出海归来时挂在船上昭示捕鱼丰收的旗帜。

想，我想让你知道，仅此而已。然后那个人回到房间，听到正在播放的阿雪的歌，就跟我说“这是什么无聊的歌？这音乐简直像廉价的碎花马桶套一样”。

结夏　（看着光生）……

光生　（呆住了）……

灯里　我什么都没有说，就跟他说，我去趟便利店，就出去了。然后，我真的去了便利店，站在那儿看了会儿书。回来的时候我就在想，什么梦想之类的就放弃吧。我成不了阿雪。我是一个很平凡很无聊的人。远大的梦想，我是不该有的。回到家里，那个人正在看电影。看的电影是《大白鲨》。他一边笑一边跟我说，坚决不要死在鲨鱼肚子里。

光生　（愕然……）

灯里　第二天，我什么都没说就搬走了。

结夏　（叹了口气）真差劲啊。

灯里　（摇头）不是。并不是谁不好。只是，对某个人是生命之源的东西，对另一个人而言，说不定却是像马桶套一样的东西。

结夏　……（突然想起来）因为大家都是局外人。

灯里　是的。是在别的地方出生，走着别的路长大的局外人。

光生　……

光生抬起头，看向灯里的方向。

谅　（对灯里说）回去吧。

灯里　嗯。

谅把手放到灯里的背上，催促她走向玄关。

结夏送他们走。

客厅里只剩下光生一人……

40　上原家・房间

灯里和谅进了家门。

谅正准备往里走的时候，灯里从后面抱紧了他。

灯里　我想去个什么地方。

谅　什么地方？

灯里　哪儿都行，随便什么地方。

谅　温泉？

灯里　嗯。（微笑着把脸靠在谅的背上）

41　目黑川沿岸·实景（夜晚）

42　滨崎家·卧室

光生睁着眼躺着……

43　同·LDK（另一天，早上）

结夏用手机看着 facebook，坏坏地笑着。

大村来了条短信，邀请她去看电影，内容是："今晚有空吗？愿意一起去看《少年派的奇幻漂流》吗？"

结夏开始回复。

正准备上班的光生恍惚地出来了。

光生　我走了。

光生说着，恍惚地走了。

结夏　（之前没注意到他）啊，你走好。

她说话的同时，玄关的门关上了。

结夏心想："不要紧吧？"继续回复信息。

44　培训机构·前面

在小学生进进出出的培训机构前，光生正在和客户说话。

光生　热饮销量提高了，再增加点怎么样？

45　办公室·走廊

公司员工们走来走去，光生在帮忙往自动贩卖机里填货。

光生弯下腰，虽然很疼，但他继续忙着。

46 停车场

有很多车子出入，光生一边避让，一边帮忙把东西装进去。

贩卖机的取货口里有垃圾，拿出来一看，是汉堡包的包装袋，光生手上沾了番茄酱。

光生迅速打扫。

47 涩谷附近·电影院（晚上）

结夏披头散发地跑着。

大村站在电影院的售票处前面。

结夏藏在柱子后面，拿出镜子整理了一下弄乱的头发，走到大村面前。

结夏　晚上好。我来迟了。

大村　晚上好。（表情微妙，看看表）

结夏　总算勉强赶上了，快……

大村　已经开始了。

结夏　啊，但是才开始了一分钟……

大村　这一分钟里也可能有重要的画面。

结夏　（哎？）那我请你吃饭来向你道歉吧。

大村　我肚子还不饿，回公司吧。

结夏　……

48 电影院·前面的马路

结夏低头看着往回走的大村。

结夏抬起头，皱着眉。

火冒三丈，正准备回去的时候，手机响了。

一看手机，是个陌生号码。

结夏　（嗯？）喂。

淳之介的声音　好啊。

结夏　什么？

淳之介的声音　我是淳之介。之前聚会的时候坐在你旁边的。

结夏　啊。（皱眉）

淳之介　这会儿我们又要聚会了，你来吗？

结夏　……我正忙着呢。

淳之介的声音　你听起来不开心，是刚刚被甩了吗？

结夏　哎？（看看周围）

电影院所在大楼的大厅里，穿着清洁工的衣服、拿着抹布的淳之介站在那里。

淳之介朝结夏做鬼脸。

结夏　?!

49　茑屋中目黑店・店内

光生提着 origin 便当，在柜台掏出了 CD。

50　滨崎象・LDK

光生从微波炉中拿出便当，坐在餐桌旁，打开盒盖。

正准备吃，又放下了筷子。

从茑屋的袋子里拿出了 CD。

是 JUDY AND MARY 的最畅销的唱片。

把 CD 放入电脑，插上耳机。

从屏幕上显示的曲目中选择《CLASSIC》，点击播放。

打开屏幕上的文件，看着十年前光生和灯里的照片。

趴在桌上枕着胳膊，听着歌。

51　目黑川沿岸

从桥上走过来的光生。

折回，走向沿河的马路。

52 上原家·外面走廊~道路

光生站在门口。

小窗户透出灯光,光生知道里面有人。

光生紧张地敲门,听到一声“来了”,有人走到了玄关前。

光生　那个,我是滨崎。

门对面没有声音。

光生　我是来道歉的。

没有回应。

光生　对不起。那时候,我记不得了。虽然记不得了,但是绀野,正如上原说的那样,我想我是说了很过分的话……

反锁的声音,挂上门链的声音,往回走的脚步声。

光生　……(低下头)

光生回去,走到路上,看到了站在那儿的千寻。

光生心想:“嗯?”

千寻右手握着石头。

千寻用力挥动胳膊,扔出了石头。

击中了上原家的窗户,破了,石头飞到了里面。

光生心想:“嗯?!”

千寻逃走了。

光生担忧着被打破的窗户,去追千寻。

53 同·房间

灯里看着突然被打破的窗户。

手上拿着掉到餐桌饭菜上的石头……

54 咖啡馆·店内

千寻进来了,迅速走到里面的桌子旁坐下。

光生接着进来了,找到千寻,站到她面前。

店主　两位吗？

千寻　两杯咖啡。

光生心想："什么？"坐到了千寻面前。

光生　逃了也没用，因为我认识你。

千寻　我认识你。我看到过你和他太太一起走路的。

光生　（啊）……

千寻　你们是有婚外情吗？

光生　（摇头）

千寻　那你刚才在外面像跟踪狂一样……

光生　那是……不是，你等一下。现在，我来这儿是因为你刚才……

千寻　我的事情不用你管。

光生　那可不行，这样下去我会被怀疑的。

千寻　太麻烦了，直接说你想干什么行吗？

光生　（逐渐生气）说什么呢？

千寻　你是想抢走他的太太吗？

光生　……

千寻　对我而言，你这么做就帮了大忙了。但对你而言，这样真的没问题吗？

光生　什么没问题……？

千寻　滨崎，有没有人对你说过你是个榆木脑袋？

光生　……（深呼吸）呃，你是叫我抢走上原的太太，然后你就能和上原顺理成章地在一起了。是这么回事吗？

千寻　那个人，应该知道我和谅的事吧？但她看起来一脸平静。

光生　那是……

千寻　可能是因为她觉得谅是自己的吧。但是，谅不是她的，或者说，谅不属于任何人。

光生　人当然不会属于别人……（喝咖啡）

千寻　因为谅并没有提交和她的结婚申请书。

光生　（嘴里含着咖啡的状态）……

千寻　（指着嘴角）流下来了。

光生　……（用餐巾纸擦）

千寻　总之我不是婚外恋，你也一样，也可以自由地去喜欢她。

光生　（呆住了）……

55　目黑川沿岸

正在走着的光生，在桥上停下来了，往河下面看着，伸出手。

有一点点雪花落到了手上。

光生盯着雪花融化……

旁边有人站着。

回头一看，是灯里。

光生　……

灯里拿起光生的手，往他手里放了个什么东西。

是刚才的石头。

灯里　我也说得过分了点。

光生　……

灯里　已经都是过去的事了。也不说谁好谁不好了……已经十年了，彼此都是成年人了，又住得近，我想我们应该能好好相处的。所以，请不要再做这样的事了好吗？

光生　……

灯里　可以吗？

光生　……

灯里　以后我们用成年人的方式交往……

光生　我死了不就好了。

灯里　（哎）

光生　死了的话……

灯里　对不起,我说得过分了。我现在已经不这样想了。因为之前你跟我说我老公的事,结果我就说了那种话,现在我已经完全不这么想了……

光生　就像跳长绳。

灯里　什么?

光生　绳子一圈一圈地转。大家都在里面跳,让我也跳入其中。我一跳,绳子就绊到我的脚,停下来了。

灯里　(怎么了?)……滨崎?

光生　我不知道该做什么,怎么做。我不知道该说什么,怎么说。

光生深深地失望。

光生　我做不好。各种各样的事,我都做不好。

灯里　……

光生　……

56　梦中

列车的头灯像一道光剑刺破了黑暗,照亮了铁轨。暴雪大作。

从列车内部看得到景色,列车在慢慢前进。

在暴雪中一个劲儿地前进。

57　宾馆·一个房间

微暗中,睡在床上的谅睁开了眼睛。

床边的椅子靠背上挂着女性的西装和内衣。

裹着浴巾的日野明希(33岁)走出浴室,掀开被子,躺到谅的旁边。

明希　你做噩梦了吧。都叫出声了。

谅　仙后座。

明希　仙后座?星星?

谅　是叫这个名字的列车。从上野到札幌要开一整晚的卧铺列车。偶尔做梦会梦到。

明希　每次梦到都会害怕?

谅　和女生一起就会经常梦到。

明希　听说男人在出轨的时候,会产生罪恶感。女人就不会产生罪恶感,甚至会有种爽快感。

说着,她依偎在谅的胸口。

谅　俄罗斯方块,和那个类似。游戏一般都是射击宇宙飞船,打僵尸之类的。但是,俄罗斯方块我有点搞不懂。一个接一个的,就是方块掉下来,对准,对准了就消失。就和我现在的感觉差不多。我不知道自己在干什么。没有目的。也没有结束。只是好像被什么追赶着一样,被催促着一样,继续着。

第3话　完

第4话

1　从上一话的结尾开始，目黑川沿岸（夜晚）

光生和灯里在桥上对峙。

光生　我做不好。很多事情，我都没做好。

光生低头，沉默。

灯里　（不明白他的意思，困惑）是不是发生了什么事？

光生看着手里的石头。

光生　……（开始回忆）

回忆，正在咖啡馆说话的光生和千寻。

千寻　因为谅并没有提交和她的结婚申请书。

千寻　你也一样，也可以自由地去喜欢她。

光生　（看着灯里）……

灯里　……？（看着他）

光生　（避开视线）没什么。只是心情不好。告辞了。

光生低下头，逃也似的离开了。

灯里　(感到惊讶)……

2　关东煮大排档

结夏和淳之介并排坐着，喝着热烫酒。

结夏　哎，你是自由职业者啊。

淳之介　啊，我觉得总能混下去的。

结夏　不行吧。有这么粗枝大叶的想法，是没法过好人生的。

淳之介　不是，我自己啊，是看着富士山长大的，不会在意细枝末节的。

结夏　哎……哎？

淳之介　什么？

结夏　我想问问你啊，你说的富士山，是山梨县那边的，还是静冈县那边的？

淳之介　什么？富士山就是静冈县那边的啊。

结夏、淳之介　绝对是啊！(难道不是吗？)

两人击掌，喊着"耶！"

淳之介　哎，你是哪里人？

结夏　富士宫。

淳之介　富士川。

结夏　说起快乐美食家便当就是？

淳之介　大口大口？

结夏、淳之介　♪美味 大口大口 便当 大口大口。

两人唱起来了，一边喊"耶"一边拥抱。

3　圆山町·情人旅馆街(另一天，早上)

天还没有全亮，乌鸦在叫，猫在翻垃圾桶，谅一边呼着白气一边走着。

4　西乡山公园附近

一对老夫妇正在走路。

老奶奶一直向前走，老爷爷（桦田）坐到长椅上擦着汗，夫妇二人之间有点距离。

谅的声音　早上好。

桦田一看旁边，谅坐在前面的长椅上，喝着热的罐装咖啡。

桦田　啊，早上好。你又这么早啊。

谅　（微笑）我是早上回来的。（看着继续走向前方的老奶奶）今天你也和太太一起出来啦。

桦田　嗯。

谅　你们结婚多少年了？

桦田　五十五年了。已经像空气一般了。

谅　哎，好羡慕啊。

桦田　你结婚了吗？

谅　没有。有一起生活的人。

桦田　是吗？

谅看着远方。

谅　我和她在一起就会很安心，我很珍惜她。只要是能做的，什么我都想为她做，我想和她一直在一起。不想分开。（像是自言自语一般）我想，再继续这样撒谎也不好。

桦田　既然如此，结婚不就好了？为什么不结婚呢？

谅　……（自嘲地苦笑）

5　上原家·房间

窗帘的缝隙里透进光来，天亮了，能听到报纸配送员的自行车的声音。

灯里一个人睁开眼躺在床上……

灯里听到有人在开门，听到谅回家放下钥匙脱外套的声音。谅渐渐走了过来。

灯里闭上眼睛，装作在睡觉。

谅来到了枕边。

灯里装作刚发现谅到家的样子，睁开了眼睛。

谅　早上好。

灯里　早上好。

谅拿着一个大信封，把里面的东西递给灯里。

灯里疑惑着接过来一看，是温泉跟团游的宣传册。

灯里　啊……

谅　听说这附近的饭店味道不错，很适合夫妻两个人一起去。选一个你喜欢的吧。

说着便开始换衣服。

灯里　（开心地）谢谢。

灯里从床上起来。

灯里　有时间吃早饭吗？

谅　嗯。吃好饭换好衣服，我回学校。

灯里　真够呛啊。

谅　马上就要开毕业设计展了。

灯里　啊，沾了什么东西。（把手伸到谅的头发上）

灯里从他的头发上取下木屑一样的东西，给他看。

灯里　好像是木屑。

谅　（内心放心）因为休息室很脏。

灯里　这样啊。

6　初岛家·淳之介的房间

结夏睁开了眼睛。

结夏用手按着因宿醉而作痛的头，低头一看，发现自己穿着印有巨乳图案的 T 恤，睡在陌生的床上。

环顾四周，这是一个男人的房间，到处放着杠铃、漫画杂志、啤酒空罐子、下酒小菜。

淳之介在睡觉。

结夏　哦哦！

淳之介　（睁开眼睛）啊，早上好。

淳之介的脸上有水彩笔画的线条。

结夏不由自主地站起来，逃到了房间的角落里。

她只穿了一件T恤，下面什么也没穿。

结夏　哦哦！

她慌张地拉了拉T恤，遮住下身。

结夏　你干什么了……？

淳之介　啊，没关系。什么也没发生。你自己换好衣服之后，就睡下了。

结夏　骗人！

淳之介　你还说，如果我碰你的话，我的脸就会从这条线这儿裂开。不是，是真的，我全家人都可以作证。

结夏　全家？

7　初岛家·客厅

结夏和淳之介、中学生弟弟知辉、小学生妹妹果步、爸爸晴彦一起围着被炉吃早饭。

结夏一边喝着味噌汤一边感觉到不安，回头一看，有一个佛坛，摆着一个人的遗像，像是他的母亲。

结夏　……

果步一直盯着结夏。

结夏　……那个。

晴彦　再来一碗吗？

所有人都盯着结夏，结夏不由自主地说。

结夏　我没有对你儿子出手，请放心。

所有人　……

结夏　啊，不是……（惶恐）

8　滨崎家 · LDK

光生起床了。

从开着的卧室门里可以看到结夏不在，瑜伽球孤零零地躺在地上。

9　同 · 洗手间

光生在梳头，正准备放下梳子的时候突然察觉到了什么。

他的头发掉了很多，缠在梳子上。

他心中一惊，把脸凑近镜子，仔细查看头发。

把头发分开，认真看。

秃了很大一块。

光生　哎……哎？！

上剧名

10　滨崎家 · LDK～玄关

光生用笔记本电脑打开浏览器，输入“斑秃 医院 什么科”，开始搜索。

他心中不安，手也在微微颤抖。

玄关的门静静地打开了，是结夏回来了。

结夏　我回来啦……（小声说，一看）

光生站在镜子前，抬着头，看着自己的头顶。

结夏　你在干什么？

光生吓了一跳。

结夏　什么？

光生　什么都没有。

光生身体不自然地向前倾，手微妙地放在脸的附近。

结夏　（视线看向他的手）

光生　什么？真烦人。哎，早上才回家？不错啊！

结夏指着光生的头顶。

结夏　啊——（渐渐笑了）

光生　（瞪着）没礼貌。

结夏急忙拿来钱包，取出零钱。

结夏　快坐下，坐在那里。

光生　干什么啊？

光生坐到椅子上。

结夏站在背后，把光生的头发分开。

结夏　不对。

说着，她把手上的十日元硬币放到了桌子上。

接着就把光生的头发分开，放了一个五百日元的硬币。

结夏　啊。（反复点头）

结夏把五百日元的硬币放到了桌子上。

结夏　刚好五百日元这么大。（强忍着笑）

光生　（盯着五百日元）知道这个有什么必要吗？

11　小牧牙科医院·诊疗室

菜那从上面往下看，光生坐在治疗椅上。

光生一副生无可恋的表情。

菜那　啊，你这个情况，我以前在《奇迹体验》①里见过呢。

光生　这个是麦田怪圈吧？

菜那　比起牙齿，你还是先看一下麦田怪圈吧？

光生　请不要说麦田怪圈这个词。

菜那　你是不是有什么烦心事啊？

光生　岂止是有烦心事。简直就像是我正站在高速公路正中间，各种车向我驶来的感觉。

菜那　你是指离婚吗？

光生　也有那方面原因。

菜那　是因为单相思的人吗？

光生　不是单相思，但是她结婚了。

菜那　嗯。

光生　她没结婚。

菜那　什么？

光生　奇怪吧？她自己都不知道，他们根本没有提交结婚申请书。我应该告诉她呢，还是放任不管呢？

菜那　你最好别管了吧。现在只是比五百日元稍微大一些而已。

光生　稍微大一些……？

菜那　这个会慢慢。（用手指比画出一个圆形，表示“变大”）

光生　（担惊受怕）……

12　美术大学·教师办公室

谅一边看着学生制作的模型，一边填写着文件。

千寻坐在旁边的桌子上，看着谅。

谅　（一边填写一边说）那边是教授的桌子。

---

① 《奇迹体验》：艺术类节目。

千寻　(不动)我知道你家在哪儿。

谅　啊,是吗?

千寻　我见过你太太。与其说是太太,不如说是准太太吧?没有提交结婚申请的那个。就像蟹肉棒算不上螃蟹一样的。

谅　(继续写,不回答)

千寻　如果知道了自己是蟹肉棒,她会怎么想?

谅　(叹气,对千寻说)那个。

千寻　嗯。

谅　不能坐在教授的桌子上。下来。

千寻心有不满,下来了。

千寻　生气了?开玩笑的。没关系。我也不擅长做正室,排第二就可以了。二号……

谅放在桌子上的手机响了。

千寻　啊,是一号吧?

一看,手机屏幕上显示是"光永诗织"。

千寻　(意外)

谅拿起手机,敲了一下千寻的头,一边接电话,一边走出房间。只剩下千寻一个人,她无法再维持刚才那故作轻松的姿态……

13　目黑川沿岸·实景(夜晚)

14　滨崎家·玄关~LDK

光生下班回来了。

结夏正在挑选鞋子准备出门。

结夏　啊,你回来了。

结夏打扮得很时尚。

光生　(看着)……

结夏　我去吃个饭。

光生　之前和你打高尔夫的人?

结夏　哎,什么?你是说,我要告诉你我和谁一起吃饭吗?

光生　不说也没事啊。

结夏挑了一双高跟鞋穿上。

结夏走到一半。

结夏　啊,这次休息,我会和亚以子去后乐园,我打算到时候跟她说离婚的事儿。

光生　……好的。

结夏　好。(指着自己的头顶)保重。

结夏说着,便出门了。

光生　……

15　沿河的咖啡馆·店内

光生来吃饭,谅和智世坐在桌边。

谅包着饺子。

智世　是,是,很棒很棒。

光生疑惑,走到了旁边。

光生　(看着谅的饺子,苦笑)这样没办法拿出手啊。

智世　嘘,嘘。(赶走他)

光生回到吧台,走到一半,又重新想了一下。

光生　(对智世说)姐姐,那不勒斯意面。

他点了菜,坐在旁边的座位上。

智世　什么啊,你回家吃呀。

智世不满地走向厨房。

光生　(对谅说)你是一个人吗?

谅　是的。按摩店里最后一个客人怎么也不走。

光生　哼……（偷看谅）

谅　滨崎，你喜欢温泉吗？

光生　什么？

谅　我打算下次去一趟。

光生　和谁去？

谅　和我老婆。

光生　啊。我还以为你和其他女人去呢。

谅　啊。

光生　你没有和其他女人去过吗？

谅　你知道饭又好吃环境又不错的温泉吗？

光生　……（无法回答）

谅　（疑惑，因为没有得到回应，就回去包饺子了）

过了一会儿。

光生　你为什么没有提交结婚申请书？

谅　什么？

光生　结婚申请书。我听说你没有提交。啊，不是听你太太说的，其实是通过别的渠道得知的。

谅　是吗？

光生　其实跟我没什么关系。

谅　啊，嗯。

过了一会儿。

光生　你太太以为你们结婚了吧？你把结婚申请书弄到哪儿去了？

谅　啊，今天我就带着。

光生　哎。

谅用毛巾擦了擦手上的面粉，从包里拿出叠着的纸，放到光生的面前。

光生惊讶地看着，打开一看，是结婚申请书，上面写着上原谅和绀野灯里的名字。

一看日期，是 2012 年 11 月 11 日。

光生　……你让她看到这个，她得多难过啊。

谅　对不起。

光生　看到这个东西现在还在，你太太肯定很难受。你太太眼睛里面会流血的。

谅　哎。

光生　真的会难过得不得了。

谅　你眼睛里流过血吗？

光生　这是去年的 11 月写的，已经过去很久了。

谅　好多个 1。因为容易记，就决定选这一天了。但是认真想了一下，发现那一天是星期天。

光生　星期天也可以提交啊。

谅　我知道。我正在寻找星期天的受理窗口的时候，朋友打来了电话，说是狗不见了，叫我一起去帮他贴寻狗启事。

光生　什么？

谅　我说我现在很忙，就挂了电话。我想起了我小时候也养过一条叫作 Max 的狗。不知道 Max 怎么样了，我就回忆起很多事。然后，我的感觉就像没穿内衣直接穿着毛衣那样。

光生　什么？

谅　就是这种感觉。我本想着要早点去区政府，结果朋友又打来电话，叫我一起去找狗。

光生　为什么？必须要去区政府啊。

谅　确实必须要去，但是怎么说呢，就想着等她退烧了，可以再找个时间一起去的。结果狗也没找到。

光生　没找到啊。

谅　我回家之后，她特别开心，我就说不出口了。我就想，啊，算了，下次再去吧……我这么说明，你懂了吗？

光生　完全不理解。

谅　我也不理解。

光生　你不觉得对你太太很不公平吗？正常来说，都会感觉到罪恶感的吧？

谅　是的。

光生　什么是的？

谅　我想，我可能不正常。

光生　那为什么要写结婚申请书？

谅　因为她说想结婚。

光生　……（叹气）

光生看着结婚申请书，这时候灯里进来了。

光生吓了一跳，把结婚申请书藏到自己怀里。

灯里　（看到光生，露出笑容）晚上好。

光生　你好。

为了不让怀里的结婚申请书掉落，光生的胳膊不自然地伸向另一边，放在肩膀上。

16　初岛家・玄关~客厅

玄关处，淳之介、知辉、果步满是泥巴的鞋子杂乱地堆放着，结夏的高跟鞋也在其中。

结夏钻进被炉，和淳之介、知辉、果步共进晚餐。

淳之介　对不起，我爸爸好像要晚一点来。

结夏　没事没事。

淳之介　（对知辉他们说）你们两个能看家吧？

果步　我要和阿姨玩《动物森友会》，让她给我做个漂亮的雪人。（对结夏说）好吗，阿姨？

结夏　好。叫姐姐。

17　沿河的咖啡馆·店内

灯里和谅吃着刚端上来的水饺。

光生为了让结婚申请书不掉下来,夹紧胳膊吃着面。

谅　我刚才和滨崎商量了一下。

光生　(惊讶)

谅　温泉的事儿。

光生　(原来是说这个事儿啊)

谅　你喜欢温泉吗?

光生　不喜欢。我觉得为了用热水把身体泡暖和而特意出门,太无聊了。说什么,啊,好暖和。一开始就不出门的话,身体根本就不会冷呀。想去的人有他们的自由。跟我是没什么关系的……

光生胳膊松了,结婚申请书露出来了。

光生　……上原。

灯里　嗯。

光生　不是,我是叫你先生。你不想去厕所吗?

谅　不要。

光生　不,你去吧。喂,你去吧。

智世来了。

智世　想上厕所你就自己去呗。

光生　我会去的,但是之后会发生什么我可不管。

18　同·洗手间~店内

光生正看着结婚申请书。

光生一副下定决心的表情,拿着结婚申请书走出去,正好看到灯里和谅准备离开。

灯里　我们要回去了。

灯里笑着低下头，和谅一起出去了。

光生还拿着结婚申请书……

19　初岛家·厨房

结夏和淳之介两人都穿着印着动物头像的拖鞋，并排洗着碗筷。

结夏　果然，全家人一起吃饭就是好啊。

淳之介　你是一个人生活吗？

结夏　啊，算是合住吧。啊，希望早点找个别的工作，我想一个人生活。

淳之介　你有没有想过要结婚？

结夏手一滑，杯子掉了。

结夏　（笑着敷衍过去）

淳之介　我想早点结婚。

结夏　你这个年纪很少见啊。

淳之介　我妈妈不是早就去世了吗？我想让妹妹体会到有妈妈的感觉。

结夏　（盯着淳之介的侧脸）嗯……啊，帮我拿一下洗洁精。

20　目黑银座商店街附近

千寻走过来，用手机看着facebook，看的是光永诗织那一页。

个人介绍里写着在中目黑的古着店工作。

千寻停下脚步，看着前方。

前方是一家古着店，店内有诗织的身影。

21　古着店·店内

千寻和诗织一起挑选着衣服。

诗织　这件衣服很百搭哦。

千寻　那我试试看。

千寻走过诗织身边，走进试衣间。

诗织　（注意到香味）这味道真好闻。

试衣间里的千寻好像就在等着这句话。

千寻　你喜欢精油吗？目黑川那边新开了一家按摩店，你知道吗？特别好。

诗织　真的吗？改天我也去看看吧。

千寻　我有打折券，给你吧。我很推荐这家店哦。

22　滨崎家・洗碗筷的地方~LDK（另一天）

光生卸下了枕套准备清洗。

枕套上粘着一些头发。

手机收到了一封邮件。

打开一看，是结夏发的，是结夏和亚以子在后乐园大厅前面摆出职业摔角姿势的照片。

结夏的邮件里写着“比赛结束之后，我跟她说离婚的事儿！”文字里还混有一些表情图标。

光生　……

23　亚以子的家・外景（夜晚）

24　同・客厅~厨房

光生来了。

有被炉，火锅也准备好了。

亚以子正准备晚饭。

亚以子　结夏邀请我说到外面吃，但我已经在家里准备了火锅。

光生　啊，是吗……（紧张）

亚以子　好不容易聚一次，你也一起吧。

结夏从厨房拿着啤酒和玻璃杯过来了。

结夏　（用眼神告诉光生：还没有说）

光生　（示意了解）

光生、结夏、亚以子钻进被炉，吃着火锅。

亚以子　2008 年，饭伏和肯尼·欧米茄在新木场比了一次。

结夏　那场比赛有三场硬核摔角吧？

亚以子　第一场是欧米茄用一记陆奥坐头摔第二式拿下的。

光生听得云里雾里，表情茫然。

结夏　第二场是那个吧，饭伏从自动贩卖机上面……

亚以子　凤凰飞扑。

结夏　噢噢噢！

亚以子　第三场摔角虽然是格斗秀，但高速战和重击真是刺激啊。

结夏　真想看啊。

光生不知道什么时候才会进入正题，焦躁地站起来了。

结夏　嗯？

光生　那个啊，那个。

光生催促结夏，走到厨房那边。

光生　（小声地）你打算什么时候说啊？

结夏　我正在找时机。

光生　我知道了。尽量找个好点的时机。

吃完火锅，光生正在做杂煮。

结夏和亚以子在电视上看职业摔角。

结夏　真是毫不留情的虎式背摔啊。

亚以子　三泽和小桥打过这么多场，所以才用得出这一招啊。

结夏　亚以子，我们为三泽和小桥干杯！

结夏和亚以子干杯。

光生用胳膊肘顶了顶结夏。

结夏　（没注意，对亚以子说）川田第一次战胜三泽是在冠军锦标赛吧。

亚以子　那次我都看哭了啊……

光生气呼呼地吃着菜粥。

光生在厨房洗着碗筷。

结夏和亚以子一边吃橘子一边看职业摔角杂志剪报。

光生故意咳了几声。

结夏注意到了，来到厨房。

结夏　我正在找时机转换话题啊。

光生　从职业摔角怎么转换到离婚的话题？

结夏　（思考）说到全日本职业摔角公司分裂的时候……

光生　只有分裂这一点联系，和我们的话题有点远啊。

结夏　还有安东尼奥猪木和倍赏美津子离婚的时候……

光生　（叹了口气）都是因为去看了什么职业摔角比赛。

结夏　干吗这么轻易说出来，随便就推翻前提……

光生　本来不就是这样吗……！

结夏　我想让亚以子开心……

结夏不由自主地大声说起来。

两人突然意识到亚以子，看向亚以子。

亚以子趴在被炉上睡着了。

光生　……（深呼吸）下次再说吧。

结夏　我去铺被子吧。

光生　行了，我去吧。你先回去喂玛蒂尔达和八朔吧。

光生在里面的房间里铺好被子，回到了客厅。

亚以子趴在被炉上睡觉。

光生坐在旁边，把手放在亚以子肩膀上。

光生　奶奶。奶奶。到那边去睡吧。

亚以子迷迷糊糊地睁开眼睛，醒了过来。

光生　我给你铺好了被子。

亚以子　结夏呢？

光生　她先回去了。

亚以子　给我倒杯水。

光生去厨房倒水。

亚以子　你要是跟我们一起去了后乐园就好了。

光生　我对那个没兴趣。

亚以子　干什么都无所谓，主要是一起出去的机会，不知道什么时候再有啊。

光生　……你说什么呢？

光生端着水过来，放到亚以子面前。

亚以子拿起橘子，剥开。

光生　你一个人的时候，没有在被炉旁边睡觉吧？

亚以子　我就是困了。

亚以子在光生面前放了一张纸巾，把剥好的橘子放到光生的面前。

光生心想："这是剥给我的啊。"便开始吃。

亚以子又开始剥另一个橘子。

亚以子　你不也是？你来家里，也曾经在被炉边上睡过觉。

光生　是我小时候吧。

亚以子　你说被妈妈骂了，被姐姐欺负了，哭着喊"奶奶、奶奶"。

亚以子把剥好的橘子又给了光生。

光生心想："还有橘子啊。"就开始吃。

亚以子　我都不知道背着这么重的你回去多少次了。

亚以子又把头靠到了胳膊上。

光生　你这样还会睡着的。

亚以子　对了。你把那个带回家吧。

亚以子突然准备站起来。

光生慌忙伸出手去搀扶。

光生　什么啊?

亚以子递给他一个写着“寿”字的箱子。

亚以子　今村的孙子结婚了啊。

光生　是回礼吗?

亚以子　这个。

亚以子给光生看照片。

是结婚典礼上站在新郎新娘中间,看起来很开心的亚以子。

光生　(看着)……

亚以子　说是有田烧。你和结夏拿去用吧。

说着,她准备走向里面的卧室。

但是光生看着照片,仍然站着不动。

亚以子　怎么了?

光生　在陌生人的婚礼上你干吗这么开心?

亚以子　因为开心啊。

光生　因为我们没有办吧。

亚以子　……(微笑)

光生　结夏说想办的。但我却说那就是纯属浪费,都是做给别人看的。

亚以子　(微笑)

光生　对不起,奶奶。(一时哽咽)

亚以子内心期待着光生这么说,微笑。

亚以子　早点回去吧。结夏会担心的。

说着，她便背过身去，走向卧室。

光生　（看着亚以子的背影，做好了思想准备）奶奶，我和结夏……（正准备说的时候）

亚以子　有结夏在真是太好了。因为就算你再怎么哭，奶奶也背不动你了。

亚以子走进了卧室，关上门。

光生　……

25　上原家・房间

饭桌上放着包着保鲜膜的两人份的饭菜。

灯里正在用红笔往温泉宣传册上画线。

固定电话响了。

灯里　（接电话）你好，这里是Se Terang。嗯，晚上好。是，嗯。第一次来吗？嗯，当然可以使用。好的。明天六点以后……

灯里打开按摩店的预约记录查看。

灯里　六点半可以吗？好的。请您留下姓名和联系方式。好的。光永诗织女士。

灯里在预约记录六点半的地方，用片假名写下了光永诗织的名字。

26　滨崎家・里面的房间~走廊（另一天，早上）

准备上班的光生，正要穿上外套，摸到了口袋里放着的结婚申请书。

光生一看，心想："糟了"。这时响起了敲门声。

光生慌忙把结婚申请书藏到背后。

结夏一把打开了门。

结夏　那个……（立刻注意到了光生藏在背后的手）什么东西？

光生　什么？

结夏　啊，算了。给你。

结夏递给他一盆芦荟。

光生　这是什么？

结夏　芦荟。听说捣碎了涂上不错。

光生　（盯着芦荟）……什么？

结夏　什么什么，（指着头）涂在这里。

光生　不是，为什么？

结夏　你有什么不满的吗？

光生　不是，你为什么对我这么好？

结夏　没什么。我经过花店的时候顺便买的。

光生　……太为难了啊。

结夏　哪里为难了？

光生　我该怎么报答你呢？

结夏　你说声谢谢就行了。一般不都这样吗？

光生　（盯着芦荟）……

27　目黑川沿岸

穿着西装去上班的光生。

光生过了桥，正走在路上的时候，遇到了同样去上班的谅。

光生走近了，环顾四周小声说。

光生　那个，还在我这里。

谅　那个？啊，是啊。

光生　（把手伸进口袋，没摸到）啊，在另一件外套里。

谅　那就帮我扔了吧。

光生　哎？

谅　没关系的。

光生　你不打算提交了吗？

谅　我想提交的时候再写吧。

光生　你这种无所谓的态度真的好吗？你太太不可怜吗？她的眼睛会流血的。

谅　滨崎，你离婚了吧？

光生　……你是说，离了婚的人说的话没有说服力吗？

谅　为什么要劝我结婚呢？

28　意面专卖店·店内

结夏和淳之介面对面坐着，两人的面前摆放着意面。

结夏　（吃了一口）是不是有什么事啊？

淳之介　我到附近，顺便过来的。

结夏的视线落在淳之介旁边系着蝴蝶结的盒子上。

淳之介　（注意到她的视线）啊，不是给你的。今天是我妹妹的生日。

结夏　（心想："搞什么啊"）我也没觉得是我的啊。（看着淳之介的盘子）那是什么？

淳之介　香葱明太子鲑鱼日式意面。

结夏　大虾培根菠菜奶油意面，加上纳豆。

结夏和淳之介交换了盘子。

淳之介　（吃了一口，皱眉头）这怎么能加纳豆呢？

淳之介正要把盘子还给结夏。

结夏　好吃。（继续吃）

淳之介没办法，只好继续吃，看到结夏身边放着一本求职杂志。

淳之介　现在的工作，你为什么要辞掉呢？

结夏突然停下来了。

结夏　……（一边吃一边说）因为那是我前夫的店。

淳之介　哎？

结夏　（指着自己）离异人士。我最近离婚了。

淳之介　这样啊……

结夏自嘲式地一边微笑一边打算交换盘子。

淳之介　啊，不用了。你吃吧。

结夏　哎，怎么，同情我吗？

淳之介　啊，那么，那个，结夏你现在正在通往幸福的路上。

结夏　什么？

淳之介　不是吗？不管是结婚，还是离婚，目的都是变得幸福吧？

结夏　……（果然）

结夏看着淳之介的礼物盒子。

结夏　我也去给果步庆祝一下吧。果步喜欢卷心菜包肉吗？

淳之介　嗯，你会做卷心菜包肉吗？

结夏　因为我自己喜欢吃啊。

29　滨崎家·LDK（夜晚）

光生从超市的袋子里拿出了卷心菜和肉糜。

开始做菜。

30　上原家·店内

灯里打开门，诗织站在门口。

灯里　（笑着）你好。

诗织　我是预约过的光永。

灯里拿出拖鞋，带她进去。

灯里　请进。今天挺冷的啊。

31　滨崎家·LDK

光生盯着正在锅里煮的卷心菜包肉。

光生闻着香味，正心满意足的时候，听到玄关处有什么声音，结夏跳着进来了。

光生慌张地盖上锅盖。

光生　(装出自然的样子)你回来了。

结夏　我回来了。(敷衍地说)

结夏把超市的袋子放到桌子上,走进卧室。

光生一看袋子,里面装着卷心菜和肉糜,心里无比惊讶。

结夏回来,抓起超市的袋子。

结夏　我走了。

她走向玄关。

光生　哎,等一下。我要谢谢你的芦荟……

光生追到玄关处。

光生　你去哪儿?

结夏　我和别人约好了去做饭。

说着便迅速出门了。

光生　(茫然)……

32　上原家·店内

诗织仰面躺在按摩台上,灯里在给她按摩。

诗织　啊,这个香味我闻过。

灯里　薰衣草系的精油。

诗织　我认识一个男的,他身上就有这种精油香味。

灯里　男的?那挺少见的。

诗织　他说,他工作的地方有精油加湿器。(开心地微笑)不知怎的就想起他来了。

灯里　男朋友?

诗织　算不算男朋友呢?好几次我都觉得应该算是男朋友了吧,毕竟才刚开始。

たこ焼き
たこ焼

我只是，我只是想和你成为普通的家人。

普通的家人是什么？

会最先想到的人。会最先想到的人聚在一起，就是家人。

灯里　那就是刚开始交往了。

诗织　我知道这样不太好，但我总是想着他。

灯里　这不正是最开心的时候吗？

诗织　但是总觉得他很神秘。

灯里　神秘？

诗织　他不太爱说话。有时候我都觉得，他会不会有女朋友啊。

灯里　那你要好好问清楚啊。

诗织　是啊……你有男朋友吗？

灯里　我结婚了。

诗织　哎，是吗？你们关系好吗？

灯里　我们这次打算一起去泡温泉。

诗织　真好，我也想和男朋友一起去。

隔板的对面，听到玄关处有开门的声音。

灯里　谁啊？

谅的声音　我回来啦。

灯里　你回来了。

诗织　（用眼神问："是你老公吗？"）

灯里　（微笑着表示肯定）

从隔板里能隐约看到谅的背影动来动去的样子。

灯里　（对诗织说）可以稍等一下吗？

诗织　好。

灯里　（走到隔板对面）你在找什么吗？

灯里稍稍打开一点隔板，走到谅身边。

谅　亚马逊的东西送来了吗？

灯里　啊，在这里。

诗织看着。

灯里把快递递给背对着隔板的谅。

谅　　谢谢。

背对着隔板的谅接过快递，正打算走到里面的房间。

灯里　　啊，谅。

诗织一惊。

她看到了回过头的谅的脸。

诗织　　……

灯里　　注意脚下。

谅避开了脚下的精油，没有看诗织这边，直接走进了里面的房间。

诗织呆呆地看着。

灯里关上了隔板，回到按摩室。

灯里　　对不起，失礼了。

灯里继续给她按摩。

灯里　　有点肿啊。平时经常站着工作吗？

诗织趴着，没有回应。

灯里心想："她是不是睡了？"继续按摩。

按着按着，灯里突然注意到诗织的肩膀在颤抖，手紧紧攥着。

灯里　　（疑惑）对不起，是不是弄疼你了？

灯里走到前面，看了一下诗织的脸。

诗织流着泪。

灯里不知何故。

诗织哭着。

灯里意识到了什么，回头看里面的房间。

诗织哭着。

灯里心里抱着某种确信，继续按摩着诗织的身体……

33　同·房间

谅打开了亚马逊的快递箱，包装盒相当大，里面只是一个非常小的 SD 卡。他把两者一比，苦笑。

34　同 · 店内

灯里送诗织回去。

诗织心中波澜未平，也不看灯里，稍稍低着头，眼里含着泪水。

灯里　谢谢。（淡淡地）

但诗织没动，看着脚边谅的鞋子。

诗织　（抬起头，下定决心）那个，我……

灯里　（打断）你还会找到更优秀的人的。

诗织　（哎？）……

灯里转过身去，把谅的鞋子摆整齐。

灯里　（对诗织微笑）

35　同 · 房间

灯里和谅在饭桌上吃晚饭。

灯里若无其事地说着话。

灯里　附近新开了一家面包店，我看了一下，厨师看上去一副很会烤面包的样子。

谅　的确有人长着这种脸。

灯里　有芝麻的，还有黑麦的。我买了黑麦的。我一看，周围的人都买了芝麻的。啊，还是应该买芝麻的啊，所以我又买了芝麻的。

谅　（笑了）

灯里　明天要做三明治，你带过去吧。还有午餐肉。啊，番茄切好了吗？

灯里站起来，走向冰箱。

灯里正准备打开冰箱门，发现门上用冰箱贴贴着温泉的宣传册。

灯里　（突然停下来）……

谅　（嗯？）没有番茄也没关系啊。

灯里　……

谅　怎么了？

灯里　温泉，别去了吧。

谅　哎，为什么？

灯里　没什么。

谅　你不舒服吗？

灯里　好了，我说了不想去了。

灯里说话的声音很大。

谅震惊了。

灯里取下了宣传册，用力踩下了垃圾箱的踏板，扔进去了。盖子"砰"的一声盖上了。

谅沉默着。

灯里　（仍低着头）对不起。好不容易准备好了……我又不想去了。

谅　我知道了。

灯里　（仍低着头，惊讶）

36　滨崎家·LDK

炉灶上的锅里正煮着卷心菜卷。

光生趴在地上找到了什么，捡起来，放到桌子上。

桌子上铺着餐巾纸，整齐地排列着几十根头发。

光生盯着头发，听到了玄关的开门声。

结夏　♪美味 大口大口 便当 大口大口。

结夏一边唱一边进来了。

结夏　我回来了！

结夏双手提满了东西，心情大好。

结夏坐到正目不转睛地盯着一排头发的光生面前。

结夏　啊，我也没喝多少啦。呼。

结夏举起了手里提着的东西。

结夏　你饿了吧？我有吃的。

结夏拿出了几个盒子，开始拆。

结夏　咖喱鸡块，就是有点甜。这个是卷心菜包肉。你吃吗？我去加热？

光生低着头。

结夏　嗯？怎么了？

光生没有反应。

结夏从袋子里拿出泰迪熊玩偶。

结夏　你看，我拿到的。（放到光生面前）你怎么啦？不舒服吗？（生气）喂。

光生　你知道泰迪熊的泰迪是什么意思吗？泰迪源自美国总统罗斯福的昵称。

结夏　哎，这样啊？

光生　罗斯福总统的爱好是猎熊。

结夏　哎……

光生　就是说，这个熊……

结夏　什么啊。（对着泰迪熊）干吗跟我说这个？又跟我没关系。

光生站起来，走向厨房。

结夏　哇，你不吃？

光生　我也做了卷心菜卷。

结夏　哎，是吗？为什么？那我们一起吃吧。

光生　不用了，这种剩菜。

结夏　哎，不是剩菜，我是提前分好留给你的。喂，你为我做的，就一起吃吧。

光生　你在家不做菜，为什么在外面会做菜？

结夏　……哎？

结夏有点醒酒了。

光生　不过你在哪儿、在谁家里吃饭，和我没什么关系……

结夏　哎，什么，你在介意我和谁在哪里吃饭吗？

光生　不对，我说我不介意。

结夏　嘴上说不介意，感觉实际上就是很介意。

光生　跟你说话怎么这么复杂呢？

结夏　哎，我不能跟谁一起吃饭吗？

光生　哎，我没有说不可以啊。

结夏　我俩已经决定了，可以自由恋爱。

光生　是决定了。

结夏　那不就行了。

光生　好。

结夏　吃吧。

光生　我不想吃。

结夏　什么？你认为这是我为外面的陌生男人做饭剩下的残羹冷炙？你如果真的不在意的话，吃了不就行了？

光生　我不吃。我并没有认为这是你为外面的陌生男人做的搭配得很难吃的残羹冷炙，而且就算真的是这样，我也并没有在意，我只是不想吃。

结夏　哎，哎？你如果不想吃的话，直接说没有食欲就行了。又是什么陌生男人，又是什么搭配得很难吃，不停地说这些主观上否定的话到底是什么意思？

光生　好好，你不明白什么意思吗？我刚才说了，你在哪里做什么，和我没有关系。你一味地为自己过度辩解，故意挑事，不是正好说明你很在意我说的话吗……

结夏　太烦人了你。

光生　什么烦人。不要说烦人。

结夏　烦人。我好心好意带回来给你。为了不让汤汁洒出来，还特意一个一个包好了保鲜膜。

光生　你偶尔做一下，就想让我对你感恩吗？

结夏　那还不是因为，只要我不说，你就是一副理所当然的样子吗？不管我怎么努力做菜，你总是一副嫌弃的样子吃着，完全不会表扬我。

光生　凡事不一一表扬你，你就不做，这才奇怪呀。

结夏　你在外面吃饭也会付钱吧？在家里吃饭说一句真好吃，就相当于付钱了。什么都不说就是吃霸王餐。我不是钟点工，这不是我的工作，我只是觉得我老公会开心我才做的。

光生一副觉得很麻烦的样子，叹了口气。

光生　我吃不就行了？

结夏　你这什么语气？

结夏不由得扔掉了手上的饭菜。

卷心菜包肉卷滚到了地板上。

光生　……（有点不安）

结夏　为什么非要说这样的话不可？

光生　（沉默着）……

结夏　怎么回事，我好不容易开开心心地回来。超级开心地回来了。

光生　那是你……

结夏　自以为是，是我自以为是。但是，啊，这么开心的感觉真是久违了。我曾经也有过这种感觉："遇到了一件暖心的事，我心想如果那个人也能明白就好了，我也想和他分享这件事。"这都是我自以为是的想法！

光生　……

结夏　我要更加、更加什么呀……反正你还是瞧不起我。我只是，我只是想和你成为普通的家人。

光生　普通的家人是什么……

结夏　会最先想到的人。会最先想到的人聚在一起，就是家人。

光生　（哎）……

结夏走到厨房，拿来了抹布。

结夏捡起地板上的卷心菜卷，放到盒子里，一边擦着地板一边说话。

结夏　虽然我不知道，虽然我不知道，我觉得我喜欢这个人，就结婚了。

光生　……

结夏　我没怎么说过，我一般不会轻易喜欢别人，但那时候总是有这样的感觉，和一起出差的同事发现了便宜又好吃的午饭，去国外的时候，我一直在想着这些。所以滨崎……就是你，和滨崎你，在地震的时候认识了，就有了这样的感觉。

结夏把菜收拾好了，又继续收拾屋子。

一边擦桌子、整理柜子，一边说话。

结夏　一开始，我觉得会不会是错觉，也许我们只是因为感到不安所以才在一起而已。我心想，怎么回事，怎么回事。我和最好的朋友喝酒的时候也是，莫名其妙地感到心神不定；做好了美味的饭菜一个人吃的时候，也觉得可惜；晚上看电视笑了的时候，和这些情绪一起出现在我心里的是你的脸。我想，要是我们能在一起就好了。见到你之后，见面的时光，没见面的时光，我都在想这些事。哇，我现在太亢奋了，让人感觉好肉麻，我日思夜想。哇，肯定没错，我这么频繁地想起你，肯定是喜欢上你了。

结夏突然停下手。

结夏　但是，恋爱和爱还不一样，绝对不能搞错。我这么对自己说。

恋爱是人生的弯路，不可以偏离太多。啊，我们的性格基本上合不来，很多事情肯定会让对方生气吧。我想，不行不行不行，但是这个人是个有趣的人，只是太认真了，是个不会撒谎的人。渐渐地，等我意识到的时候，我已经把你和我的人生放在一起考虑了。

结夏看着光生。

结夏　我想着，将来某个时候我们会变得像夫妻的。

光生　……

结夏　啊，结果没成。

光生　那还没……

结夏打断了他，站起来，走到书架前。

结夏　我想，有了孩子就会改变的吧。然后，我跟你一说……

结夏从书架上抓起一本书扔到地板上。

结夏　你却说根本不想要孩子。

结夏一个接一个地把盆栽和书扔到地板上。

结夏　我知道了。这个人只喜欢一个人待着。不想被别人打扰自己的自由。这样。什么时候才行？什么时候这个人才会想要一个家庭？什么时候这个人才会体谅家人？

结夏拼命地扔着书。

光生呆呆地凝视着。

结夏　结婚不到两年，我一直这么想。听说山手线发生了交通事故，我就想，我家那位不要紧吧？听说客人生病住院，我就想带你去做个体检。有了被炉，我就想象跟你一起钻进去的样子。看到小孩子，我就想象我们如果也有了孩子，会是怎样……

结夏流着泪。

光生注意到了……

结夏　直到现在也没有变。就算现在，有了开心的事情我也会想起你。所以，刚才我在其他人家里的时候也……

光生走过来了。

光生　我知道了。

结夏　（哎？）……

光生　我知道了。

结夏　（仍然背对着他）什么？

光生　生个孩子吧……

结夏　……

光生　我也不是特别讨厌孩子。生孩子要考虑时间点，结果就说了那样的话，现在开始也不迟啊……

结夏　我们已经离婚了。

结夏的表情冷冰冰的。

光生　我们再结一次就行了。奶奶也会开心的。

结夏　……

光生　我们再结一次婚，举行结婚典礼，生一个孩子，然后，成为一家人。温暖的家庭……

结夏　（回头看）你说什么浑话？

光生　（惊讶）

结夏　你什么意思？你说这话是什么意思？

光生　（摸不着头脑）什么什么意思……

结夏　啊，是那个吧，和做销售似的？你嘴里的“我们组建一个家庭吧”就和“我给你来杯咖啡吧”差不多，是吧？

光生　（混乱）你在说什么啊，我……

结夏　我什么我？你考虑过什么了，就说这些话？都只考虑了你自己吧？

光生　不是，是因为你说了……

结夏　你说因为是我说的，也是只考虑了你自己！

光生　……

结夏　你就承认吧?! 我早就发现了!

光生　(发现了什么?)

结夏　你根本就不喜欢我!

光生　……!

结夏　你喜欢的只有你自己!

光生　……

结夏把书从书架上一本一本地扔出去。

掉在地板上的东西又被她捡起来扔了。

扔笔筒,扔杂志,扔遥控器,扔马克杯,扔光生的衣服。

光生呆呆地看着这一切。

结夏再一次盯着光生看。

光生垂头丧气。

结夏深呼吸,拿起自己的手机,走向玄关。

结夏发现自己忘了拿外套,也不想返回,抓起光生挂在玄关处的外套,就出去了。

光生站在原地不动。

桌子上的电脑上面,结夏扔过来的杯子里流出来的咖啡渗进了键盘里。

37　目黑川沿岸

结夏走过来了。

已经停止了哭泣。

看了看带出来的外套,是光生的衣服。

没办法,只好穿上了。

结夏拿着手机,一边走一边看着通讯簿里女性朋友的名字。

结夏随便找到一个女性朋友的名字,觉得她应该就住在这附近，正打算拨打，突然注意到……

桥上有灯里的身影。

灯里表情凝重。

结夏心想："灯里怎么了？"一看，灯里也看到了自己。

两人互相点头行礼。

38 拉面屋·店内

结夏和灯里并排吃着拉面。

结夏剥了一个大蒜，问灯里要不要。

灯里道谢，让结夏放到了她的碗里。

灯里　在这个时间，吃着这个，真的是……

结夏　但是，在不能吃的时候吃的东西是最美味的。

灯里　是啊。

结夏　不管发生了什么，只要填饱肚子，就什么都忘了。

灯里　啊，确实是这样，那个……这个时间，你是不是有什么事啊？

结夏　嗯……我准备去朋友家的。

灯里　啊……我也是。

两人互相看了看，想着是不是发生了什么事，四目相对，笑了笑，又开始吃。

灯里　那个。

结夏　什么？

灯里　啊，不是，我们一起去怎么样？卡拉OK之类的。

结夏　去吗？

灯里　去吗？

结夏　去啊去啊。

灯里　啊，那吃了这个就去吧。

结夏　嗯。

两人匆忙地吃着。

结夏放在椅背上的外套掉到了地上。

灯里注意到了,起身蹲下来,正准备捡起来。

结夏 啊,麻烦你了。

灯里捡起了外套,口袋里掉出了一张纸。

灯里把外套挂到椅背上,把纸捡起来递给结夏。

结夏心想:"这是什么?"接过来,在灯里面前打开了。

是上原谅和绀野灯里的结婚申请书。

两个人看着。

结夏 ……(哎? 看着灯里)

灯里 (呆住了)……

第4话 完

第5话

1 立式荞麦面店·店内

结夏在吧台处，一边吃着荞麦面，一边跟店主大原说着话。

结夏 你说有这样的事情吗？这也太巧了吧？是前天，前天。我和老公吵架了。说是老公，其实是前夫，或者叫同住人。我离开家，在外面走路，遇到了附近的太太。两个人一起去吃拉面，吃着吃着结婚申请书掉出来了。是他们夫妇的。就是没有递交的结婚申请书。我特别惊讶，那个太太是那种茫然若失的感觉。怎么说呢，你知道《迷雾》那部电影吗？那个太太的表情，就好像是刚刚看完这部电影一样。然后我就想，这种情况只有卡拉 OK 可以缓解一下气氛。

2 桑拿·按摩室

灯里穿着睡袍，头上裹着毛巾，坐在按摩椅上，和麻美说话。

灯里 那位太太一个人在唱歌。刚刚才吃完拉面，又一边吃炒面一边唱着歌。啊，我知道，有一份结婚申请书突然出现在面前，任何人都会有点焦躁。我呢，我反而意外地沉着……（微微苦笑）我也有点，有一点点不太明白，怎么说呢，他在外面做的事情，可以说我想到了吧。嗯，虽然想到了，但是那个，结婚申请……然后呢，因为不想付超时费，我们就走出了店，然后就在那家店的门口，我们突然被搭讪了。

3 西乡山公园

谅和慢跑途中的桦田说着话，两人各自坐在两个并排的长椅上。

谅　她说要去便利店，结果没有回来，我就去找她了。然后就遇到了一个住在附近的叫滨崎的人，是个很有意思的人。他跟我说，他的太太拿着我的结婚申请书失踪了，叫我跟他一起去找。我们去找了之后，在车站的卡拉 OK 前面，发现她和滨崎太太被大学生搭讪了。她没有朝我看。滨崎也打算带着太太回家，但是他太太说不想回去。他太太想跟大学生一起走，滨崎就说："喂，你给我站住！"然后很帅地就追上去了。

4 立式荞麦面店 · 店内

正在说话的结夏。

结夏　（笑喷）因为地上结冰了，他自己摔了一跤。

5 桑拿 · 按摩室

正在说话的灯里。

灯里　我就叫了救护车。

6 西乡山公园

正在说话的谅。

谅　（轻轻挥手）滨崎被送进了医院。

7 医院 · 病房

躺在病床上的光生。

光生面朝过来看望的菜那，解开睡衣的前襟，一边展示缠住自已整个胸部的绷带，一边说着话。

菜那把带来的礼物放在一边。

光生　我断了三根肋骨。对方可能是柔道部的学生，有好几个，他们有好几个人。

菜那　你 facebook 上说有八个人。

光生　啊，差不多有八个人。反正是好几个人。

菜那　被搭讪的人是你的前妻吧？

光生　嗯，是啊。我对她做什么并不干涉，恋爱方面。

菜那　恋爱自由嘛。

光生　当然。但是，前天那次不一样。因为那是被搭讪了。

菜那　不能搭讪吗？

光生　搭讪是不幸的开始。基本上都很邪恶吧？

菜那　搭讪的男人吗？

光生　那些人和那什么可是有关系的。

菜那　和什么有关系啊？

光生　人妻题材 AV 之类的。

菜那　哎。

光生　从搭讪到出演大概有三个阶段。不阻止的话，就会步入万劫不复的深渊。

菜那　你为什么和太太吵架啊？

光生　（回忆）……啊，就是那种“你根本不喜欢我”之类的问题。

菜那　哎。

光生　什么哎？

菜那　这么说，你太太还喜欢着你啊？

光生　哎。

菜那　什么哎？

光生　我想那倒没有……（说了一半的时候）

结夏走进来了。

结夏　你好。你好,一直承蒙你的照顾。

结夏一边和同病房的其他病人打招呼,一边看着光生和菜那两个人,看表情是生气了。

菜那饶有兴致地想:“啊,是那个人啊。”

光生不安。

上剧名

8　医院·病房

结夏吃着菜那带来的布丁。

光生呆呆地看着。

结夏　(对菜那说)这个是那个吧,现在很火的豆腐布丁。

菜那　就是普通的布丁。

光生　还是普通的布丁好吃。

结夏　(一边吃一边对光生说)出院手续办好了吗?

光生　嗯,不过还没有做大脑检查。

结夏　医生说没有问题。

光生　医生能信任吗?

周围的患者们回头看他。

光生　你去看看山崎丰子的《白色巨塔》这本书,一个叫佐佐木的人,被医生误诊治死了。去楼下的书店,楼下的书店里没卖的吗……

结夏看着周围惊讶的人,敲敲光生。

光生说疼,按着胸部。

结夏　好好,好了,换衣服收拾一下。

菜那　那我就此告辞了。

结夏　啊，别在意。是家里奶奶叫我来的，结清费用我就回去。

菜那　我也只是来看看他的情况。

结夏　情况？来看看？哦～（不怀好意地笑着）

光生　这什么表情？

菜那　你保重。

结夏　那再见了。（挥手）

菜那准备回去。

结夏看着迈开步子往前走的菜那。

结夏　她就不冷吗？

光生　哎，你在揶揄些什么呢？

结夏　哎，我没在揶揄啊。

结夏踢了一下床。

光生　我疼啊。（按着胸）

结夏　真丢人，只是摔了一下而已。

光生　我总觉得坏事是有连锁反应的。

结夏　连锁反应？

光生　腰也疼，手指也出了问题，这些不好的事都是离婚之后出现的。

结夏　你这是什么话，意思是最后都是我不好喽？

光生　那你觉得我是因为谁才变成这样的？

结夏　是你自己自以为是才摔倒的。

光生　我是因为看到你被纠缠。

结夏　不不，你是看到我受欢迎，妒火中烧了。

光生　我去找你了。

结夏　我也没叫你去。（声音变小）话说，那个是什么？

光生　（声音变小）什么？

结夏　上原的结婚申请书。

光生　啊,还是看到了?

结夏　看到了,上原的太太也看到了。

光生　啊,是吗……

结夏　咦,就是说,他们没有提交上去?

光生　(点头)她说什么了?哭了吗?

结夏　没哭,反而是没有反应。

光生　没有反应。

结夏　我在唱歌,不是很清楚。

光生　哎,为什么还去唱歌了?哎,唱了什么?

结夏　哎,就是一直唱的 complex 啊。

光生　哎,旁边有一个没有反应的人,你还在旁边搞模仿秀吗?又不是二次会。

结夏　那我应该怎么办?是我引起的吗?没有提交结婚申请也怪我?摔角了也怪我吗?

光生　因为你被人纠缠上了。

结夏　我只是受欢迎。

光生　我去找你了。

结夏　我又没让你去找。我说了我的心情吧?(指着自己和光生之间)我们已经没可能了。

光生　我……(说了一半,停下来了,沉默)

结夏　嗯?

光生　……(看着旁边)我知道了。我也在反省。

结夏　……你有打车钱吗?出门右拐就可以打车。

光生　嗯。

结夏　那我走了。

光生　嗯。

结夏站起来背过身去。

结夏　你的反省，留给下一任吧。

说着，便走出去了。

光生沉默着目送她，突然看到结夏刚才坐过的椅子旁边有一个手提袋。

光生忍着胸痛伸手去抓袋子，打开一看，是两个豆腐布丁。

9　沿河的咖啡馆·店内（傍晚）

光生正小心翼翼地坐到吧台的椅子上。

智世打开了光生带来的袋子，看着豆腐布丁。

智世　啊，看起来很好吃。

光生　不，那个不能吃……（疼）

谅进来了。

谅　你好。

智世　你好，谅。你吃吗？

智世把豆腐布丁递给谅。

光生　不行不行，这个……

谅　那我不客气了。

谅和智世开始吃了。

光生　……喂，我现在刚刚出院？喂，我要吃药，能给我倒杯水吗？

智世把旁边放着的东西递给光生。

光生　这个，是从客人桌子上撤下来的水吧？

智世　真是个麻烦的男人啊。

智世瞪着光生，走向厨房。

光生　（小声地）那之后你和太太说话了吗？

谅　温泉的事儿吗？

光生　不是。结婚申请书的事。

谅　啊，没，我没特意提过。

光生　特意？我老婆好像交给她了。你太太绝对全部都知道了。

谅　是吗？

光生　哎，真的什么都没跟你说吗？

谅　是的。

光生　哎，这是不是意味着就没什么问题了呢？

谅　我想，不会没问题的。

光生　她已经死心了吧？

谅　（好像在想什么的样子）……

光生　她肯定觉得不管做什么都是徒劳吧？

谅　……那就难办了。

光生　你难道不是自作自受吗？出轨，还没有提交结婚申请书。

谅　是。

光生　不要说是，搞得事不关己似的。

谅　不是事不关己。

光生　上原，你……

谅　（看着光生）我喜欢灯里。

光生　……你对我说没有用。

谅　对不起。

光生　不是，也不是说绝对不能搞外遇。男人都有这种心思吧。就是我，如果可能的话，我也想搞个外遇！（高声说）

亚以子来了。

光生　奶奶。

亚以子　（不看光生，对谅说）欢迎你，谅。

谅　你好。

光生　奶奶。

亚以子　（微笑）你想搞外遇？

光生　（拼命摇头）

10　马路~目黑区区政府·外面

灯里走过来了，停下，看着前面。

能看到目黑区区政府。

灯里拿出信封，取出她和谅的结婚申请书。

盯着看，内心纠结。

正准备走进去，但转念一想又放弃了。

把申请书装回信封，转身走了。

11　沿河的咖啡馆·店内

光生、亚以子、谅并排坐着。

亚以子在便签纸上写着热海市的地址和旅馆的名字，还有一家店的名字。

亚以子写好了，递给光生。

光生　（一看）热海……

亚以子　去温泉吧。这里的温泉对骨折很好。

光生　不是吧。（怀疑）

亚以子　回来的时候，顺便到这家店去买点温泉馒头吧。

光生　网上买不到吗？

谅　我们也说要去温泉来着。

光生　啊，那请你帮忙去买一下温泉馒头。

亚以子　一起去不是蛮好的？

光生　不不，我们的关系还没好到要一起去温泉。

谅　不，又不是说大家要泡在同一个池子里。

光生　那我知道的。我是说，为什么要一起去？

谅　和你一起去比较开心啊。

光生　和我一起不会开心的。啊，你是想利用我吗？

谅　　利用?

亚以子　行了,去吧。不偶尔带她去泡泡温泉的话,结夏会把离婚申请书甩在你面前的。

光生　……

12　滨崎家·LDK(夜晚)

坏笔记本电脑被当成垃圾,和杂志一起捆放着。

光生把上半身的衣服脱了,往胸部绑绷带。

光生　不是,我不懂。

结夏喝着罐装啤酒,看着招聘杂志。

结夏　上原是在跟你示好吗?

光生　我不知道……疼,疼疼。

结夏　因为你想着疼,所以才会疼。和疼痛做朋友就好了。

光生　和疼痛做朋友……

结夏走到光生的旁边。

结夏　好,做个万岁。

光生做出万岁的动作。

结夏拿着绷带,给光生缠上。

结夏　是因为那个吧,他们两个人去的话,可能就会说到结婚申请书的事。

光生　慢点,慢点。

结夏　男的就是这样,就会糊弄过去……(不由得使劲儿)

光生　疼疼疼,刚才那儿特别疼。

结夏　闭嘴。

光生　那不去温泉不行吗?他太太也说不想去。

结夏　你真是不开窍啊。她并不是因为不想去,才说不去的哦。

光生　哎,什么意思?

结夏　嘴上说不想去，实际上是想去。

光生　什么？这是什么，女人才懂的暗号？

结夏　上原太太的老公虽然对结婚很犹豫，但他是喜欢他太太的吧？

光生　他是这么说的。

结夏　那赶紧道歉然后结婚不就行了？

光生　……

结夏　怎么？不想他们结吗？哎，因为是前女友……

光生　（心里有点这样的想法）不是你想的那样。

结夏　好了，这样行吗？

光生　嗯。谢谢。

结夏　哇，真老实。要是一开始就骨折的话，说不定婚姻生活还能顺利进行下去呢。

结夏又开始一边看着招聘杂志一边说。

结夏　我也要赶紧找个工作，离开这里。

光生　……

结夏　说不定也不错，反正新婚旅行也没去，结果最后去热海吃螃蟹。（微笑）离婚旅行。

光生　……（苦笑）

13　上原家·房间

谅对着电脑写东西。

旁边放着的手机发出震动声，谅看了看屏幕，又放下了。

灯里在店里拿着手机，笑着打电话。

谅偷偷看她……

灯里　我知道了。我等着。妈妈也来吗？不不，没关系。那你注意点。好的，那我挂了。嗯。

灯里挂了电话，过来了。

灯里　（注意到谅的视线，微笑）八户的妹妹。这一次要全家去迪士尼，说顺便过来玩玩。

谅　哎。

灯里　周六去宜家吗？我想买点拖鞋之类的。

谅　啊。

灯里　我一个人去也没关系，不过如果你没事的话就一起去吧。

谅　傍晚我和滨崎见面了，他说周末去温泉来着。

灯里　哎。

谅　他问我们要不要一起去。

灯里　哎……

谅　去吧。

灯里　（一边微笑一边歪着头）我去倒一下垃圾。

谅　（哎？）

灯里走向厨房，拿起垃圾袋。

灯里　早上去扔的时候，垃圾太多了，都装不下了。

谅　我来……（正准备帮忙）

手机又响了。

谅一惊。

灯里听到了，双手提着垃圾袋，出去了。

谅　……

14　同·前面的马路

灯里双手提着垃圾袋出来了。

走到垃圾堆，正准备放下的时候注意到了——

马路对面有千寻的背影。

千寻拿着电话，突然回头。

两人看到了彼此。

虽然互相认识，但基本没露出什么表情。

千寻背过身去，走了。

帽子掉了。

千寻正准备捡起来，灯里抢先一步走到了帽子旁边，站在她的对面。

灯里双手提着垃圾袋。

灯里　（点头致意）

千寻　……

灯里把垃圾袋放下，捡起帽子，微笑着递给她。

千寻接了过来。

灯里正准备提起垃圾袋。

千寻　（俯视着这样的灯里）好可怜。

灯里　……

千寻背过身去，走了。

灯里提着垃圾袋，去垃圾堆扔垃圾。

15　同·房间

谅在厨房泡茶，灯里回来了。

谅　（一边泡茶一边说）我说过，这里想要放个柜子。宜家会有吧？

灯里的声音　温泉是哪里的？

谅感到惊讶，回头。

谅　啊，热海啊。

灯里　是吗？哎。我是第一次去。（淡淡微笑）

谅　……（安心，微笑）

灯里　那个，要不要看？

谅　嗯？

灯里走到房间里面，打开柜子的抽屉。

里面放着一个旧的饼干罐子，灯里打开了盖子。

灯里　这是我回八户的娘家的时候拿过来的。

里面放着一些从娘家带过来的充满回忆的东西，灯里从中拿出了一张照片，给谅看。

谅一看，是一张相当陈旧的已经褪色的照片，一对男女站在温泉旅馆前面。

这对男女努力打扮得很时尚，表情有点紧张。

灯里　我爸和我妈。

谅　你的？

灯里　嗯。据说是他们新婚旅行去温泉的时候拍的。十和田湖。两个人都挺紧张的吧。（微笑）

谅　两个人都挺紧张的啊。

灯里　两个人都才二十岁吧。是相亲结婚。

谅　哎。真好呐，真好。

灯里　嗯。他们感情很好……这是我的宝贝。

16　热海海岸线（另一天）

光生他们的车行驶在能看到海景的路上。

车内，结夏正在开车，副驾驶座上是光生，后排座椅上坐着灯里和谅。

因为地不平，车子"咚"地颠簸了一下。

光生　（疼）……能不能开慢点儿啊？

结夏　你一个人坐电车不就好了吗？

光生　姐姐好不容易才借车给我们的，我怎么好独自一个人去坐电车……

又"咚"地颠簸了一下。

光生　（疼）安全带！

结夏　（调大了音乐的声音）什么？

光生　勒死我了！

灯里开心地看着窗外的景色。

谅看到灯里这样的表情，微笑。

17　热海站前面·商店街

灯里和谅手挽手走着，开心地看着陈列在商店里的当地美食。

谅　看起来很好吃啊。

灯里　这会儿吃的话，晚饭就吃不下了。

结夏双手拿着食物，一边吃一边走过来。

结夏　竹荚鱼天妇罗。很棒哦，超好吃。

在关着卷帘门的店铺门前，光生看着放在旁边的热海成人博物馆的传单。

打开一看，里面写着"蹦出来的臀部"。

旁边写着解说词，内容是"蹦出来的屁股，你能接得住吗？"

光生握紧了手。

接着，还有"小宇宙之路"，解说词写着"漂浮在星空中的翘臀美胸"。

光生把手握得更紧了。

光生　嗯。（发出了声音）

光生把热海成人博物馆的传单藏进了怀里，过来一看，结夏、灯里、谅他们正吃着串儿。

结夏　啊，他在这儿呢。

灯里　你去哪儿了？

光生　啊，好不容易来一次，我就去调查了一下有没有什么景点。

结夏　有时间玩景点吗？

光生　哎？（吃惊）

灯里　你有什么想去的地方吗？

光生　没，我并没有什么特别想去的地方，只是想像大家那样，到处体验一下。

结夏　去泡个澡怎么样？

大家都同意了，结夏、灯里、谅准备走了。

光生　啊……

谅　（拿出竹荚鱼天妇罗）你吃吗？

光生　（接过来）上原，你对观光没有兴趣吗？

谅　有什么好玩的景点吗？

光生　算有吧。比如那种突然飞出来的表演。还有像天象仪的那种。

谅　没有吧，只有成人博物馆之类的。（笑了）

光生　啊，是吗？只有成人博物馆啊。只有成人博物馆。（笑）

谅　竹荚鱼天妇罗很好吃的。

光生看看竹荚鱼天妇罗，准备吃。

结夏　这种鱼的骨头可以大口大口地嚼碎，感觉真好。

光生　（盯着炸鱼）……

谅　怎么了？

光生　没怎么，总觉得把自己代入了这条炸鱼。

18　旅馆・外景（傍晚）

19　同・男士温泉

谅在宽敞的温泉里游泳。

头上顶着毛巾，浸泡在温泉里的光生，脸被水花溅到了。

光生　……

谅　　你也来游泳吧。

光生　不行。很多地方还疼呢。

谅　　在温泉里不就不会疼了吗?

光生　你说的话毫无依据。就算是吹风都会疼。电风扇吹的低档风,那种微弱的风一吹都会疼。

谅　　但是很舒服啊。

光生　上原,有没有人说你太自由自在了?

谅　　哎,没有人说过啊。

光生　啊,自由自在的人是不会听别人的话的。我可是到处被束缚着。

谅　　但是你离婚了呀。

光生　你如果觉得离婚了就自由了,那就大错特错了。结婚生活还能看到底线,离婚生活的泥潭却深不见底。不知道底有多深。

谅　　那不是很绝望吗?

光生　是绝望啊,绝望之人。

谅　　绝望之人?

光生　我现在意识到了。我需要的不是什么温泉,而是祈祷。这附近有什么神社吗?

谅　　那个,滨崎。

光生　痛苦。泡温泉,痛苦。

谅　　我完全不自由。

光生　什么?

谅用迄今为止光生从未见过的认真表情看着远方。

谅　　我是个很无趣的人。我完全不想成为这样的人。

光生　……?

谅　　但是,事已至此,我也认了。

光生　什么?(正准备跟他说话)

谅把头闷进了温泉里。

光生一边想:“他在说什么,他在干什么?”一边看着,但是谅一直没出来。

光生　(慌张)上原? 上原?!

光生走到沉入水里的上原旁边,谅溅起水花,伸出了头。

谅　(微笑)真舒服。

光生　(被溅了一身水花,心想:“这算什么事?”)

20　同·女士温泉

结夏和灯里浸泡在温泉里。

灯里　(看着结夏)滨崎太太。

结夏　不要叫我滨崎太太。我已经单飞了。

灯里　啊,那……

结夏　星野。

灯里　星野,你现在还喜欢滨崎吗?

结夏　哎?

灯里　啊,没有什么别的意思。你看,喜欢不喜欢跟结婚不是一回事。所以离婚和喜欢不喜欢也没什么必然联系。

结夏　啊。

灯里　对不起,这种感觉……

结夏　(突然想起来,立刻又打消念头)不,没有吧,没有没有。

灯里　什么?

结夏　上原太太,啊,不是上原太太了。

灯里　哎。

结夏　不是,虽然我们说起来是四个人一起进行家庭旅行,但实际上全员都是单身。(笑了)

灯里　……

结夏　对不起。但是，你打算怎么办？

灯里　什么怎么办？

结夏　结婚申请书，还是好好递交上去吧。

灯里　（歪了一下头）

结夏　嗯？

灯里　不，不想了，算了。

结夏　算了？

灯里　就这样吧。因为喜欢，所以就这样吧。

结夏　什么？！

灯里　哎？

结夏　这样肯定不行啊。

灯里　但是……

结夏　不要说但是，他对你撒谎了啊。

灯里　是撒谎吗，有点像撒谎吧，他，啊，算了。

结夏　你是认真的吗？

灯里　他没有恶意。对不起。

结夏　你不用跟我道歉，用不着。如果这样你能幸福的话。你幸福吗？

灯里　……（心里有想法，微笑）

结夏　啊，是吗？（不满）

21　同·走廊

光生和谅从温泉里出来，穿着浴衣。

结夏坐在那种庭院里常见的长椅上，喝着罐装啤酒。

光生　（苦笑，对谅说）比男人出来得还早，真是少见啊。

谅　那回头见。

说着，就准备走了。

结夏喝着啤酒吐着气。

结夏 你太太说她很幸福。

谅感到意外,停下了。

结夏 她说,因为喜欢你,现在这样就很幸福。绀野灯里说的。

谅 ……

光生 ……你在说什么?

结夏 没什么。(开始喝酒)

光生 (对谅说)对不起。

谅 ……(点头致意)

谅先走了。

22 同·灯里和谅的房间

谅进来了。

灯里坐在被子上,正往腿上抹保湿乳。

灯里不看这边,继续抹着。

灯里 刚才服务员来了,七点吃饭没问题吧?说是在餐厅吃……

谅坐到了旁边的被子上。

灯里 (回头微笑)嗯?

谅正座,低下头。

灯里 怎么了?

谅 对不起。

灯里 (哎?)……(心里预感到了,还是微笑着)什么?

谅 对不起。

灯里 ……

谅 对不起。

灯里 ……嗯。(点头)

谅抬起头,凝视着灯里。

谅　之前那个已经过期了吧，回去之后我们再写一次吧。

灯里　（脸上表情僵硬）……

谅　再来一次，这次我们一起去目黑区区政府行吗？

灯里　……

谅　（盯着灯里，询问）

灯里　（情绪一点点涌上来）……

灯里突然把手边的被子裹到头上，钻到了里面。

谅　哎？

灯里藏在被子里，说着什么。

谅　哎？什么？你倒是回个话。

被子稍微打开了一点，可以稍微看到一点脸。

灯里　嗯。

灯里用稍微有点哽咽的声音说了一声，又把被子合起来了。

谅　（笑了）

谅趴到了被子上。

灯里发出惨叫，反过来趴到了谅的身上。

两人嬉闹着。

灯里　（开心，眼里还有泪水）

23　同·大厅

舞台上在举行宴会，能听到有人在唱情歌。

宽敞的房间的靠边位置，光生和结夏、灯里和谅正面对面吃着饭。

光生拿着筷子不动。

光生　哎，啊，是吗？嗯。

光生虽然在笑，但是很僵硬。

结夏　你那是什么表情？摆出一副这么复杂的表情。

光生　我的脸就是这样。天生的。

谅　回去之后我想去目黑区区政府，那个，那什么……

灯里　见证人。

谅　可否请你们两位一起做一下见证人？

光生和结夏对视了一下。

结夏　不行，我们离婚了。

光生　多不吉利啊。

谅　没关系。

结夏　你太太会介意吧？

灯里　没关系。

光生　为什么是我们？非亲非故的。

谅　家住得近。

光生　这算是理由吗？

结夏　帮你们写倒是可以的。

灯里　但是，说不定以此为契机，你们会复婚的。

结夏　不会。

光生　（稍微迟疑了一下）不会。

灯里正准备给谅倒酒，已经没有酒了。

灯里正打算站起来，谅站起来了。

谅　我去叫他们拿过来。

说着，便出去了。

结夏　（对灯里微笑）太好了。

灯里　（害羞地微笑）

光生　（看着这样的表情）……你能原谅吗？

灯里　（表情突然不开心）

结夏　（对光生说）你别多嘴。

灯里　（挤出笑容）原谅也好，不原谅也好，我又没怀疑他。

光生　是吗……

谅拿来了一壶新酒，往灯里拿出的杯子里倒。

光生　（斜眼看着灯里的笑脸）……

24　目黑川沿岸·实景（另一天）

25　上原家·玄关~房间

灯里目送去上班的谅。

谅　我七点钟回家。一起去区政府。

灯里　嗯，你走好。

谅　我走了。

谅笑着出门了。

灯里笑着送他。

26　大学·校内

在高低不平的高处，谅和千寻咕噜咕噜地滚着搬运用于涂装的大煤气罐。

千寻　算了，也无所谓了，反正毕业了就要和老师你拜拜了。

谅　把这个收拾好之后，我们谈谈吧。

千寻　好的。其实不用说得那么清楚的。本来就是我追的你，而且我也完全没有怪你的意思。

谅　对不起。

千寻　为什么道歉？是感觉玩了我吗？

谅　（摇头）

千寻　我想问你一下，你对我到底是怎么看的？只是肉体上可以睡的那种感觉吗？

谅　（摇头）不是你说的那样。

千寻　那，我们不能再见面吗？

谅　……（摇头）

千寻　为什么？

谅　因为我有想在一起的人了。

千寻　……哼。好。我知道了。再见。

说着，她走到一半，回头。

千寻踢飞了煤气罐。

煤气罐沿着很长的楼梯滚下去。

谅吃惊，追着滚下去的煤气罐。

千寻迅速离去。

煤气罐滚到了平地上，停下来了。

没出什么事。

谅站在煤气罐前面，放心地叹了口气。

回头一看，已经看不见千寻的身影了。

手机响了。

27　咖啡馆·店内

桌上放着冒着热气的红茶，谅和明希面对面说着话。

明希　谅，你觉得你能成为普通的丈夫吗？

谅　（害羞地微笑，点头）

明希　你能想象自己的那个样子吗？回归家庭的自己。谅，你会觉得这种人生很无聊吧？

谅　（心里有点纠结，正准备回答）我……

明希　不可能的。到现在为止，你相处得时间最长的女生是几年？是几个月吧？谅，你就是这样的人。

谅　（不安）这样的人……

明希　路过不留痕的人。没有任何感情，只是从别人面前路过。

谅　（皱眉头）……

明希　那些看着你经过的人，并不会受伤。可能会寂寞，但是不会悲伤、还会有快乐的回忆。只不过，都要稍微放弃点什么。和你交往过的女人可能都需要放弃点什么。我想她们不会恨你。因为她们知道，你是绝对不会幸福的。

谅　……

明希一边淡淡微笑一边喝着热红茶。

明希　嗯？

谅　这一次不会这样了。不会这样了，我和灯里会好好走下去的。

明希　……

谅　我这次会改变的……

明希把手上的红茶泼到了谅的身上。

谅淋到了红茶，在那一瞬间呻吟了一下。

谅的衬衫胸口都湿了，那是冒着热气的红茶。

明希瞪着眼看着他。

谅忍耐着，也毅然看着她。

28　上原家·店内

灯里说着谢谢惠顾，目送客人。

一看钟，已经五点多了。

看了看镜子，注意到自己的头发，这时候手机响了。

灯里　（接电话）实里？到了吗？车站？那我现在去接你。

29　居酒屋·店内（夜晚）

结夏进来了，环顾四周，发现淳之介坐在座位上，举着一杯烧酒兑气泡水，说："我在这儿。"

结夏　（对店员说）乌龙茶。

结夏点了单，坐下。

淳之介　咦，你不喝吗？

结夏　今天是我一个熟人的重要日子。

30 沿河的咖啡馆·店内

光生坐在吧台上包着水饺。

好像是客人来了，回头一看，是菜那。

菜那和一个年龄相仿、看上去像是音乐爱好者的男人在一起。

光生和菜那四目相对，相顾无言。

智世　你好，请里面坐。

菜那被带领着走到里面的桌子。

光生装出冷静的样子，用粘着杯垫的杯子喝着啤酒。

31 居酒屋·店内

结夏和淳之介在吃饭。

结夏　不就那么两三根骨头嘛，左一句疼右一句疼的。明明是个大男人，还不忍耐一下。

淳之介　哎。（表情有点不开心）

结夏　之前那个什么，烤面包机。是结婚时收到的礼物，我开心地想：太棒了，以后每天都能吃到现烤的面包啦！然后，用那个面包机，晚上揉面，早上就可以烤好了。结果你知道那个男人说什么？

淳之介　（表情沉重，歪了一下头）

结夏　说是太吵了，夜里厨房传来嗡嗡的声音，吵得他睡不着觉。嗡的声音，也就这么响吧？说让我白天烤。白天烤的话，早上就吃不到刚出炉的面包了！我真的太生气了。啊，说到他，我口渴了。让我喝一口。

结夏正准备拿起淳之介的烧酒兑气泡水。

但是淳之介不松手。

结夏　怎么了？给我。

淳之介　这算什么？你来到这里，一直在说你老公的坏话。

结夏　是啊。

淳之介　我不想听这些。

结夏　哎，不行吗？

淳之介　我不想听其他男人的事。

结夏　为什么……？

淳之介　（盯着结夏看）……

结夏　……（察觉到了对方的意思，赶紧避开目光，看着店员）小哥，来份茉莉花茶兑烧酒！

32　沿河的咖啡馆·店内

光生正在包水饺。

但是背后那张桌子上，菜那和她同行的男人一起开心地聊着天。这让光生很介意，又毫无办法。

男人站起来，去洗手间。

菜那看了看光生，走过来了。

她站在旁边，抓住了假装没注意到她的光生的胳膊。

菜那　你在打工吗？

光生　这是我祖母的店。

菜那　祖母？啊，奶奶。哎。我是第一次来。（指着桌子）他带我来的。

光生　是吗？（眼睛不看菜那）

菜那　（偷偷看着光生的脸，嗯？）

光生　什么？

菜那　滨崎，你今天看上去心情很差啊。

光生　哎，我一直这样啊。

菜那　是和平时不一样的那种心情差。

从洗手间回来的男人回到了座位。

光生　你应该回去了吧。

菜那　我现在回去。

光生　你正在约会中呢。

菜那　难道说，你是因为我跟这个男人在一起才心情不好的吗？

光生　……

菜那　如果真是这样的话，我还挺开心的。过会儿我要去吃饭，我速战速决。然后，可否回到一直心情不好的滨崎身边呢？

光生　……我有约了。

菜那　是吗？（失落）

光生　和我吃饭也没意思。

菜那　滨崎，我觉得你的性格不太普通。和你相处的感觉和普通的开心不一样，但是挺开心的。

光生　……明天、后天或者大后天的话可以。

菜那　那后天吧。

光生　好的。

菜那　那我就只和那个人去吃顿饭。毕竟已经约好了。

光生　（有点心神不宁）……

33　珠宝店·店内

谅站在店门口，看着橱窗。

34　上原家·店内

灯里的妹妹实里（26岁）来拜访了。

灯里在泡茶。

灯里　我以为妈妈也会一起过来。

实里　她在给我照看孩子。

灯里　这样啊。

实里　真好，住在这么洋气的地方。

灯里　都是为了工作啦。

实里环顾四周，拿起摆在面前的灯里和谅的照片。

是前几天在温泉旅馆拍的。

实里　老公又是大帅哥。我们家那位，最近肚子都鼓起来了。尽在家里做些什么塑料模型。

灯里　挺老实的人，不是蛮好的吗？

实里注意到旁边还放着另一张照片，拿起来看，是前两天看到的父母年轻时的照片。

实里　哎，还有这种照片啊。

灯里　新婚旅行的时候拍的。

实里　哎……（苦笑）也有这么好的时候啊。

灯里　（表情一瞬间变得不开心）看起来挺幸福的吧。

实里　最近你和妈妈说话了吗？

灯里　最近没有啊。

实里　妈妈最近还偶尔说到，姐姐你是爸爸那一派的。

灯里　什么派？

实里　因为姐姐你对妈妈很冷淡。

灯里　哪有啊……

实里把父母的照片递给灯里。

实里　姐姐你不知道啊，妈妈看到了也假装没看到，爸爸在外面有女人。

灯里　……（内心不安）

实里　现在也还有。有酒吧的庆子，有渔协的女人，还有其他的什么，外面彩旗飘飘，爸爸染指过的女人到处都是……

灯里　（害怕）这也没什么……

实里明显对灯里表示不满。

实里　我当时还小所以不明白，妈妈整天哭是因为这个吧？

灯里　（打断）我们换个话题吧……

实里　姐姐你就是喜欢渣男吧。

灯里　……

实里　这是麻烦女人的典型。

灯里　（终于对实里发怒了）喂。

实里　嘴里说着我老公很老实，其实你这不是表扬，而是讨厌那种男人吧？

灯里　我没这么说过。

实里　姐姐，你不想承认你根本不想和妈妈说话吧。因为你和妈妈很像。

灯里　……！

实里　就是流着这样的血。（微笑）

灯里　……

实里　（看看钟）啊，已经快七点了。

说着，实里拿起迪士尼的礼品袋，收拾收拾准备回去。

灯里　说什么呢，自说自话……

实里　（微笑）你在东京住在这样的房子里，装作一个好女人的样子，说着东京话，真让我火大。

灯里　……

35　同·房间

实里走了之后，灯里开始准备做饭。

手里拿着料理筷，筷子不是同一双，颜色不一样。

灯里平静地做着准备，突然离开厨房，走向房间。

拿起桌子上放着的父母的照片，胡乱往抽屉里一扔，迅速关上了。

回到厨房，再一次开始做饭。

料理筷掉到了水池和柜子的缝隙中间。

灯里　啊。

灯里趴到地上，伸手去拿。

但是拿不到。

灯里着急了，吐了口气，捶了一下柜子。

这时，听到了玄关有人开门的声音。

谅的声音　我回来了。

灯里吓了一跳，抬起了头。

36　滨崎家·LDK

光生一边哼着歌，一边修剪着盆栽。

结夏一边哼着歌，一边喂两只猫。

他们注意到了彼此在哼歌。

结夏　你心情不错啊。

光生　并没有。这么说起来，你也是啊。

结夏　并没有。

光生　啊，是吗？

结夏　啊，是吗？

光生　啊，大概是我最近比较受欢迎吧。

结夏　啊，真巧啊。

光生　啊，你也很受欢迎吗？

结夏　啊，还好还好。

两人苦笑，避开对方的目光。

结夏　上原他们几点左右开始啊？

光生　这会儿已经差不多要走了。

结夏　喂，礼金打算怎么办啊？

光生　哦，对啊。

结夏　我们也不算太熟啊。

光生　嗯。啊，不，接下去可能会变得关系很好。然后，多年之后，一起去野营的时候，他们说不定会说，那个时候你只给了我五千日元红包。那就有点尴尬了。

结夏　那，一万日元？

光生　啊，给一万日元的话，这些人会不会信心满满，觉得我们肯定会关系变好？会不会认为我们特别想去野营？

37　上原家・房间

谅在新的结婚申请书上写着名字。

细致整洁的文字，最后盖上印章。

满足地看着，抬头。

谅　我写好了。

灯里在卧室里用滚筒滚外套。

灯里　嗯。

一边回答一边继续滚。

谅　那个回头再弄吧。

灯里又继续滚了几下，稍稍几下。

灯里　（抬起头）嗯。

灯里放下外套，正打算和衬衫一起拿去洗，注意到了衬衫。

灯里　你买了新衬衫？

谅　嗯……有印章吗？

灯里　嗯。

灯里拿出了印章，坐到了谅的面前。

谅把结婚申请书转向了灯里那边。

灯里　（看着）……

谅　（指给她看）这里……

灯里　我知道。因为是第二次了。（微笑）

谅　（苦笑）

灯里接过谅递给她的笔，盯着结婚申请书。

她光盯着，一直不写。

谅　嗯？

灯里　没什么，你的字太好看了。我写在旁边有压力。（微笑）

灯里拿起笔在自己的那一栏里填写。

写了绀野两个字，又停下了。

灯里放下笔，站起来了。

灯里　刚才泡的茶还在那儿。

谅　我去拿。

谅站起来，把手放到灯里肩膀上。

谅　滨崎在等我们呢。

灯里　是吗，好的，对不起。

灯里又坐下，拿起笔。

下定决心，呼吸，拿笔。

谅拿了茶壶和杯子过来，看着灯里在写，放心了。

灯里写了名字、地址。

拿着印章，抬头看。

谅倒着茶。

灯里突然一动不动地看着什么东西，拿着印章停下来了。

谅　（注意到她的视线，嗯？）

灯里一边一直盯着谅，一边指着自己的胸口。

谅看看自己的胸口，察觉了。

皮肤发红了。

谅微微一笑，像要藏起来一样，扣上了衬衫。

谅　印章。（催促）

灯里 （但是，她还是盯着胸口）怎么了？

谅 没什么……

灯里 烫伤？

谅 没什么大事。

灯里 怎么了？

谅 ……灯里。

灯里 （轻轻摇头）

谅 ……

谅重新坐下，决定坦白。

谅 我被人倒了一杯红茶。

灯里 （立刻）被谁倒的？为什么？

谅 ……

灯里 告诉我。

谅 ……

灯里 谅。

谅伸出手，抓住灯里的手。

谅 我想和你结婚。

灯里 ……

谅 我想以后永远和你在一起。

灯里 ……

谅抓着灯里的手，握着。

谅 我对那个人说了分手，就被倒了红茶。

灯里 ……

灯里一直盯着谅看。

谅 但这些已经结束了，我会变的，已经变了，再也不会有那样的事……

灯里打了谅一个耳光。

非常用力。

过了一段时间。

谅　……对不起。

灯里　（喘气）……

灯里抓起结婚申请书。

谅慌了，抓住灯里的手。

灯里正准备揉成一团。

谅拼命阻止，想让她把结婚申请书放开。

彼此都在使劲儿。

谅掰开灯里的手指，拿走结婚申请书。

灯里还准备去抢。

谅避开，摇头。

灯里瞪着谅。

谅一边挡着灯里不让她拿走申请书，一边摇头。

谅　我们结婚吧。

灯里　（继续瞪着）

谅　我们结婚吧。

灯里　（继续瞪着）

谅　结婚，变幸福……

灯里歪着脸，含着泪摇头，嘟囔着。

灯里　已经不行了。

灯里说的是青森方言。

谅　（哎？）……

灯里　已经不行了。

灯里摇头，流着泪。

谅　（摇头）对不起。

灯里　不是，不是。是我不好。

谅 （摇头）你什么也没做……

灯里 讨厌。讨厌。

谅 ……？

灯里 谅，你是不是觉得我什么都没察觉？以为我什么都不知道就睡着了？你有没有听过，男人在外面寻花问柳的时候，女人是彻夜难眠的？翻垃圾桶里的购物小票，查手机短信，甚至去闻脏衣服的味道。女人什么都不问。和散发着香水味道的男人讲邻居太太的事，和鞋子里粘着头发的男人说着孩子学校的事。知道男人会厌烦，但是女人却依旧讲个不停。我讨厌这样，讨厌这样。我知道，我也是这样，一直都在忍耐，我假装看不见。但是不对。真的，一直……一直以来，你在外面搂着别的女人的时候，我脑子里就会浮现出你打开别人腿的样子，还会浮现出女人把手缠绕在你腰上的样子。我不甘心，我好恨，也咒骂过。就像我妈妈那样，我哭着求老天放过我吧。

谅心里一惊。

灯里小声地继续说。

灯里 我小学三年级的时候，我妈妈带着不情愿的我，牵着我的手去见我爸爸。我爸爸睡在陌生女人的大腿上。回来的路上，妈妈抱紧我，流了泪，说她被背叛了，被骗了，她哭了。妈妈说："那个男的现在都不碰我，我的婚姻很失败，我遇人不淑。"她一边说着这些一边哭。我听着这些，心里感到很不舒服。妈妈边哭边说着那些话，真的挺惨的。我讨厌这些。我一点也没讨厌我爸爸。我讨厌哭泣的妈妈。所以，我不会讨厌你，取而代之，我只会讨厌我自己。我真的和我妈妈是同一种人。像我妈妈那样，充满嫉妒心，情绪化。一边憎恨丈夫，一边丑陋地哭泣。这个人睡了别的女人。我每次看到你的脸都会想起这个，我不会原谅你。在你身边，却恨着你。和你住在一起,却恨着你,就这么生活下去。我变成了和那个女人一样的人。和令人讨厌的女人一样。一样。一样。

灯里流着泪。

灯里也不擦眼泪,就让谅看着自己流出来的泪水,一直盯着前方看着。

谅茫然而不知所措。

灯里　(看着谅手里的结婚申请书)所以请还给我。

谅摇头。

灯里　还给我。

谅摇头。

谅的眼睛里流下了泪水。

灯里感到意外。

灯里　你为什么哭?

谅　……

灯里　你为什么哭?

谅　灯里……

谅把手伸向灯里。

灯里　不要碰我!

谅停下了手。

灯里从谅的另一只手上拿走结婚申请书。

把结婚申请书撕开。

谅悲伤地盯着她。

结婚申请书变成碎屑洒在了地上。

谅背对灯里,走出了房间。

灯里继续流着泪。

38　目黑川沿岸

谅走出上原家的公寓,向前走。

把手插进外套口袋里，摸到了什么东西，拿了出来。

是之前买的两只戒指。

停下来，盯着看。

转身，回头，看着公寓。

正准备向前走的时候，手机响了。

看了屏幕，接了。

能听到手机里说话的是明希。

隐约听到里面在说："有没有烫伤？现在见面吗？"

谅沉默了一会儿后。

谅　　现在你在哪儿？

问了一半，又转身，走了。

向前走的谅，把拿在手上的戒指扔进了河里。

第5话　完

第6话

1　南平台十字路口·附近（夜晚）

出租车停了，明希下了车。

看着旧山手路上的 gusto 餐厅。

2　gusto·店内

窗边座位上是谅的身影，他趴在桌子上睡着了。

明希来了，坐在对面。

明希微笑着看着谅，谅醒了，抬头。

明希　（微笑）早上好。

谅　啊……啊，我睡着了。

明希　累了？怎么了？要不去我家？

谅　（摇头）

明希　（有点失落）是吗？

谅　（打开菜单看）……

明希　（看着谅的胸口）生气了？生气了啊。

谅　（仍然看着菜单）我没生气。

谅放下了菜单。

凉 ……(像是想起了什么,苦笑)

明希 你想起了什么笑了?

凉 (摇头)刚刚,我做了个梦。

明希 梦?一直做的?乘着去北海道的卧铺列车?

凉 是的。

明希 你坐过吗?

凉 高中的时候坐过。和同年级的一个女生,两个人一起坐的。就是现在这个季节。

明希 是去滑雪之类的吗?

凉 是私奔。

明希 (惊讶)

凉 放学后,我们直奔上野站,把书包和校服都扔到了车站厕所的垃圾箱里,背包里只放了牙刷、换洗衣服、随身听,还有打工攒的钱。出发时间是四点二十分,坐上卧铺列车,打算再也不回东京了。

明希 哎。

凉 我们打算去北海道谁也不认识我们的地方,两个人一起生活。我十七岁,她十六岁。我想,我们拼命工作,绝对会幸福的。

明希 (正准备问什么)

服务员端着咖啡走来,放下咖啡。

凉拿起杯子,喝咖啡。

凉 然后,我就和潮见薰,那个女生名叫潮见,是年级委员,我们年级学习最好的学生。

明希 嗯。

凉 可能潮见她……是谁都可以。

凉看着窗户里自己的影子。

凉 就算对象不是我。

3 回忆的场景

大雪纷飞中，轨道被飞驰中的列车的前灯照亮。

4 上原家 · 房间

灯里拼命用吸尘器吸着被撕碎洒在地上的结婚申请书。

她放下吸尘器，走向厨房。

往米饭上浇上味噌汁。

灯里站着，拼命往嘴里扒饭。

5 滨崎家 · LDK（另一天，早上）

光生穿着西装，缩成一团睡在沙发上。

咳嗽了好几声，疼得捂住胸口，醒了过来。

环顾四周，发现自己睡在沙发上。

光生　哎……（愕然）

结夏从卧室里走出来，穿着睡衣，头上裹着毛巾。

结夏　嗯，好冷。后来上原没给你打电话吗？

光生看着旁边放着的手机。

光生　（点头）……

结夏　啊，是吗？啊，好冷好冷。

光生　我就在这儿睡着了？

结夏　嗯，你说要是来电话了就喊我起来。我就先睡了。

光生　我就穿成这样，在这么冷的房间里。（咳嗽）

一边咳嗽一边疼得捂紧胸口。

结夏　你感冒了吗？

皱着眉头的结夏，为了和他保持距离，逃开了。

光生　（咳嗽，按着胸）疼。响了，响得好厉害，骨折的位置咯咯作响。

结夏　（笑了）谁让你在这种地方睡觉。

光生　生姜……生姜！

光生直接走到厨房，打开冰箱，取出生姜。

拼命地摩擦生姜，烧水。

往生姜堆得像小山一样的杯子里倒水。

光生一边咳嗽一边喝姜茶。

6 目黑川沿岸

光生戴着针织帽，围着围巾，穿得相当厚，鼓鼓囊囊地准备去上班。

捂着胸口，强忍着疼痛咳嗽着。

对面跑来了一个慢跑的人。

是灯里。

灯里就这样跑过去了。

光生 （哎？）……那个！

灯里 （回头看，嗯？看着他）……啊，滨崎！

灯里继续在原地跑着。

光生 （一边咳嗽一边说）那个，那个事情怎么样了？

灯里 哎？啊，昨天对不起了。

光生 啊，不，完全没关系。（咳嗽）

灯里 感冒了吗？

光生 （一边咳嗽一边说）怎么样了？

灯里 什么？

光生 结婚。（咳嗽）

灯里 ……

光生 （一边咳嗽一边说）结婚申请书还没有交吗？

灯里 （低头）……

光生 （心里一惊，咳嗽）

灯里 告辞了。

灯豆点头告别，跑走了。

光生　（继续咳嗽，担心地看着灯里）

7　拉面专卖店·前面

冷风中，戴着口罩的光生和大木一起把自动贩卖机搬进来。

穿着工作服的店主井畑从店里出来了。

井畑　滨崎，下周日，你能来惠比寿吗？这个。（摆出扔篮球的姿势）

光生　这个。（不太明白，模仿他）啊。

井畑　啊，不错啊，姿势不错嘛。拜托你了。

说着，就走了。

光生　（在大木面前模仿他）是打篮球吗？

大木　（模仿）哎，我还以为是阿波舞呢。

光生　哎，不管怎么想，他也不会邀请我去跳阿波舞吧……有可能吗？不会吧。

大木　滨崎，你不咳嗽了啊。

光生　啊……

8　滨崎家·LDK~卧室（夜里）

光生开心地回家了。

光生　没有感冒，没有感冒。

把放在口袋里的口罩扔到垃圾箱里。

光生　没有感冒。

看到厨房还摆着生姜，好像嘲笑生姜一样，苦笑，打开冰箱的门。

光生　没有感冒。（关上了冰箱的门）

看到餐厅桌子，上面放了一个体温计。

苦笑着正准备收起来的时候，发现了异常。

体温计上的刻度显示为三十九度。

光生　哎?

光生看向卧室里面。

卧室里传来了咳嗽的声音。

光生小心翼翼地靠近,轻轻打开门,看到结夏躺在床上。

结夏额头上敷着湿毛巾,嘴里呻吟着。

结夏　(咳嗽)我感冒了!

光生不由自主地捂住了自己的口鼻。

上剧名

9　滨崎家·卧室~LDK

结夏躺在床上。

光生的声音　没事吧?

结夏抬头看。

结夏　看不出你在担心啊。

光生戴着口罩,弯着腰,从门的缝隙里探出半张脸窥视着。

光生　要喝姜茶吗?

结夏　红丝绒蛋糕。

光生　嗯?

结夏　31冰激凌的红丝绒蛋糕。

光生　已经关门了。

结夏　那就不要了。

光生　姜茶呢?

结夏　明天。

光生　哎?

结夏　矢萩姐明天上午没法来上班。

光生　怎么办，我也没法请假。

结夏　店不能关门。

光生　但是你烧还没退呢……让我想想。

光生关上门，回到客厅。

结夏的手机响了。

光生　（拿起来，回到卧室）你手机响了？

光生把手机拿给结夏，看到屏幕上显示“初岛淳之介”。

10　干洗店·店内（另一天，早上）

光生正在给系着围裙的淳之介讲解工作流程。

光生　你要好好问清楚。污渍啦，脱线啦，还有破损啦，纽扣有没有脱落啦，衣服口袋里也要好好看一下。要是搞错了的话客人会投诉，千万当心。

淳之介　好。

光生　客人送来的衣服，这个口袋里是普通的衣服，然后是干洗的衣服，然后是白衬衫……不对，还漏了那个，呃，先把有带子的……

淳之介　是说标签吧？

光生　对。呃，首先是这个衬衫从上面数第二颗纽扣处系有标签的就是……呃。

淳之介　需要挂好的。

光生　对。然后，从下面开始数第二颗纽扣处系有标签的就是……

淳之介　需要折叠的。

光生　对……你怎么知道的？

淳之介　我之前在干洗店打过工。

光生　哦，这样啊。哦，这样啊。

淳之介　结夏不要紧吧？

光生　结夏。结夏不要紧啊。

淳之介　现在多少度了？

光生　多少度了，啊，这是个人隐私，啊，没那么严重，外人就不用操心了。

淳之介　对了，这个。（拿出保冷袋）

光生　（接过来）这是什么？

淳之介　红丝绒蛋糕。

光生　……啊，是吗？

11　滨崎家·卧室

结夏坐在床上，吃着红丝绒蛋糕。

光生站着，为上班做准备。

光生　有什么事的话，立刻联系我。

结夏　没关系，有问题的话，我就联系那个人。

光生　……有没有什么想吃的？

结夏　我就想吃这个。

光生　怎么说你啊，这时候应该吃点有营养的东西……

结夏　你走好。

光生　……好的。

12　干洗店·外面～店内（夜晚）

光生双手提着超市的袋子。

一进店里就看到淳之介站在人字梯上，用锤子把钉子敲进天花板。

光生　喂，喂，你在干什么？

淳之介　啊，你回来啦。杆子有点松了，我给加固一下。

淳之介下来了，搬着人字梯从旁边走过。

淳之介　对不起，可以让我过一下吗？

光生　好。

光生慌忙让开，撞上了从里面出来的矢萩。

矢萩　他都做完了，真是帮了我大忙。

一看，吧台上也收拾得干干净净，小票也叠放得整整齐齐。

光生　……啊，不吃点有营养的东西怎么行。

13　滨崎家·玄关

光生和搬着店里纸箱的淳之介进来了。

光生　啊，那就放这里。

淳之介　我搬到里面去。

光生　啊，不用，没关系。我来搬。

淳之介　好的，那你来搬。

淳之介放下了纸箱。

两人面对面，淳之介留意着屋内的情况，光生不想让他进去。

光生　……你辛苦了。

淳之介　啊，没有。

一段时间后。

光生　啊。

淳之介　怎么了？

光生　啊，对了，我在想摩托车要不要紧。

淳之介　上了锁的。

光生　啊，哈哈。（笑了）

淳之介　哈哈。（笑了）

光生打开门。

光生　啊，这扇门是这样开的。（说着，打开又关上）

淳之介　啊，好的。那再见……

光生　再见。（抬手）

世界上有些人不是吃不了胡萝卜，或是喝不了酒，或是怕狗狗吗?

他则是不擅长使自己幸福。

他惧怕憧憬幸福。一旦考虑将来的事，想象将会拥有些什么，

便会不由自主地想象它们被毁灭的场景。然后陷入不安。

虽然心里明白，却做不到。无法和别人形成羁绊，人类不就是这样吗?

淳之介　好的，告辞了。

淳之介正准备出门的时候，结夏裹着毛毯戴着口罩走过来了。

结夏　啊，结束了？

淳之介　啊，结夏。你发烧怎么样了？

结夏　退了不少了。你们在干吗？快点进来。一起吃晚饭吧。

淳之介　哎，可以吗？

结夏　那个（看着光生）。

光生　当然可以了。吃了再走吧，我刚刚还邀请你来着。

14　同·LDK

光生站在厨房，切着白菜、葱。

光生用余光瞟着在餐桌处准备火锅、一边包饺子一边和结夏说话的淳之介。

淳之介　中目黑这种，我特别憧憬。

结夏　那就住在这里啊？

淳之介　当真吗？我全家都会来的。弟弟妹妹，还有我爸都会开心地住在这里的。

光生切菜的速度加快了。

结夏　别客气，喝酒。

淳之介　不行，我骑的摩托车。

结夏　车子留在这里不就行了？明天再来取。

淳之介　那倒是啊，那我就喝啦。

光生切菜的速度又加快了。

结夏　你饺子包得这么好啊。

淳之介　经常有人这么说，说我包饺子的水平是日本第一。

白菜和葱都切好了，但是光生还在继续拼命切菜板。

光生、结夏、淳之介围坐在桌边，桌上放着饺子锅。

光生从锅里盛了点东西放入小盘子里，递给结夏。

光生　给。

结夏接过来，把盘子放到淳之介面前。

结夏　给。

淳之介　谢谢。

光生无语，又重新给结夏盛。

淳之介　（对光生说）休息的时候你都干些什么？

光生不回答。

结夏　他问你，休息的时候都干些什么？

光生　啊，是问我吗？休息的时候，每天都不一样啊。也没有人每次都干一样的事情吧。

淳之介　是啊，对不起。

沉默。

结夏　你俩有没有什么共同的兴趣啊？

淳之介　啊，我经常听音乐。

光生　音乐。

淳之介　EXILE之类的。

光生　还有这种音乐？

结夏　你知道的吧。

光生　知道是知道的。

淳之介　你不大听吗？

光生　我不太听。

淳之介　可以听听啊。听了会充满活力。

光生　充满活力？哦。

淳之介　要不我下次把CD全部拿过来吧。

光生　全部。你有多少张？有地方放吗？

结夏　你干吗这么说话？

光生　什么？我只是很正常地说了一下放在哪里的问题。

淳之介　还有，你听放克猴①吗？

光生　放克猴？

淳之介　放克猴宝贝。

光生　放克猴宝贝。这名字帅得让人颤抖啊。

淳之介　滨崎，你的 CD 也借给我听听吧。我们交换吧。

光生　好啊。要是我的 CD 也能像放克猴宝贝一样让你满意就好了。

结夏　（生气了，对光生说）每个人都有各自的喜好！

光生　哎？我们只是在交流音乐啊。

淳之介　我还看漫画。

光生　啊，我就知道接下来该聊漫画了。

淳之介　我还看老漫画。我小时候打篮球，也看《灌篮高手》。有很多经典台词啊。那个，安西教练讲的，你知道吗？

结夏　你现在放弃的话，比赛就到此结束了！

淳之介　对对，就是这个！这句话太棒了啊！

光生　是吗？（对结夏说）虽然你经常这么说，但是不到时间，比赛是不会结束的。

结夏　你抬什么杠啊。

光生　不如说，就算放弃了，比赛也不会结束。再怎么放弃，再怎么放弃一切，该发生的还是会发生。

淳之介　是吗？我很单纯，一听那句台词就感动得不得了。

结夏　你是正常的。这个人只是性格太扭曲了。

光生　（嗤之以鼻的微笑）

---

① 即放克猴宝贝（FUNKY MONKEY BABYS），日本三人男子乐团。

淳之介　我羡慕像滨崎这样头脑聪明的人。

结夏　这种不叫头脑聪明。

光生　（嗤之以鼻的微笑）

淳之介　而且看起来知道很多东西。

结夏　那都是纸上谈兵。

光生　（嗤之以鼻的微笑）

淳之介　我真的很羡慕。

结夏　你这样就挺好。因为朴素率真地生活的人，能让周围的人幸福。

光生　……

结夏　和头脑聪明、知识丰富比起来，还是能让人充满活力的人更有价值。

光生　……

淳之介　是吗……

光生　是啊，的确如此。

结夏　（看着光生，意思是：“你又打算说什么胡话？”）

光生　那种人更有价值。的确如此。

淳之介　（微笑）谢谢。

结夏　（微微叹气）

淳之介　（一边吃一边说）饺子里的大蒜提味了，真好吃啊。

结夏　（顾虑到光生）是吧？他做的饺子很好吃哦。

光生放下了筷子。

光生　饺子看起来很像虫蛹啊。

结夏、淳之介　哎？

光生　虫蛹呢，虫子在壳里变成蝴蝶。其实呢，在壳里，曾经有一段时间是汤状的形态。

结夏、淳之介饺子吃到一半……

光生　一度会变成黏黏糊糊的液体，从那样的液体慢慢变成蝴蝶。

结夏、淳之介没有食欲了。

光生站起来，收盘子，搬到厨房。

淳之介　哎，不是，太厉害了，这样的啊，学习到了！

光生　我回房间了。请你们慢用。啊，煮菜粥的时候，一定要关了火再放鸡蛋。

光生说着，就去了里面的房间。

结夏　……对不起。

淳之介　没事没事。（吃着）真好吃啊。

结夏　（回头看着里面的房间）……

15　同·卧室

光生进了房间，呆呆地站了一会儿，注意到两只猫。

光生　喂，过来。

光生喊它们，但两只猫却走了。

只剩下光生一个人……

16　同·LDK

厨房已经收拾好了。

结夏在沙发处测量体温，放心地叹了口气，这时候光生从里面的房间出来了。

光生看到结夏，有点紧张，走到厨房去了。

光生　你全部都洗了。

结夏　是他洗的。他叫我向你问好。

光生　啊，是吗？我有点迷迷糊糊的，也没送他。

光生不看结夏，笨拙生硬地转来转去。

光生　他是个心胸开阔的，很棒的人。不是蛮好的嘛，很好。

结夏有点悲伤地看着光生。

光生　嗯？嗯，非常，嗯，看起来有男子汉气概，开朗，诚实，体贴，看起来也招孩子喜欢。

结夏　是吗？

光生　兴趣也是大众口味，挺好的，和他一起肯定心情很好。

结夏　是吗？

光生　嗯，不是蛮好的吗？

结夏　什么？

光生　那个，（指着结夏）交往对象。

结夏　你觉得不错？

光生　是啊。挺般配的。

结夏　哼。

光生　啊，是吗。我是不是要提前跟他打声招呼，就说，她就拜托你了。

结夏　是啊。

光生　下次他拿 CD 来的时候我跟他说吧。用放克猴宝贝那种感觉。

结夏　（苦笑）

光生看着结夏。

光生　恭喜你。（拼命挤出笑容）

结夏　谢谢。（有些悲伤的严肃表情）

光生　（又避开了目光）好了，该去烧洗澡水了。

光生一边说一边看了一下放在旁边的体温计的刻度，走向浴室。

结夏　（悲伤地目送他）……

两只猫在互相舔毛。

17　目黑川沿岸（另一天，早上）

光生正准备去上班，又看到了慢跑的灯里。

灯里只是点了点头,又准备继续往前。

光生　(呃)……那个!

灯里原地跑步,回头。

光生　不是……你最近状态怎么样?

灯里　啊,如你所见。

光生　你在干什么?

灯里　慢跑。

光生　没事吧?

灯里　什么?

光生　还这样慢跑。

灯里　(苦笑)对你来说,可能慢跑是什么不正常的事情。

光生　对不起。但是又没见到你丈夫,我在想是不是发生了什么事情。

灯里　……滨崎,你以前说过的吧?

光生　什么?

灯里　总是问别人状态好不好的人,是很招人烦的。有些人平时就是无精打采的。无精打采也活得好好的,这么问就好像神采奕奕是理所当然的样子。你之前说过的。

光生　我不记得了,但像是我会说的话。

灯里　(微笑)你走好。

说着,又跑走了。

光生　(好像明白了什么一样,目送她)……

18　干洗店·前面

结夏做着开店准备,刚把商店的广告旗拿出来,淳之介就走过来了。

淳之介　早上好。

结夏　　啊，早上好。昨天谢谢你啊。

淳之介拿出了摩托车的钥匙。

淳之介　你发烧没事了吧？

结夏　　嗯，退烧了……哎，你怎么穿的还是昨天的衣服？

淳之介　啊，后来我直接去便利店打工了。

结夏　　一整夜？后来你一直没睡觉吗？

淳之介　没事的。

结夏　　不行啊，你这样怎么能骑摩托车？

19　停车场

光生搬好了自动贩卖机的货，在卡车里和大木一起吃着便当。

光生　　（回忆，不由自主地发呆）你状态怎么样？

大木　　挺好的啊。

光生　　哎？啊……

光生的手机收到一条消息。

一看，是菜那发来的邮件，内容是“最近状态怎么样？你还记得跟我约好去吃饭的事吗？”邮件里夹杂了表情图标。

光生正准备回复。

大木　　（做出打篮球的手势）上次那个动作，你明白是什么了吗？

光生　　没有。

大木　　我想了下，这个，就是用这个手去抓住的意思。

光生　　抓住。抓什么？

大木　　岩点。攀岩的时候抓的那个，就是那个。

说着，大木拿着空杯子出去了。

光生　　（发愣）……

发呆的光生在给菜那的回信里一个劲儿地输入“崖崖崖崖崖崖崖”。

20　沿河的咖啡馆·店内

亚以子、智世和继男看着装在木盒里的料理。

继男　啊,看起来挺好吃的。(伸手)

智世　(敲手)干什么呢?

继男　哎,不是午饭吗……

智世　你前天的咖喱饭不是还有剩下的吗?这是给大病初愈的结夏吃的。

亚以子把饭盒用包袱布包好。

亚以子　我给她送过去。

21　滨崎家·卧室

淳之介穿着光生的睡衣。

结夏双臂交叉在胸前看着他。

结夏　哦,刚好合身。

淳之介　滨崎会生气的吧。

结夏　没关系,这是我送给他的礼物。

淳之介　那不是更要生气了。

结夏　礼物这种东西,一分手的瞬间,就不知道是谁送的了。

淳之介　那只是你们女人。

结夏　你脸色不好,早点睡吧。

说着,结夏就准备走出去。

淳之介　你和滨崎之间,真的没有什么了吗?

结夏　什么?我们去目黑区区政府,看看户口吧?

淳之介　不是户口,我想知道你的心……

结夏　(害羞地糊弄,鼻子发出嗅声)我身上有味道吗?从前天开始就没洗澡了。有点臭。

淳之介靠近结夏的胳肢窝。

结夏　不是胳肢窝啦。（敲他的头）我去洗澡。你要开门的话，我就杀了你。

22　同 · 玄关~LDK~卧室

亚以子拿着用包袱布包好的饭盒进来了。

亚以子　结夏？（环顾四周）

一个人都没有。

放下饭盒，注意到两只猫在叫。

在里面的卧室。

亚以子　结夏？

亚以子走向卧室。

浴室传来了水声，但是亚以子没有注意到。

卧室的门开着，一进去，发现被子鼓鼓的。

亚以子以为她在睡觉，正准备返回，听到了猫叫，又回头。

是两只猫。

亚以子微笑着看着猫，床上的人翻了个身，亚以子看到了屁股和长着汗毛的腿。

亚以子　（避开目光，无奈地叹气）光生。你，工作怎么样了？光生？

亚以子掀开被子。

被子里是流着口水在睡觉的淳之介。

亚以子……认真地鞠躬，走出卧室。

亚以子心想："到底怎么回事？"这时候听到浴室那边传来声音。

听到结夏正在唱歌。

结夏的声音　♪那个人 那个人很可爱 年轻的男孩子

亚以子　……

结夏的声音　♪害怕寂寞的 哈 任性的 哈 还有一点可恶的 哈

结夏穿着单薄的衣服，一边用浴巾擦着头发一边走出来了。

结夏　♪就是喜欢

结夏和站在卧室前面的亚以子四目相对。

结夏　哈。

亚以子　……

结夏　……

亚以子　（微笑）

结夏　（微笑）……呃，您看过卧室了吗？

亚以子　嗯。

结夏　里面有什么吗？

亚以子　年轻的男孩子。

结夏　啊。呃，那个是……

这时，淳之介从卧室里走出来了。

他的睡衣大敞着。

结夏　……亚以子，不要回头。

亚以子　打扰了。

亚以子鞠躬，走了。

亚以子拿起放在一边的饭盒，走出了房间。

只剩下结夏和淳之介。

结夏　……（抱着头）因为我没洗澡。

23　攀岩墙

巨大的攀岩墙前，从年轻人到小学生模样的孩子都在攀岩。

光生愕然地看着。

菜那在一旁站着，微笑。

光生　啊，我绝对不行，绝对不行。

菜那　没关系，有保险绳。

光生　不行不行，那种，那种不行的。

光生逃跑似的离开现场，坐下。

菜那坐到他旁边。

光生　……你无精打采的时候。

菜那　什么？

光生　你有烦心事的时候会怎么办？

菜那　和朋友说说啊。

光生　是那种模式吗？那种，只要听你说就行了，如果我真的提出什么意见的话，你反而要生气的模式？

菜那　有人冲你发过火吗？

光生　那从一开始就不要找我商量不就好了，毕竟我不擅长安慰别人。

菜那　真是挺麻烦的呢。

光生　我知道。

菜那　话说回来，你不觉得自己很麻烦吗？

光生看着菜那，认真地说。

光生　说实话，是很麻烦。我第一次感觉自己很麻烦是在幼儿园的时候。到现在已经过去四分之一世纪了，现在再改也不可能了……

菜那　你就这样不是蛮好的？我就喜欢你很麻烦的样子。

光生　（自嘲式微笑）

菜那　我喜欢。

光生　（基本没在听）我们吃点什么吧。

光生站起来了。

菜那　（盯着他的背影）……滨崎，你想安慰谁吗？

光生　……（歪了一下头，脸上浮现出卑微的笑容）

24　元山町・马路

光生走着路，沉浸在思绪中，菜那跟在他后面走。

光生突然意识到，周围是情人旅馆街。

光生　……不对。

菜那　什么？

光生　我现在只是随便往前走，就到了这儿。绝对不是有意这样走，这样拐弯，然后到这里的，绝对没有这样的意图。

菜那　嗯。

光生　只是默默地路过这里而已。

菜那　不路过这里也没关系啊，进去也行啊。

光生　……哈哈。

菜那　我刚才是在向你表白。

光生　……

菜那　怎么样？

光生　……我考虑一下。

菜那　你要拒绝吗？

光生　……我考虑一下。

菜那　平时大家都会看电影、看书吧？

光生　是啊。

菜那　问起感想的时候，有的人会说"这是部引人深思的作品"，对吧？

光生　是啊。

菜那　但是，实际上并没有人会思考吧？

光生　啊。

菜那　话说，你刚才一直在想其他人吧？

光生　哎，啊，没有……

菜那　我知道了。吃了拉面就回去吧。

菜那快速向前走。

光生心里惊讶："哎？哎？"不知道要不要去追，这时候对面走过来一对男女。

是谅和明希。

光生　……

25　gusto 店内

上次的座位上，光生、谅和明希面对面坐着，翻看着菜单。

谅　吃什么？

光生　……啊，是问我吗？炸虾，还是南蛮鸡？啊，吃汉堡牛肉饼和炸虾吧。

谅　那我也要这个。（看明希）

明希　我要比萨。

谅　（喊服务员）麻烦点单。啊，滨崎，要不要换成汉堡牛肉饼和南蛮鸡？我要点汉堡牛肉饼和炸虾，一半炸虾一半鸡吧？

光生　好啊。

谅　（对服务员说）请给我来一个汉堡牛肉饼和炸虾，还有汉堡牛肉饼和南蛮鸡，还有这个比萨。

服务员　请问选米饭还是面包？

谅　那我要米饭吧。

光生　米饭。

服务员　我重复一下您的点单。芝士汉堡牛肉饼和炸虾，米饭套餐。芝士汉堡牛肉饼和南蛮鸡，米饭套餐。番茄马苏里拉芝士比萨。这些就可以了吗？

谅　啊，我还是不要炸虾了，换成蘑菇汤吧。

服务员　好的。

服务员准备走。

光生　……哎,那这样我就要吃南蛮鸡了啊。

谅　你不是点的南蛮鸡吗?

光生　那是因为你要……

谅　啊,是啊。是我。我说的。对不起,我改回来。

光生　行了。我吃南蛮鸡吧。

谅　抱歉……

光生　(转换话题)结婚申请书怎么样了?

谅　什么?

光生　因为你让我做保证人了。

谅　啊……抱歉。

光生　不是抱歉。

谅　对不起。

光生　不是,我不是让你把抱歉改成对不起。(声音变大)

谅　发生了很多事,最后决定不提交了。

光生　很多事是指什么事?(看了明希一眼)

谅　是我不好。

明希　我想你误会了。刚才我们并不是在宾馆里。只是经过而已。

光生　但是,你们是有那种关系吧?

明希　你问这个干什么?

光生　不是,只是说,搞外遇是不好的。

明希　明明是个男的,还说这些无趣的话。

光生　哎。我并没有……(看着谅)

谅靠着椅背,低着头睡着了。

光生　他睡着了。

明希　我想他累了。他说昨天和今天都只是在大学的沙发上打了个盹儿。

光生　说不定在其他女人那里……

明希　他和太太吵架之后我们也在这里见面了。我邀请他去我家，但是他拒绝了我。那时候，他跟我说了潮见的事。

光生　潮见……？

光生　……哎？

睡着的谅表情有些痛苦。

26　回忆的场景

大雪纷飞中，轨道被飞驰中的列车的前灯照亮。

谅的声音　可能，潮见她……是谁都可以。就算对象不是我。

27　回忆，gusto 店内

谅正在说话。

谅　因为潮见想逃离。

和现在的的场景不同，明希坐在谅对面，可以看出来是之前的回忆画面。

明希　谁打来的？

谅　吉川老师。

明希　吉川老师？

谅　班主任老师。三十二岁。和潮见交往过。

明希　……不一般的故事。

谅　因为我一直喜欢潮见，所以她第一次跟我说这个的时候，说她被拍了各种照片，又遭受了暴力，还说要跟我一起逃跑的时候，我很开心。我想，我必须要保护她。

明希　……嗯。

谅　我们两人一起坐上卧铺火车，渐渐开始下雪了，怎么说呢，可以说挺快乐的，和潮见在一起我很兴奋，我想一到札幌就立刻结婚。但是法律上女人要到十六岁，男人要到十八岁才能结婚，所以我就说明年我十八岁了咱们就结婚。一边看窗外的雪景，一边和潮见说着话。然后潮见说她很开心，她哭了。她对我说，谢谢你，上原。

明希　嗯……

谅　但是她说她不会结婚的。

明希　（哎？）

谅　我说，我干什么工作都行，我一生只喜欢潮见一个人，会拼命让你幸福的，所以我们结婚吧。然后潮见说，上原，你是个好人，我很感谢你。但是我不可能结婚的。我不会结婚。我问她为什么，她说："我光有你是不够的。不够的。虽然现在我很痛苦地离开了，但是我喜欢的只有老师，也只想和老师结婚。"

明希　太过分了……

谅　（自嘲地微笑，摇了摇头）因为完全是我搞错了罢了。

明希　这不是利用了你吗？

谅　但是最后进行得不顺利。潮见的父母报了警，警察来搜查了，我们在札幌的宾馆被抓了。才三天，私奔就结束了。吉川老师的事也曝光了。老师被免职了，她退学了，只剩下我一个人还在学校。

明希　是吗……

谅　然后，我想，到底是什么不够？是我有什么不够格吗？因为吉川老师是美术老师……

明希　难道你是因为这样才进的美大？选择了人生？这么说，你经历了这样的遭遇，竟然还没放弃她？

谅　（苦笑）结果她在二十岁的时候就结婚了。

明希　吉川……

谅　（摇头）是和我同年的其他男人。

明希　怎么搞的啊?

谅　（苦笑）

明希　（叹气）这件事就是你的心结吧?

谅　（害羞地微笑，摇头）但是，我时不时会想，如果我和潮见结婚了，说不定我会按照约定，只喜欢潮见一个人。那样的自己，在那种生活中的自己，可能会非常幸福的。

28　gusto · 店内

场景回到现在。谅正在睡觉。

光生正听着明希的话。

明希　世界上有些人不是吃不了胡萝卜，或是喝不了酒，或是怕狗狗吗?他则是不擅长使自己幸福。

光生　（盯着睡着的谅）……

明希　他惧怕憧憬幸福。一旦考虑将来的事，想象将会拥有些什么，便会不由自主地想象它们被毁灭的场景，然后陷入不安。

光生　他这么说过吗?

明希　是我的想象。

光生　所以才会出轨的吗?所以就可以伤害身边的女人了吗?

明希　他也知道这些事是不对的。虽然心里明白，却做不到，无法和别人形成羁绊，人类不就是这样吗?

光生　……（明白明希说的话）

明希　其实我也没资格说这话。

服务员来上菜了。

服务员　让您久等了。

明希把手放到谅的肩膀上。

明希　谅，菜上来了。

谅　（睁开眼睛）啊，好……我睡着了。

光生　（看着这样的谅）……

谅　（注意到视线）对不起，滨崎，你明明想吃炸虾的……

光生　上原。

谅　嗯。

光生　你打算怎么办？你太太。（改口）你和绀野。

谅　不会分开。不是绀野，是上原太太。

光生　绀野受到惊吓，太震惊了，所以在慢跑了。（拼命的表情）

29　目黑川沿岸

灯里提着购物袋回去。

光生和谅站在桥上。

灯里　……（对光生说）晚上好。

灯里不看谅这边。

谅……

光生　晚上好。

灯里向光生点头打招呼，朝着家的方向走去。

光生看看谅，谅不动。

光生着急了，去追灯里。

光生　绀野……

灯里　嗯。

光生　有话要跟你说……他。（指着谅）

灯里　……（深呼吸）

30　滨崎家・LDK

光生和结夏在厨房，从冰箱里拿出罐装啤酒和小菜准备着。

结夏　（扭扭捏捏地）我被亚以子看到了。

光生　看到什么了？

结夏　（说不出口）啊，算了，回头再说吧。

结夏拿着罐装啤酒和小菜，走向客厅。

光生 什么啊……

光生也拿着玻璃杯，走向客厅。

灯里和谅保持着距离，两个人分别面朝不同的方向。

光生挥手催促他们坐下来。

谅点头，坐下。

灯里点头，和谅保持距离坐下。

光生和结夏看着他们的样子……

结夏默默地摆放酒杯。

光生倒啤酒。

结夏 ……（忍不住打破沉默，对光生说）就是那个吧？

光生 什么？！

结夏、灯里、谅……

光生 对不起，一不小心声音大了点。

光生不由自主地举起了杯子。

光生 干杯！

谁都没有跟着他举杯。

光生 ……请。

四人喝酒。

光生、结夏、谅喝了一点，一看发现灯里一直在喝酒。

灯里全部喝完，长出了一口气。

灯里又开始倒酒。

光生、结夏、谅……

灯里又开始喝新倒的酒。

又全部喝完，长出了一口气。

光生、结夏、谅……

灯里又开始倒酒。

光生　那个！

灯里　嗯。

光生　我来倒吧。

灯里　不用。

灯里不再倒酒了。

沉默。

结夏　啊，吃这个吗？鲑鱼干。你们吃过鲑鱼干吗？鲑鱼干很好吃的哦。

结夏一边掸着袋子上的灰尘，一边准备打开。

光生　等等，我们家有这个东西吗？

结夏　哎，有啊。

光生　让我看看。

光生看了看鲑鱼干袋子上的保质期。

光生　2011年10月3日……已经过期一年半了。

结夏　……鱼干嘛。

光生　18个月啊，稍微体弱一点的仓鼠都过完一辈子了。

结夏稍微尝了尝。

结夏　……好吃。（对灯里和谅说）请。

光生　不行不行，你在让客人吃什么啊？

灯里随意抓起来就吃。

光生　别吃了。

灯里　……啊，很好吃啊。

谅也拿起来吃了。

光生　上原。我不会把你们三个人搬上救护车的。

谅　……啊，嗯。（大口大口地吃起来）

结夏、灯里、谅嚼着鲑鱼干，喝着啤酒。

光生　哎，你们这是流浪武士军团吗？什么都不怕吗？

结夏　你太烦了，你不喜欢的话别吃不就行了？

光生　我才不吃，我不吃。你看，洒了，下面，你看。

结夏　擦了不就行了吗？

结夏拿起餐巾纸，准备擦。

光生　有必要拿两张餐巾纸吗？才这么一点点要擦的。

灯里　（一边喝酒一边说）真烦人啊。

光生　哎？

结夏　是吧，很烦人吧？

光生　哎？喂，（对谅说）上原，现在你太太说我烦人。

谅　啊，现在我们不是你说的这种状态。

光生　正因为不是这种状态，才事态严重。

谅　真烦人啊。

光生　哎？

结夏　是吧，烦人吧？

光生　现在的争论点是那个吧？现在是为了讨论上原的事情，我现在才在这里。

灯里　这事和你没有关系吧？

光生　你醉了？

结夏　啊，又来了。女人说真话了，就被当成是醉了。

光生　并不是这样。

灯里　我们的事已成定局。

谅　哎，没定啊。

光生　啊，你看你看你看，你看，是这样吧，我们就是要讨论这个才聚在一起的。对吧，我们好好谈谈吧。

结夏　他们家的事是他们家的事，跟你没关系吧。

光生　总说没关系的话，这个社会就没办法运转了吧？上原太太……

灯里　叫我绀野。

谅　叫上原太太。

光生　……这位女士，都已经是现在这个状态了。

灯里　什么叫现在这个状态？

光生　都在慢跑了。

结夏　那只是因为你自己不去慢跑吧？

灯里　那个我跟他说过了。

光生　明明无精打采，却要强打精神。病怏怏的都市人才会慢跑。

结夏　病怏怏的都市人是你自己吧。

光生　绀野不是那种会慢跑的人，是在房间里读书的类型。

灯里　你这是偏见。我很普通。而且关键是，这事已经结束了。

谅　没有结束。

灯里　结束了。

灯里和谅互相不看对方，说着。

谅　这是你自说自话决定的。

灯里　这是两个人的事，只要有一方决定了，这事就定了。

谅　我没想过分手。

灯里　你在说什么，我们又没有结婚。

光生、结夏……

结夏　怎么办？这是你想要的吗？

光生　不是……

结夏　来了，战争。

光生　在我们家？（对灯里和谅说）那个，冷静地……

灯里站起来了。

灯里　我回去了。

谅　那我也回去了。

谅站起来了。

灯里　回哪里？

谅　回家。

灯里坐下。

灯里　为什么？

谅　我想跟你说话。

谅坐下了。

光生和结夏的视线忽上忽下。

灯里　事到如今，还说什么？

谅　对不起。

灯里　又不是道歉就有用的。

谅　那我该怎么做才行？

灯里　不要问我怎么做才行，你不用做什么，我也不想和你谈了，这也不是能在别人家谈的事。

谅　那回家吧。

灯里　回去，回去吧。我一个人走。

灯里正准备站起来。

谅抓住了她的胳膊，不让她站起来。

灯里甩了下胳膊。

灯里　我说了，不要碰我。

光生和结夏只能低着头。

灯里　不要用碰过别人的手碰我。

谅　我没碰过别人。

灯里　昨天呢？前天呢？你去哪儿了？

谅　我在学校里睡觉了。

灯里　我厌倦了你这套说辞。

谅　是真的。滨崎，你知道的吧？

光生　哎，我？

谅　我跟你说过的。

光生　听是听你说过。

结夏　到底是怎么回事？

光生　不是……（对灯里说）啊，既然你还在意这些事情，说明你对他还是有感情的吧？

结夏　不是这样的吧？

光生　哎？

灯里　不是。只是现在这种情况下，我顺势说出来罢了。

灯里正准备往自己的杯子里倒啤酒，发现已经没酒了。

光生　啊，我去拿。

灯里　不用了。

结夏　我要喝。

结夏一边走向冰箱，一边说。

结夏　那个啊，首先要搞清楚你先生为什么没有提交结婚申请书。

灯里　（点头）

结夏　这是根本的问题，如果是背叛的话，怎么都不行。

灯里　（点头）

结夏拿来了罐装啤酒，给灯里和自己都倒上了。

结夏　（对谅说）怎么样？

谅　什么怎么样？

谅拿起罐装啤酒准备倒入光生的杯子。

光生　啊，我不用了。我肋骨骨折还没好。

结夏　（对谅说）怎么回事啊？

谅　嗯。

结夏　不要说嗯，我问你怎么回事啊？

谅　我没怎么考虑。

结夏　什么?! 你没怎么考虑，就说要结婚？什么都没考虑就骗人了？

谅　抱歉。

结夏　不要说抱歉。

谅　对不起。

结夏　不是，不是让你把抱歉改成对不起。

光生　那个，他们家的事是他们自己的事，和你没关系吧？

灯里　什么？

光生　哎？

灯里　是你自己让我们说的吧。

光生　不是……

灯里　不要说不是，滨崎，你以前就是这副德行。

光生　哎，以前。哎，怎么开始纠结这一点了？

结夏　（对谅说）你到底想干什么？

灯里　（对光生说）你到底想干什么？

谅　没什么。

光生　不是，所以说，男人有男人的想法。

结夏　什么？你为什么突然提起这个？你是他的同伙？

光生　我们男人不是有句话吗？婚姻是坟墓。

灯里　坟墓。（苦笑）

光生　男人对婚姻有恐惧心理，就是担心将来我们……

灯里　去死不就好了？

光生　（咳嗽）

结夏　和你分手了真好。

光生　（又咳嗽）我只是想圆场而已……

灯里喝着杯子里仅剩的一点残酒。

灯里　（叹气）行了。

谅　不是，抱歉，你听我解释……

灯里　不用解释，不用解释了。

谅　抱歉。但是……

灯里　不用再道歉了。那，我来道歉。抱歉。实在抱歉。请和我分手吧。

谅　（摇头）你在说什么啊？

灯里　你对我要求的东西，我一次也没有拒绝过。拜托你了，请和我分手吧。

谅　……不愿意。

灯里　请和我分手。

谅　不愿意。

灯里　拜托你了。

谅　……

谅环顾四周，伸手去拿放在一边的修剪植物的剪刀。

光生　（哎？）上原？

谅把剪刀放到了灯里面前。

谅　下次我再出轨，你就剪了我的鸡鸡。

灯里　……

光生、结夏？！

谅　剪了也没关系，但不要和我分手。

灯里　（盯着剪刀）……事到如今，也别跟我说什么下次再出轨这种话了。

谅　我知道。我知道，这次绝对……

灯里　那现在剪吧。我现在就想剪，可以现在剪吗？

谅　（不安）……

灯里　（盯着谅）

谅　（抬头，也看着她）请。

谅解开皮带，褪下裤子。

光生、结夏！

谅　行，你剪吧。

灯里一边瞪着他，一边拿起剪刀。

灯里　那我剪了。

结夏　不行！不行不行不行！

结夏从灯里手中抢过剪刀，递给光生。

光生见状，又惊又怕，一边感到不安，一边把剪刀收到了抽屉里。

结夏　这，不要这样！

光生　会很疼的。

结夏　不对，想用把这种东西剪掉的疼痛来搪塞过去的话，就大错特错了。

光生　不，我觉得会很疼的。

结夏　灯里更疼。更加悲伤。

谅　……是。

灯里　（苦笑）我并不悲伤。

结夏　哎？

灯里　我不悲伤。也不痛苦。因为我已经输了。

光生、结夏、谅心里感到疑惑。

灯里　什么不要再出轨，什么不要再撒谎，输了的一方总是说着这些义正词严的话。除了说教，其他什么也做不到。我觉得只能说教的自己就是个傻瓜。

结夏　……我明白。

光生　在说什么呢？

结夏　像傻瓜一样，好羞耻，说着理所当然的话，这样的自己简直像个傻瓜一样。

灯里　嗯。

结夏　男人,你们这些男人就是孩子。

灯里　嗯。

结夏　因为男人是孩子,所以女人才会变成这样。妻子最后要么变成母老虎,要么变成受气包,两者必有其一。

灯里　嗯。

结夏　太傻了。结婚就是一场闹剧。

光生　(惊讶地看着结夏)……

灯里　嗯,只要结婚了,就会变成这样。一个人活着,一个人生活就行了。

光生　(惊讶地看着灯里)

谅　……(想着也许是这样,垂头丧气)

光生　(惊讶地看着谅)

结夏　大家都是单身一人。

光生　(看着结夏)……

灯里　(像是放弃了一样,浮现出自嘲的微笑)

光生　(看着灯里)……

结夏、灯里冷笑着,光生低着头。

光生　(环顾四周,不由得呆呆的)不行。

结夏、谅都惊讶地看着光生。

光生　不行吧。说这样的话不行。

结夏　说什么了?你自己不也早就……

光生抬起头。

光生　说了这样的话,一旦说了这样的话,大概我们这里的所有人,都不会幸福了啊?!

结夏、灯里、谅……

光生　**这样的话，这样的话，我们就无法成为又放克又猴的一家人！**

结夏、灯里、谅一惊，看着光生，心想："哎？你在说什么呢？"

光生　（一副拼命的样子）

第6话　完

第7话

1 光生的梦

温暖的阳光中,公寓的房间内,大学时期的光生和灯里正在准备搬起沙发的两端。

光生、灯里 (齐声说)一、二、三。

两人把沙发搬到了窗户边上。

两人把沙发放下。

灯里坐了下来。

光生稍微走远一点,确认沙发的位置。

灯里 怎么样?

光生 (微笑着点头)完全看不出才五千日元。

光生坐到她旁边,两人互相依偎着。

光生 回头我们去借DVD吧。

灯里 看《哈利·波特》吧。

光生 啊,看到哪儿了来着?是《哈利·波特与混血王子》吗?

灯里 什么《哈利·波特与混血王子》?是《魔法石》吧?

光生 《魔法石》……

2　滨崎家·LDK（早上）

光生睡在客厅的沙发上，两只猫在他脸上走。

光生猛地醒来，环顾四周，心想刚才应该是在做梦……

结夏梳着丁髻发型，嘴边沾着果酱，大口地吃着面包。

光生新泡了咖啡过来，看到这样的结夏……

结夏　（注意到光生的视线，嘴里仍然鼓鼓囊囊地塞着面包）啊？

光生　（摇头，把面包切小了开始吃）

结夏　（一边猛喝一边说）上原，怎么样了？

光生　什么怎么样了？

结夏　最后他们还是各自回家了。说不定就这样分手了吧……居然说什么要切了那个？真的切了那个以后可怎么办？

光生　说别人的闲话不太好吧？

结夏　啊，是吗？有什么啦，我们家不也是这样。

光生　我们家不一样吧。我们家是性格不合，他们家是太太单方面很可怜。

结夏　哎？你是在担心吗？

光生　哎？不可以担心吗？

结夏　你好像挺兴奋的。

光生　我只是希望大家都能幸福……

结夏　要我说，你这种心态，就是前男友的那种？那边要是分手的话，你们就能重归于好了。

光生　……

结夏　一脸严肃。

光生　哎，我表情挺正常的啊。

结夏苦笑，把光生的咖啡倒入自己的杯子里，突然想起了什么。

结夏　啊。

光生　我平时就是这副表情啊。

结夏　我被看到了。

光生　哎?

结夏　被亚以子看到了。

光生　奶奶?看到什么了?

光生正准备喝咖啡,发现杯子空了。

结夏拿着杯子走向沙发。

结夏　丈夫不在家的时候,把男人带到房间里的场景。

光生　什么?

结夏　你好好听到最后,那个男人名字叫初岛,他只是在床上睡了一觉,我只是冲了淋浴。

光生　(紧绷着脸)

结夏　你听到最后。就只是这样。虽然没办法用语言解释,但就只是这样。不要误会。

光生　我没误会。我只是在想,为什么在这个房间里会发生这样的事情。

结夏　你就是想误会也无所谓。不对。虽然不好,我也无所谓了。被亚以子误会我带了男人回来挺遗憾的。假如真的是这样,我是说假如,这也不算出轨,难道不是吗?(指着自己和光生)以我们目前的关系而言。

光生　(啜饮着杯底残余的咖啡)哈。

结夏　我已经到极限了。去跟亚以子说明吧。

光生　说明什么?

结夏　已经离婚的事实。

光生　已经离婚……(咬着杯子说)

3 亚以子的房间·客厅

光生和结夏战战兢兢地进来了。

光生　奶奶。

亚以子把脚伸进被炉里,看着电视里的职业摔角比赛。

光生　奶奶?

结夏　亚以子?

光生　奶奶……

亚以子　我听见了。

光生和结夏有一种恐怖的预感,就这样坐在现场,正座。

房间里只有电视实况播音的尖叫声和会场的欢呼声在回荡。

光生催结夏说,结夏也催光生说。

比赛结束了,亚以子关掉了电视。

亚以子　(回头看,笑了)喝茶吗?

光生　(不由自主地)喝。

结夏　我来倒。

亚以子径直走过两人旁边,去厨房泡茶。

亚以子　结夏妈妈寄过来的茶叶,真的很好喝。

结夏　她说,等新茶出来了,还会寄过来的。

亚以子把水壶中的开水倒入茶壶,拿了三只茶杯过来了。

亚以子　嘿呦。

亚以子坐下来,放下茶壶和茶杯,等着。

结夏又用胳膊肘催了催光生。

光生　奶奶。那个……什么来着?

结夏　是误会。

光生　误会。我想是误会了。

亚以子　你们两人一起来,想必你也知道了吧。

光生　哎……啊，也不是我知道了，是我们两个人的问题。也不是问题，结夏不是那样的人。事情完全、绝对不是奶奶您看到的那样。

结夏用胳膊肘顶了一下光生，意思是你在说些什么啊。

亚以子看着这样的两个人，察觉到了什么。

亚以子　（深呼吸一口）我也上了年纪。我想你们是不是隐瞒了什么。

光生　哎？

亚以子　分手了？

光生　……

结夏　……

亚以子　（看着两人的脸）分了多久了？

光生　……两个月了。

亚以子　是吗？

光生　是的。

结夏　（什么都不说）……

亚以子拿着茶壶，开始往茶杯里倒水。

亚以子　我离婚的时候，谁都不支持我。为什么他们都不理解我呢？我认为他们是很过分的父母。但是现在我懂了。没有人会支持自己最爱的儿孙离婚。

她倒茶，递给光生和结夏。

亚以子　我前夫，一个人死去了。现在我很后悔。

结夏　（沉重，想说什么）

光生　（打断，语气轻松地）啊，那个，其实是比较积极向上的感觉。更圆满的感觉？正是为了变得更好，才选择了离婚。完全，完全不是这种……（正准备喝茶）

亚以子　笨蛋！

光生、结夏一惊。

亚以子　光生、结夏，你们两个都是大笨蛋！我绝对不认可离婚。（犀利的目光）

结夏　（认真地听着）……

光生　（心神不宁）……

上剧名

4　干洗店·外面~店内

结夏系着围裙来了，矢萩在店门口打扫。

结夏　早上好。

矢萩　啊，你今天不来也没关系的。

结夏　哎？

矢萩指了指店内，结夏也看过去，店内的男店员横山正在忙碌地招待着客人。

矢萩　哎呀，我们跟总店说了人手不足。横山从今天开始就来上班了。

结夏　啊，哎。

矢萩　挺能干的。我都放手给他去做了。

说着，矢萩就往店内走去。

结夏　（是吗）……

5　沿河的咖啡馆·店内

结夏一边窥探着店内一边走进去。

放下碗筷的智世和继男注意到结夏，两人把结夏围住。

智世　（严肃脸）真让人吃惊。

结夏　啊。真热闹啊。

继男　什么原因啊？外遇？借钱？还是暴力？

结夏　啊，不是。

智世　经常说，因为判断力不足结婚，因为忍耐力不足离婚。总之，对光生的性格无法忍耐了……

结夏　不，不是……

继男　顺便说一句，再婚是因为记忆力不好。

亚以子来了。

结夏　（紧张，挤出笑容，点头打招呼）

亚以子　（没有笑容，淡淡地）能过来一下吗？

结夏　啊，好的。（紧张）

6　亚以子的房间 · 客厅

亚以子在地板上铺上报纸，坐在椅子上。

结夏站在后面，拿着塑料袋，用刷子开始给亚以子的头发涂染发剂。

结夏　熏人吗？

亚以子　嗯，没事。

结夏　好的。

结夏继续涂着。

结夏　（扭着头）可能弄不好。还是理发店的人会弄……

亚以子　之前我朋友开了一家店。

结夏　你不去理发店的吧。

亚以子　我不喜欢别人摸我的头发。

结夏　（吃惊）……

结夏的手停下来了。

亚以子　实际上，我是很麻烦的性格。（微笑）

结夏　实际上。（稍稍微笑）

亚以子　光生也和我挺像的吧。可是不用连离婚这一点也像啊。（微

笑）

结夏　（配合，只是稍稍微笑）

亚以子　结夏。

结夏　嗯。（紧张）

亚以子　你是考虑到我的感受，所以才没说吧？

结夏　……

亚以子　和已经分手的人住在一起，很痛苦吧。

结夏　（思绪涌上来，转过脸去）

亚以子　对不起，我要是能早点注意到就好了。

结夏　（摇头否定，但是没发出声音）

结夏眼中泪光闪烁。

亚以子　光生真是的……（责备的语气）

结夏用袖口随意擦了擦眼里的泪水。

结夏　是我提出离婚的。是我不好。我没能做一个好妻子。

亚以子　怎么会啊……

结夏　是的。我知道，我都知道。

结夏又涌出了泪水。

结夏　对不起。对不起……对不起。

亚以子看着结夏哭泣，颇有感触。

亚以子　……罐头。

结夏　（一边擦着眼泪）……什么？

亚以子　据说，罐头是 1810 年发明的。

结夏　哎。

亚以子　可是，开罐器却在 1858 年才被发明出来。

结夏　……哎？

亚以子　奇怪吧？

结夏　奇怪啊。

亚以子　但是会有这样的情况。重要的东西总是迟到。爱情是，生活也是。

结夏　（理解亚以子说的意思）……

亚以子仍然面朝前方，握住结夏的手。

亚以子　能重新考虑一下吗？

结夏　（不安）……

7　目黑川沿岸

结夏站在桥上，看着还没开花的樱花树。

结夏看起来很感伤，突然发现栏杆上好像有口香糖，抬起手，口香糖粘在手心，被拉得很长。

8　中目黑站・周边（夜晚）

光生结束了一天的工作走在回家的路上，一一接受路上擦肩而过的分发传单、分发纸巾的人塞过来的东西，这时他的手机响了。

9　网吧・店内~包厢

店内是一排排的漫画书架和电脑，光生走向店内深处。

光生确认包厢下面摆放的鞋子，敲门。

门开了，里面是谅。

谅　啊，请，请。

里面相当狭窄，谅往边上挪了挪，让出空间。

光生觉得奇怪，脱鞋坐下。

有一碗刚刚泡上，用遥控器压着的杯装方便面。

因为太近了，光生尽量往反方向靠。

光生　你一直住在这里吗？

谅　是的。

光生　就算我跟你一起去，她也不会让你进家门的。

谅　　我一个人完全不行。啊，你吃吗？（拿起方便面）

光生　（用手挡住，表示不用了）你跟她打过电话了吗？

谅　　拒接了。

光生　那真是没救了啊。

谅把手伸到光生的面前，拿起筷子。

光生　（不解）你知道自己的立场吗？

谅　　知道。

光生　你不知道吧？（看看旁边放着的漫画）还在看《JOJO 的奇妙冒险》。还看到第二十二卷。

谅　　因为我是从第 3 部开始看的。你要看吗？

光生　（用手挡着，表示不要）你真是自作自受。

谅　　对不起，我不看了。

光生　你再住到别的女人家里不就行了吗？

谅　　你不也说过吗？（一边吃着杯面一边说）叫我最好认真重新考虑一下。

光生　一边吃一边重新考虑吗？

10　上原家・走廊

门开了，灯里出现了。门口站着光生。

灯里发现光生的背后站着谅。

灯里　（不看，对光生说）晚上好。

光生　对不起，上原过得这么痛苦，脸色看起来也很不好。

灯里　我之前也说过，这事已经过去了。

光生　他好像没地方睡觉。

灯里　我想会有的，因为他有各种各样的女人。

光生　那个啊，我也和他这么说了。

谅　　滨崎。

光生　我也说了。虽然说了，总之他脸色很差，外套好像只有这一件了。

灯里　……请进。

光生　（对谅说）请进。

谅走了进来。

灯里　（对光生说）我生气了。

光生　是啊。

灯里　不是对那个人，是对你，光生。

光生　哎。

灯里　滨崎，你什么时候开始这么会多管闲事了？

光生　从什么时候开始的啊……

灯里　还是故意的？我变成现在这个样子，是活该吧？

光生　活该。不，那倒是没有……

灯里　我是真的生气了。我不想让你看到我现在这个样子。

光生　嗯。

灯里　我感到羞耻。（介意光生的存在，低着头）

光生　（不明白）对不起。我回去了。（指着进了房间的谅）他好像只是要拿西装。

光生低下头，准备回去。

灯里　（目送，叹气）

11　目黑川沿岸

回家路上的光生，把自行车碰倒了，慌忙扶起来。

车灯掉了，光生费尽心思装起来。

12　上原家·房间

谅在里面的房间从收纳箱里把衣服拿出来。

灯里从客厅出来，站在卧室的入口。

灯里　你在找什么?

谅　围巾。

灯里打开其他的收纳箱,拿出围巾放下。

谅　HEATTECH 的衣服呢?

灯里又打开其他抽屉,拿出了好几件 HEATTECH 衬衫,放下。

谅　春天的衣服呢?

灯里回到了客厅。

谅　……

灯里走到日程安排表处,打开。

谅站在她身后,把手放到灯里的肩膀上。

灯里　(淡淡的,无感情的)对不起,这是我们两个人一起租的房子,不该不让你进来的……

谅　没有……

灯里　好好准备一下,好好解决吧。在解决之前,我们互不干涉就行了,行李也要分开整理好……

谅的手从灯里的背后绕到她脖子上,另一只手牵起了灯里的手。

灯里不动。

谅抓着灯里的手。

谅　我不想。

灯里不动。

谅一边摸着灯里的手一边说。

谅　我不想和你分开。

灯里重新面朝谅。

灯里　(盯着谅)

谅　(也盯着灯里,祈求她)

灯里　对不起。这种话我听了感觉恶心。

灯里静静地说着,离开了谅。

灯里　我去店里睡,你就在这边睡吧。

说着,她便走向对面。

谅看着柜子上灯里和谅在温泉前拍摄的照片……

13　滨崎家·LDK

光生回来一看,结夏正在桌子边吃着便当,下面垫着店里的塑料袋。

结夏　你回来啦。

光生　我回来了。

结夏指着旁边,还有一个便当。

结夏　你吃吗?

光生　先放着吧。

结夏　哎,还热乎着呢。心情不好吗?

光生　没有不好,完全没有。

光生在厨房泡着茶。

结夏　(突然想起来)……那个。

光生　嗯?

结夏　罐头。

光生　罐头?

结夏　罐头啊,发明的时候……

光生拿着金枪鱼罐头,放到结夏面前。

结夏　不对,我没让你拿罐头。

光生　那要拿什么?

结夏　不用拿。我想说的不是这个。实际上,开罐器是后来才发明的。

光生从抽屉里拿出开罐器，放到结夏面前。

结夏　不对不对。我是说发明。开罐器是后来才发明出来的。哎，你没听懂吗？（生气）

光生　猫的罐头？已经没有了吗？

结夏　不对。所以……算了。

14　干洗店·店内~外面（另一天）

矢萩和横山游刃有余地接待着客人。

结夏在外面看着，又走了。

15　超市·店内

结夏提着购物篮，站在香辛料货架前，手上拿着各种各样的瓶装香辛料。

结夏不认识名称，"嗯？嗯？嗯？"一个一个地拿起来看着。

灯里提着购物篮过来了。

结夏　啊。

灯里　你好。

结夏　那个。肉豆蔻①是什么东西啊？

灯里　肉豆蔻。是放到汉堡牛肉饼里的。

结夏　哎。

灯里　哎，奇怪吗？

结夏　不是，我之前做汉堡牛肉饼，都是只放盐和胡椒的。有时候连这两样都忘了放，就放点番茄酱糊弄一下。

灯里　就那样不也行吗？

结夏　这些，牛至、姜黄之类的，总觉得有好多种类。全世界的女人都会用这些香料做菜吗？

---

① 墨西哥料理中使用的香料。

灯里　无所谓啊，因人而异。

结夏　（指着灯里）使用派和不使用派（指着自己），是完全不同的。用画图来说的话，我的彩色铅笔是八种颜色的，（指着灯里）你的是二十四种颜色的吧？用“勇者斗恶龙”来说的话，就是桧木棒和星尘剑的战斗力的差距吧？

16　沿河的咖啡馆·店内

结夏和灯里在里面的座位上吃着甜点。

结夏手里拿着刚买的肉豆蔻。

结夏　我今天要用这个来做汉堡牛肉饼。

灯里　稍微放点味噌也很好吃哦。

结夏　绀野，我现在满脑子都是豆蔻、肉豆蔻，能不能不要像打变化球一样突然转变话题？

灯里　（微笑）好。

结夏凝视着肉豆蔻的瓶子。

灯里　（看着这样的结夏）果然还是有相似之处。你和你老公。

结夏　我？不不，完全不同。证据就是离婚了。

灯里　证据不是虽然离婚了，但还住在一起吗？如果是我的话，就算一秒钟也不想在一起。

结夏　啊。

灯里　在一起的话，渐渐地就会变成这样的。

结夏　渐渐地吗？但才两年而已。他变成了一个很奇怪的人啊。

灯里　（觉得结夏也变成了一个很奇怪的人）嗯。

结夏　他每年元旦都会记笔记。但他完全不给我看，赛马也是自己偷偷去看的……

灯里　啊。（想起了什么，不由自主地）

结夏　哎？

灯里　啊，没什么。

结夏　看你的表情，你肯定知道那是什么。

灯里　……喜欢的动物前十名？

结夏　这个啊！（笑了）

灯里　（笑了）哎，还在排序吗？

结夏　（笑了）原来从老早以前就在排序了。哎，这么说来，有十年了？

两人一边笑出声一边说话。

结夏　那时候什么排在第一名？

灯里　马来貘。

结夏　马来貘。现在排第八名。

灯里　第八名？哎，那现在第一名是什么？

结夏　是鸸鹋。很大的那种鸟。

灯里　他的喜好变朴实了呢。

结夏　真是很傻啊。

两人笑了。

结夏　太奇怪了，他经常说一些让人听不懂的梦话。

灯里　（突然想起来）

结夏　你听过吗？

灯里　（摇头）

结夏　（模仿）不对，不对啊。请给我两头大象和五匹斑马。好像在买什么东西，而且是很生气地说着。

灯里　（淡定，一边淡淡地微笑一边听着）

结夏　昨天好像说，笹塚。

灯里　（惊讶）

结夏　说红色的沙发怎么了。看起来很开心的样子。绝对很奇怪吧？（苦笑）

灯里　……是啊。

结夏　以前不像这样的吧？

灯里　我不太明白。

结夏　（见对方反应不大，突然想起来）啊，是有点怪。前妻和前女友在讨论他的事情。

灯里　（微笑）

结夏　（看着微笑的灯里，突然想到）……为什么呢？

灯里　嗯？

结夏　为什么他和你交往过，还会和我这样的人结婚啊？

灯里　（苦笑）你在说什么啊？

结夏　我们很不一样。（指着彼此）

灯里　（歪了一下头）

结夏　应该说他更适合像你这样头脑聪明又靠谱的人吧。和我在一起是错误吧。

灯里　没这回事。

结夏　有的。（回复她）

灯里　……

结夏　……

灯里　……（指着购物袋）肉要尽快放到冰箱里。

结夏　……（微笑）真的哎。

17　目黑川沿岸

结夏和灯里走过来，走到桥上。

结夏　绀野，你是十一月搬到这儿的吧？

灯里　嗯。

结夏　那你还没看过目黑川的樱花吧？

灯里　是啊。还没好好看过。

结夏站在栏杆前，看着沿河的樱花树。

结夏　到了春天会很漂亮呢。

灯里　是啊……

灯里也看着樱花树。

灯里　但是总觉得樱花有点可怕。

结夏　（惊讶）……为什么？

灯里　就是这么觉得的。（微笑）再见。

灯里点头行礼，走过桥。

结夏目送她，又一次看向樱花树。

结夏　（不安地凝视着）……

18　滨崎家·LDK（傍晚）

结夏站在厨房里。

结夏手边放着肉豆蔻，一边看着晚餐的菜谱一边做着汉堡牛肉饼的肉馅。

结夏一边感到紧张，一边露出充满期待的笑容。

19　上原家·房间

谅拿着红酒瓶回来了，灯里正在打电话。

灯里　稍等。

灯里开始确认预约记录。

谅注意到柜子上的相框。

相框里空空如也，什么照片也没放。

灯里　好的，十六点可以的。好的，不不，没关系。好的。十六点，饭田小姐。好的，那回头见。

灯里放下听筒，回头一看，谅正看着相框。

谅　（放下相框，微笑）你挺忙的啊。

灯里　（微微点头，避开目光）

灯里走到店里,开始准备按摩台。

谅　听说夜里会降温。

灯里没有回应。

谅　总感觉有点喘不过气啊。(微笑)

灯里不回应,还在准备着精油之类的。

谅用手指描着桌子上的杯印,突然站起来,去厕所。

灯里继续做准备。

20　同·厕所

谅过来了,关上门,坐在马桶上,冲水。

低下头,用手捂着脸,深深吐了一口气。

冲水声中,谅的肩膀颤抖着。

21　滨崎家·玄关~LDK

光生回来了,闻到了什么味道,走进房间一看,结夏正在吃生鸡蛋拌饭。

光生　我回来了。

结夏　你回来了。肚子饿了吧。

光生　没关系,我去趟奶奶的店。

光生又穿上了外套。

结夏　(一边吃,一边落寞地看着他)……

光生正要出去,回过头来。

光生　是不是什么东西焦了?

结夏　……是隔壁的吧?

光生　是吗?我走了。

结夏　……啊。

光生　嗯?

结夏　……罐头。

光生　啊,对啊。(看看两只猫)我去买回来。

说着,他便出门了。

结夏送他,回来又继续吃生鸡蛋拌饭。

她突然想起来,撒上肉豆蔻,尝了尝。

结夏　……好难吃。

22　上原家·店内

女客人来了,灯里坐在台子上给客人按摩,额头上满是汗珠。

灯里　很疼吧。我要稍微用点力了。

从隔板的缝隙里可以看到谅从里面的房间出来了。

谅拿着大包。

四目相对。

谅的眼神带着忧郁,与灯里默默告别。

灯里呆呆地看着谅,明白了,手仍然在按摩着。

谅微微一笑,好像在说"那就告辞了"。

灯里的手停下了。

谅变回严肃的表情,像是要挣脱灯里的视线一样地走了。

听到了谅走出房间的声音,灯里浑身无力……

女客人　这样明天能穿和服吗?

灯里　(一惊)没关系。请再忍耐一下。

灯里继续给她按摩……

23　目黑川沿岸

正准备去吃饭的光生突然注意到了一个熟悉的身影。

他看到了往车站方向走去的谅。

谅手里拿着大包。

光生惊讶地看着。

24 滨崎家 · LDK

结夏正在洗猫粮盘子，这时放在桌子上的手机响了。

25 同 · 前面的马路

结夏一边披着外套一边走出来，淳之介跨坐在摩托车上。

结夏　怎么了？

淳之介　……你离婚了吧？

结夏　嗯。

淳之介　那为什么还一直跟已经分手的前夫一起生活呢？

结夏　那是因为还有些事没法和各自的家里人说，店里也不能没有我……（说着说着，意识到问题都已经解决了）啊，反正有很多原因吧。

淳之介从口袋里掏出一张纸，递给结夏。

结夏打开一看，是结婚申请书。

上面已经写好了淳之介的名字。

结夏　……（拼命咳嗽）

光生提着装着猫粮罐头的袋子从对面走过来了。

他一看，结夏和淳之介在家门口。

看起来没什么特别的。

光生没有介意，正打算往前走，突然U型折返，快速离开了。

26 目黑川沿岸

光生快速走过来了。

装着猫粮罐头的袋子掉了。

他折回去捡，这时候他注意到桥上有灯里的身影。

灯里悲伤的侧脸。

光生……

灯里回头看，发现了光生……

光生走过去，灯里背过身，向前走。

光生觉得奇怪，就追了上去。

朝着上游方向走去。

河的反方向，结夏和推着摩托车的淳之介正朝着下游方向走过来。

结夏　到奶奶的店里说吧。

结夏发现她还拿着结婚申请书，就递过来准备还给淳之介。

淳之介　请你拿着。

结夏　……你误解我了。家务我完全不会做，很粗鲁。真的什么也……

淳之介　（苦笑）是你误解了吧。你不是完全不行。虽然粗鲁，但这不就是豪放不羁吗？

结夏　（哎？）……

河对面，灯里在前面走，光生跟在后面走。

光生　为什么要逃？

灯里　我没逃。

光生　刚才我看见上原了。他拿着大包。

灯里　是吗？

光生　（担心）不是，我看到了，总觉得……

灯里　滨崎，你还在记录最喜欢的动物前十名吗？

光生　哎……（惊愕）

灯里　（面对光生惊讶的样子）啊，对不起。

光生　（说不出话来）……

灯里　（看着这样的光生，感到滑稽，微笑）

河对面，结夏和淳之介走着。

结夏　我们家养了猫，但实际上我很不擅长养活物。上小学的时候，我当了金鱼负责人，然后我忘了喂金鱼饵料还是什么的，结果金鱼就死了。大家都说，星野是死物负责人。

淳之介　那又怎样？

结夏　吃 babystar① 的时候，最后必然会这样。（把袋子倒过来，做出往嘴里倒的动作）

淳之介　没有人不这样做。

结夏　还有啊……

淳之介　你在糊弄我吗？我不管你是死物负责人也好，吃相难看也好，我都不觉得讨厌。

结夏紧张地走在前面。

结夏　……我知道。你是这种人，我知道。确实。（指着自己和淳之介）啊啊，我们还挺合得来的。

河对面，光生和灯里走着。

灯里　到春天的时候，这里会开满樱花吧。

光生　人也很多，大家都在喝酒喧闹。

灯里　啊。

光生　我很讨厌樱花这种东西。

灯里　哎？

河对面，结夏和淳之介走着。

结夏　我很喜欢樱花。

淳之介　我也喜欢。

---

① 日本的一种零食，干脆面。

结夏　这里沿河的樱花树全部盛开，好多人聚集过来，大家都抬头赏花。我结婚来到这儿的时候，就想："啊，是吗，我嫁到了一个能看到樱花的家了。"那时候很开心。

两人抬头看。

河对面，光生和灯里走着。

光生　赏花的季节我基本都是看着地面走路。

灯里　为什么？

光生　你不觉得樱花挺恐怖的吗？

灯里　（惊讶）

两人稍稍低头。

河的两岸，一边光生和灯里低着头在走，另一边结夏和淳之介抬着头走着，双方隔着河错身而过。

结夏的声音　赏花最棒了。

光生的声音　赏花最没劲了。

双方都没有注意到彼此，越离越远。

光生和灯里走着。

光生　我觉得要是这些树全部倒掉，随着目黑川一直流到东京湾就好了。啊，我想我这种人是少数派吧。

灯里　……我也是。

光生　是吧。

灯里　不是。我是说我讨厌樱花。

光生　（惊讶）

结夏和淳之介走着。

结夏　和看着同样的花，同样感觉到漂亮的人在一起，是最幸福的吧。

光生和结夏停下来了。

光生　你和我同样不喜欢一样东西，我觉得挺开心的。一般没什么人讨厌樱花的吧？一说这个就像犯了罪一样。

灯里　不过我并没觉得真的全部倒掉就好了。（微笑）

光生　那是我稍微夸大其词了。（微笑）

两人站在灯里家门口。

光生　啊，你刚才有事要做吧。

灯里　本来打算去喝一杯的。

光生　啊，对不起。那我就打扰了。

灯里　这附近有吗？一个人也可以安静喝酒的地方。

光生　喝酒，一个人吗？呃……（一边想着一边环顾四周）

结夏和淳之介走过来了。

淳之介　我会让你幸福的。

结夏认真地盯着淳之介。

结夏　对不起，不可能。不是你。

淳之介　……

结夏　我觉得你是个好人，但我并不是为了变得幸福才喜欢一个人的。

淳之介　……

沉默。

淳之介卷起了拿在手上的结婚申请书，对着结夏使劲儿扔过去。

淳之介　死老太婆。（笑了）

结夏　死小孩。（笑了）

说着，结夏发现桥前面有一个便利店袋子。

捡起来一看，袋子里装着猫罐头。

结夏　（哎？环顾四周）……

灯里家门口，光生还在帮灯里参谋去哪家店。

光生　呃，那边过去两个路口，前面桥拐弯那儿，啊，那家店已经倒闭了。

灯里等着。

光生　山手大道沿线，啊，但是那边也很吵。

灯里　没关系。我随便找一家。谢谢。

灯里点头致谢，走了。

光生　晚安。

灯里的身影看起来很小。

光生　（目送，内心涌起一些思绪）……那个。

灯里转过身。

灯里　什么？

光生　我有一句讨厌的话要说。

灯里　嗯？

光生　我有一句讨厌的话要说。我人生中仅有一次打人的经历。

灯里　（心想："他在说什么？"）

光生　绀野，我想你也知道的。我从小学开始就想成为动物园的饲养员。因为想成为饲养员，后来就真的去动物园做了一次饲养员。

灯里　是吗？

光生　是的。大学毕业后，我做了动物园的运营法人。做了几天，又辞职了。为什么呢，啊，你现在时间不要紧吧？

灯里　没关系。

光生　啊。那个，我就职了，做了一段时间给团体售票的工作。啊，当时我想，几年之后要是能去园内就好了。跟我在同一个部门的，有一个叫玉木的30岁左右的女子。那个人的儿子出了事故死掉了，然后有一个月左右她都没来上班。她休息了一段时间之后，又来上班了。我当时不在座位上，她变得很瘦，但工作非常卖力。部长当时也在，就走过来，让玉木站起来，抓住她的胳膊，对她说："不能输。输了就完蛋了。加油，加油。"然后，我坐在位子上，就看到玉木的胳膊在颤抖，然后……然后，等我反应过来的时候，我已经揍了那个部长。

灯里　……（理解光生的想法）

光生　我被开除了……所以说这样的事，这种事真的，不能说。只要在心里想着就行了……绀野。

灯里　嗯。

光生　加油。

灯里　……

光生　请打起精神。

灯里　……

光生　对不起。我多嘴了。再见。

光生低下头转过身，急匆匆地向前走。

灯里　滨崎。

光生　对不起！

灯里　滨崎。

光生　对不起！

灯里　谢谢！

光生　……

灯里　可以的话，一起去喝一杯吗？只喝一杯。

光生　……好的。

27 滨崎家·LDK

结夏看着正在吃猫罐头的两只猫。

手上拿着手机，屏幕上显示着光生的名字，正打算拨打，又停下来了。

结夏感到不安……

28 某个酒吧·店内

并排坐在吧台边的光生和灯里。

光生　（喝酒）这酒挺烈的。

灯里　以前我一滴也不喝。（微笑）

光生　（用余光看着灯里的笑脸）……啊，你看吗？

灯里用手机打开 YouTube，选择视频。

灯里　又是海獭吗？

光生　不，是鸸鹋。

灯里　（扑哧笑了）

光生　哎，什么？反应过度了吧。（一边说一边开心地看着灯里的笑脸）

29 滨崎家·LDK

结夏手里拿着手机，手机显示着光生的名字，正准备拨打的时候，听到玄关的门响了。

她心想："糟了"。放下手机，拿着漫画就躺到了沙发上。

光生进来了。

结夏一边装着在看漫画的样子，一边用余光看着地。

光生走到厨房，喝水。

结夏　……（漫不经心的样子）你回来了。

光生坐到椅子上，长长呼了口气。

结夏　你喝酒了?

光生　(嘿嘿笑着)

结夏　怎么感觉有点恶心。

光生　绀野笑了。久违地笑了。

结夏盯着光生。

光生一副安心、开心的样子。

结夏再一次用漫画书遮住了脸。

结夏　太好了。

光生站起来,走到里面。

结夏仍然用漫画书盖着脸。

两只猫来到旁边,结夏还是遮着脸。

30　目黑川沿岸·实景(另一天)

31　滨崎家·LDK

光生一边伸着懒腰一边起床。

听到了有人"咚咚咚"在菜板上切菜的声音。

一看,是结夏正在做早饭。

做味噌汤,烤竹荚鱼干。

结夏　早上好。

光生　早上好……

光生一边心想:"这是在干什么呢",一边走向洗手间。

牙刷摆放整洁,毛巾也叠得整整齐齐,一切都收拾得干干净净的。

结夏打开电饭煲,把刚煮好的米饭盛到碗里。

光生和结夏准备吃早饭。

结夏双手合十,光生看到了,也和她做一样的动作。

结夏　我开动了。

光生　我开动了。

两人开始吃。

结夏　骨头怎么样了?

光生　骨头?(看着竹荚鱼)

结夏　不是竹荚鱼,是你自己的。(指着胸)

光生　啊,就是起床的时候有一点痛。

结夏　啊,是吗。嗯。

光生　怎么了?

结夏　啊,你见到横山了吗?店里的。总公司来的两个人。挺会干活的。

光生　啊,稍微打了个招呼。那个小平头的人。

结夏　小平头。(微笑)很厉害,又很认真,人又不错,那个人应该可以胜任吧。

光生　最好还是注意点。那种人说不定会在厕所里挂上翻页日历,就是那种写着至理名言之类的日历。

结夏　笑了。

光生　不注意的话,感觉他可能会说些“没有停不了的雨”“没有结束不了的黑夜”之类的话。他会把心情和天气啊天空联系起来。其实像天气这种人力几乎无法干预的东西有什么好说的……

结夏开心地听着光生说话。

32　同·家门口

光生去上班,刚走出门。

结夏的声音　你走好。

光生一惊,抬头一看,发现房间阳台上结夏探出身来跟他挥手。

结夏　你走好。

光生　……好的。

光生轻轻抬手，走了。

结夏在阳台上挥着手。

33　同·阳台~LDK

目送光生的结夏的背影。

结夏回头，笑容已经消失，一副下定决心的表情。

34　超市·店内

结夏提着购物篮，挑选着食材。

她拿起一份肉糜，放进购物篮。

35　花店·店门口

结夏正在挑选陈列着的鲜花。

36　文具店·店内

结夏正在选择信纸套装。

37　滨崎家·玄关~LDK

结夏两手分别提着两个购物袋回来了。

把袋子放到厨房，长长呼了一口气，坐下。

但是马上又站起来，把食材收拾到冰箱里。

结夏　♪静静地 静静地 牵手 牵手

结夏唱着《星光小路》，以下为蒙太奇。

结夏把买来的很多猫粮罐头堆在家里。

拿出自己的行李，分别装在垃圾袋和瓦楞纸箱里。

给两只猫喂水，温柔地凝视着。

在厨房修剪鲜花，插入花瓶。

一个快递员来到玄关处，把快递送进来。

取出信纸套装,拿着笔,坐在桌前,看着白纸。

稍稍考虑了一下,开始写信,内容为“致光生”。

结夏的声音 致光生先生。

38 车站附近·一角

光生正在给负责人看商品目录,说明着自动贩卖机的设置。

结夏的声音 我称你为光生先生。现在我这么写下来,连自己都吃了一惊。我记忆中好久都没有直接喊你的名字了,总觉得有点紧张。

39 滨崎家·LDK

结夏面朝桌子写着信。

结夏的声音 总之先报告一下。我离家出走了。你看到房间之后很惊讶吧?有没有目瞪口呆?我现在说明,你先听一下。我们离婚也有一段日子了,我总觉得还是有些不方便。我也说不清楚到底是哪里不方便,最近看到你,我总觉得怪怪的,静不下心来。

40 公园·旁边的通道附近

光生正在帮忙卸货。

结夏的声音 我也想摒除自己内心的嘈杂,或者试着努力恢复原先的状态,但都没成功。

41 滨崎家·LDK

结夏面朝桌子写着信。

结夏的声音 我说过,你这个人很怪。但总觉得,可能比谁都怪的是我自己。我没办法做好各方面的调整。喜欢的人在生活上合不来,合得来的人不喜欢。对你说的做的,我一个都不赞同,但是我喜欢你。爱情和生活总是冲突,怎么说呢,这是我生活上的,十分棘手的顽疾。

42 公园·旁边的马路边

光生正在帮忙把东西搬进自动贩卖机里。

结夏的声音 之前我们去看电影了吧。你看,我迟到了十分钟。走过人行横道,你站在那里等着。看起来挺冷的,手放在口袋里。

43 滨崎家·LDK

结夏面朝桌子写着信。

结夏的声音 这个人现在正在等我。这么一想,不知道为什么有点高兴,就想永远看着这幅场景。比起看电影,这个场景好看多了。我喜欢偷偷看你。

结夏拿出了冰箱里的肉糜。

结夏又准备了肉豆蔻,开始制作汉堡牛肉饼。

结夏的声音 你很害羞,怎么都不看我这边,所以我有很多机会偷偷看你。我们两个人一起并肩走过目黑川的时候,我偷偷看过你。看 DVD 的时候,读书的时候,我总是偷偷看你。心情自然而然充满了喜悦。嫁进能看到樱花的家,和讨厌樱花的人一起生活,但是我比你想象中的更加依赖着你。说包容不太对,我享受着枕在你的膝盖时舒适放松的感觉。整日沐浴在阳光下,就像猫咪一样。或许我就是,这个家的第三只猫。

44 公园·里面

光生工作结束了,坐下,喝着罐装啤酒。

拿出手机,开心地看着动物的照片。

结夏的声音 谢谢你做的美味的饭菜。谢谢温暖的床。谢谢你抚摸我

止ま

最后，男人还是喜欢塑料模型，女人喜欢洋娃娃。

女人希望男人是成品，男人却希望女人未完成。

男人成为成品之后，女人想一直抱紧他。

而女人成为成品之后，男人就觉得她没意思了。

靠在你大腿上的头。我时而抬头看你，时而低头看你，时而偷偷看你，时而认真看你，这些都是胜过一切的、无可替代的幸福。光生，谢谢你。

45 滨崎家 · LDK

结夏面朝桌子写着信。

结夏的声音 虽然分手是我自己做的决定，但还是感到有点寂寞。但是，如果我还想再偷偷看你的话，如果又想对你说些什么的话，还可以在某个地方……

结夏写到“还可以在某个地方”，停下来了。

用橡皮擦掉。

想写点不一样的，写不出来。

翻回前一页纸，一直盯着信看。

结夏脸上浮现带着苦涩的笑容，抓住信纸，撕了。

撕了信，用手揉成一团。

把旁边放着的超市传单拿过来，在背面随意潦草地写着。

结夏看着，露出满意的微笑，把传单放到了桌子上。

46 滨崎家 · 前面的通道（夜晚）

光生下班了，回来了。

在神社前轻轻参拜，走向家里。

47 同 · 玄关~LDK

光生回来了。

家里没开灯，光生打开了灯，走进去。

光生看看房间，感到很奇怪。

家里打扫得很干净，行李也少了很多。

打开卧室的门一看，里面没有结夏的行李。

哎？哎？光生很惊讶，回来一看桌子，看到了插着鲜花的花瓶。

旁边放着传单，上面好像写着什么。

光生拿起来一看，写着“冰箱里有汉堡牛肉饼。热一下吃吧。前妻。”

光生打开冰箱，盘子里放着一个有点烤焦了的汉堡牛肉饼。

光生心想：“这是怎么回事”，听到有人按门铃的声音。

光生端着汉堡牛肉饼的盘子，避开唯一被结夏留下的瑜伽球走向玄关。

光生慌忙打开门，发现谅站在门口。

谅拿着一个大包。

光生　……现在我抽不开身。

谅　我帮你拿吧。

光生　不用。你有什么事吗？

谅　啊。我想能不能在你这儿先住两天？

光生　……现在我抽不开身。

48　东京都下①·小小的车站站台

周围什么都没有的小车站，结夏站在人烟稀少的站台上等着列车。

结夏冷得缩起了身子，打了一个大大的喷嚏。

结夏　……痛苦。

第7话　完

① 东京都二十三区以外的外围地区。

第8话

1　滨崎家·LDK（夜晚）

光生一边看着结夏留下的花，一边打着电话。

但电话那头传来忙音。

他又拨了一次，仍然是通话中。

谅理所当然般地站在厨房里洗着碗筷。

谅　大概是拒接了。

光生　……不会吧。

谅　通话中就是拒接。

光生　不是……

谅　就是拒接。

光生　上原，你为什么在这里？

谅　因为河合睡在那边。

光生　河合？

谅　河合是副教授。他为了做毕业设计，住进了休息室。但是我对河合……

光生　先不要说河合了。你住到朋友家不就行了？

凉　所以我来这儿了。

光生　我们是朋友吗……我趁此机会表明，我的前妻离家出走了。现在就我一个人。

凉　那正好。

光生　啊，刚刚说什么了？（意识到）喂。

光生捡起了地上的袜子。

光生　为什么要脱袜子？

凉　我正想问你洗衣机在哪儿来着。

光生　上原，你知道我们为什么离婚吗？

凉　（歪着头倾听）

光生　因为我是神经质。我现在想改掉，因为我事无巨细，鸡毛蒜皮的事儿也会斤斤计较。

凉　没事，我对你的神经质不在意。

说完，凉拿着袜子走向洗手间。

光生　（愕然地看着凉）……

他再一次看向结夏留下的花。

2　同·卧室

光生戴着眼罩在睡觉。

他感觉到有什么东西在动。

光生摘下眼罩一看，凉裹着毯子睡在地板上。

光生　……你在干吗？

凉　那边冷。

光生　那你说一声不就行了吗？

凉　我怕把你叫醒你会生气啊。

光生　确实会生气。

凉　因为你说自己神经质的。

光生　就这个状况，不是神经质的人也会生气的。

谅　是。

谅垂头丧气地准备走出卧室。

光生　行了，算了。怎么总搞得像是我不好似的……

谅再一次躺到了地板上。

谅　滨崎，你和你太太看不出来不和啊。

光生　我们一直吵个不停的。

谅　是吗？不过我觉得我们家不吵架也是不行的。

光生　你们结束是因为你出轨吧。

谅　结束了啊……

光生　什么？

谅　我还喜欢着灯里。

光生　……

谅　你已经对你太太……

光生　晚安。

谅　晚安。

光生正打算睡觉，突然发现了一个东西。

枕头之间有结夏的发圈。

光生拿起发圈，凝视着……

3　小牧牙科医院·诊疗室（另一天）

光生结束治疗，拿起杯子喝了口水。

光生　结婚只是人生的一部分，离婚却包含了全部的人生。未来永劫，我的春天再也不会来了吧。是冰河期，是“悲惨世界”。你看过《悲惨世界》吗？是部电影。我还没看，因为我离婚了……（说着回头看）

牙科医师不是菜那，是森田穗香。

光生　……原来那位呢？

穗香　菜那吗？她辞职了，去结婚了。

光生　啊……啊……

4　目黑川沿岸（夜晚）

光生结束了一天的工作，回到家。

5　滨崎家·玄关~LDK

光生回到家，锁上门。

谅的鞋子散落在地上，光生把鞋子收到鞋柜里。

光生避开瑜伽球走进去，看到谅系着围裙在往桌子上摆放菜肴。

谅　你回来啦。

光生　你在干什么啊？

谅　炸虾。你之前在家庭餐馆说想吃这个来着。

光生　好久之前的事儿了。

谅　果然还是应该提前打电话问一下你的。

光生　我为什么要在工作的时候接到你的电话，问我晚饭吃什么。

谅　是。

光生　我恢复单身了。虽然痛苦，但至少我想充分享受单身一人的自由生活。一个人可以思考很多东西，回顾很多东西……

门铃响了。

光生很惊讶。

谅　啊，可能是找我的。我昨天在网上订了书。

谅走向玄关。

光生　为什么随意用我的地址……

光生追上去。

谅开锁，打开门。

门口站着的，是穿着丧服的健彦。

光生　啊。

健彦　噢。能给我弄点盐吗？①

谅　好的。

谅回到房间里。

光生　爸。

健彦　光生，掉了。

光生　什么？

健彦　（指着两腿之间）堵在尿道里的结石掉了。

健彦开心地要过来握手。

光生　……恭喜。（僵硬的笑脸）

上剧名

6　滨崎家·LDK（夜晚）

健彦踢开了瑜伽球，脱了上衣，解开领带，光生帮他挂在衣帽架上。

健彦　东京的外国车真多啊。

健彦连裤子都脱了，光着腿。

健彦　葬礼结束后，我坐车在那儿下车的，是叫新宿吧？那边电车很多，狗也多，什么都多啊。

光生　啊。

健彦　（看看房间）被炉呢？

光生　啊，我家里没有。

---

① 往身上撒盐是日本丧事习俗，因盐有净化、驱邪的作用。

健彦　那你们在哪儿吃橘子啊？

光生　这里、这里都可以啊。

谅往健彦身上撒盐。

健彦　（看着谅）嗯？

谅　嗯？

健彦　嗯？

光生　……

健彦　你撒盐要撒到什么时候？

谅　是。

健彦　她呢？去购物了？

光生　啊，不是。

健彦　同学会吗？

光生　不是。

健彦　你们又吵架了？她又离家出走了？

光生　也不算离家出走吧……

健彦　别找借口。好了好了，这是你们夫妻的事，我就不插嘴了。

光生　……对不起。

健彦　还有比这更大的问题。（对着谅指了指行李箱）把那个拿过来。

谅　好的。

谅把行李箱拿过来，健彦"啪"地敲了一下行李箱。

健彦　钥匙丢了。

光生　丢了？

健彦　（做出用手指捏着钥匙的动作）我想着那是什么啊，以为没啥用了，就丢了。

光生　（为什么要干这种事情？）

健彦　睡衣啊牙刷啊伴手礼啊都在里面呢。得给我想想办法。

光生　不行……（办不到啊）

谅　啊，只有一边上了锁，应该有办法的。

健彦开始吃橘子。

光生和谅试图打开行李箱。

谅　从两侧拉了试试。

光生和谅尝试拉开。

光生　相当牢固啊。

谅　请撑着这儿。

光生拉了拉，但几乎拉不动。

健彦　现在的年轻人没有力气啊。我像你们这么大的时候，徒手就能挖出三米深的洞。

光生　哎。

谅　什么样的洞？

光生　不要问东问西的。请帮我拉着。

两人拉了拉，露出了一点空隙。

谅　啊，打开一点儿了！先拿什么出来？

健彦　睡衣。

光生　睡衣。

健彦　不，樱花虾。

光生　樱花虾。

谅　我看见了，樱花虾。

光生　啊。

谅　滨崎，我撑着这儿，你伸手进去拿。

光生　（手伸了一半）哎，你的手绝对不能松啊。

谅　不会松的。

光生正打算把手伸进去。

光生　……啊，还是不行。休息一下吧。

谅　没事的呀。

健彦　噢,我扔了。噢。

健彦扔了一瓣橘子。

谅用嘴接住,开始吃橘子。

健彦　噢。

健彦扔了一瓣橘子。

光生没有接住,立刻捡起来吃。

健彦　噢。

健彦扔了一瓣橘子。

谅用嘴接住,开始吃橘子。

健彦　噢。

健彦扔了一瓣橘子。

光生没有接住,立刻捡起来吃。

健彦　(爆笑)

谅　(笑着)

光生　(有什么好笑的)

健彦站起来了。

健彦　好冷。这屋子好冷。这会儿可以泡澡吗?

光生　啊,我现在去放水。

健彦　能借我件睡衣吗?

光生　啊,好的。

健彦　还有短裤。

光生　……我去买一条。

健彦　不用了,用你的就行。

光生　……

7　同·浴室

光生拿着睡衣和内衣,走向浴室。

光生　爸，睡衣给你放在这儿了。

健彦的声音　光生，等一下。

光生打开浴室的门，健彦正在浴缸里刷牙。

光生看到了洗脸池上的空杯子，心里一惊。

光生　……怎么了？

健彦　明天休息吧？去那个吧，那个，就是那个。

光生　那个。呃，是那个吧……

健彦　你怎么不懂呢？

光生　不，我懂你意思。呃……

8　能看到晴空塔的地方（另一天）

光生和健彦站在能看到晴空塔的地方。

两人斜挎着包，看起来是游客模样。

健彦　（抬头看）比想象中还要大。

光生　（抬头看）太惊讶了。我一直小瞧它了，这个真的超级赞啊。哇，我们现在怎么办？

9　晴空塔·瞭望台

光生和健彦趴在玻璃上，眺望着东京的景色，惊叹不已。

健彦　光生，你们的家在哪里？

光生　啊，我们去那个吧。啊，在这边。

两人移动。

健彦站在玻璃地板上举手比了一个“耶”。

光生用手机在给他拍照。

光生调整了角度，拍到健彦的全身。

健彦　下面轮到你了。

光生　好的，拜托你了。

光生把手机递给健彦，站在玻璃板前。

他往下一看，感到震惊。

健彦　好了吗，我拍啦。

光生站在玻璃地板上面，稍稍抬起腿搞怪，做出“耶”的手势。

健彦　好，茄子。

健彦给他拍了一个没有任何背景的大特写。

光生　谢谢！哇，这个可以当成纪念。

售货柜台附近。

光生和健彦看着两人拍的大头贴照片。

因为相机有美颜功能，照片里两人的眼睛都特别大。

光生、健彦……

10　同 · 观空回廊

光生手里抱满了健彦购买的小礼品。

健彦盯着拿着晴空塔大件商品的孩子。

健彦　真是不可思议啊。之前还和我一起泡澡的女儿，现在已经和男人结婚了。

光生　……

11　目黑川沿岸（夜晚）

光生和健彦回来了，两人走着路。

光生想，是时候说出真相了。

光生　爸……（正准备说）

健彦　实际上，我最近发现了一些事。

光生　（吃惊）

健彦　那是结夏第一次把你介绍给我的那一天。

光生　啊，嗯。（惶恐）

健彦　到了晚上呢，我一个人在杂物间有事，结夏拿着一升瓶①的酒来了。然后，她跟我说："爸爸，对不起。"

12　回忆

富士宫星野家的杂物间外面。

在一堆农具当中，健彦和结夏一边打包萝卜，一边喝着酒。

结夏　爸爸，对不起。

健彦　啊？

结夏　爸爸，你不是说过吗？以后要是哪个男人和我结婚的话，你就会揍他一顿，然后再和他好好喝一场酒。

健彦　（苦笑）

结夏　他不会喝酒。要打架的话，呃，也不是那种感觉的人。

健彦　嗯。

结夏　但是，他也有他的优点。

健彦　什么优点？

结夏咕噜一下喝了一大口酒。

结夏　他呀，就是光生呀，是那种会把别人的不幸当成自己的不幸来悲叹，把别人的幸福当成自己的幸福而开心的人。

健彦　（深受感动）是吗，嗯，这样啊。

13　目黑川沿岸

光生和健彦沿着河一边走一边说着话。

健彦　最近我发现了。是在我孙子在家看电视的时候发现的。

---

① 原文为一升瓶，日本的白鹤、松竹梅、月桂冠等清酒，大多采用 1.8L 的瓶装。按日本古计量单位，1.8 公升为日式 1.0 升，故将 1.8L 瓶装称为"一升瓶"。

光生　嗯。

健彦　那时候结夏说的关于你的话，和《哆啦 A 梦·大雄的结婚前夜》这个电影里说的完全一样。

光生　……！

健彦　就和静香爸爸对静香说的话一模一样。我被骗了。

光生　……对不起。

健彦　不用道歉。你就是结夏说的那样……

光生　不对。我和结夏，结夏……

14　滨崎家·阳台

凉看到盆栽，突然意识到了什么。

沿河的马路上，可以看到光生和健彦站在那儿。

凉不经意地一瞥，刚好看到健彦打了光生。

光生踉踉跄跄地摔倒了。

15　同·卧室～LDK

光生躺着，把冷毛巾敷在鼻子上。

凉偷偷地看了一眼。

凉　你没事吧？

客厅传来了健彦的怒吼声。

健彦的声音　那个混蛋！

凉　听说她没有回富士宫。她发过邮件，但是并没有告知地址。

光生　……

凉看着光生拿着结夏的皮筋拉得老长。

凉　你对你太太还有留恋吗？

光生　并没有……只是，有点……感觉有什么话忘记说了。（说着，又拉了拉皮筋）

16 干洗店·店内（另一天）

横山在柜台处接待客人，光生和矢萩在里面说话。

光生　我问过我所认识的全部朋友。

矢萩　你不认识的朋友我也不会认识吧？

有客人来了，光生一看，是灯里。

光生　啊。

灯里　啊，你好。

矢萩　欢迎光临。

灯里拿出衣服，矢萩开始查看衣物。

灯里　（对光生说）你今天休息吗？

光生看看上面，又看看外面。

光生　（小声地）你最好不要靠近这一带。上原现在在我家里。

灯里　……（冷静地）哎，你们关系不错啊。

17 沿河的咖啡馆·店内

光生和灯里进来了。

他们刚准备走向里面的座位，就听到有人喊滨崎。

一看，是菜那。

光生感到意外，点头打招呼。

菜那和一位穿着朴素的男子（堀义之）在一起。

菜那　（指着堀义之）这是堀先生。（把光生介绍给堀义之）这是跟你提到过的滨崎。

光生　（感到吃惊）我是滨崎。

堀义之只是轻轻用眼神打了个招呼。

菜那　我辞职了。因为我结婚了。

光生　啊，我听说了。恭喜你啊。

菜那　（看着灯里，对光生说）啊。这里请。

菜那空出座位，坐在堀的旁边。

菜那　(对灯里说)请。

光生和灯里一边感到困惑，一边坐到菜那和堀的对面。

菜那　(盯着灯里，对光生说)请介绍一下呀。

光生　呃……

灯里　我叫绀野灯里。

菜那　是绀野小姐啊，听说你老公在外面出轨了。

光生和灯里都吃了一惊。

光生　(一边感到不安一边看着灯里)

灯里　(堂堂正正地对着菜那说)是的。

菜那　你和滨崎在大学时谈过恋爱，是在笹塚吧？你们同居过。

灯里　(对着光生)你喝什么？

菜那　(毫不在意地微笑)比起滨崎的太太，我更嫉妒绀野小姐。

光生　……

灯里　……

菜那　因为我觉得，滨崎真正喜欢的人是你。

菜那和堀站起来了。

菜那　告辞了。

菜那笑着说完，和堀一起走出去了。

光生　……呃，先坐这边吧。

光生重新坐到灯里的对面。

灯里　(带着苦涩的微笑)她真是个话痨啊。

光生　(看到灯里的笑脸感到放心，看看菜单)你喝什么？

灯里　对不起。我要准备店里的事情，我还是回去吧。

光生　好的。(说着，合上菜单，突然想起来)那个……

灯里　那个人的事，随便怎样都行。毕竟已经结束了。

光生　已经完全？

灯里　前不久你不是鼓励我吗？

光生　算是鼓励吧……

灯里稍稍探出身子。

灯里　是鼓励。从此之后，我感到心情格外舒畅。谢谢你，滨崎。

光生　我出生以来第一次被这么感谢。

灯里突然察觉到了什么，看着自己放在桌上的手。

又若无其事地缩回去，把手放到下面。

灯里　你太太没有对你说过谢谢吗？

光生　如果有的话，可能就不会离婚了吧？

灯里　已经彻底分开了吗？

光生　（自嘲的苦笑）是的，她离开家了。

灯里　是吗……（内心还有一些想法）

18　同·外面的马路

灯里一个人出来了。

看了看指尖，指甲油有点剥落了，有些无奈。

她打算回头去店里，又开始走路。

19　同·店内

光生在买单，亚以子从里面过来了。

亚以子　我走了。

说罢，便走了。

智世　你走好。

光生　她去哪儿了？

智世　（歪着头）她没告诉我啊。

光生　（惊讶）……

20　活动大厅·前面的马路

亚以子走在穿梭的人群中。

光生在后面追着亚以子赶过来。

亚以子站在今日摔角活动的海报前，笑着，一边挥手一边走过来。

结夏也在，两人拥抱。

光生　……

21　同·会场内

欢呼声鼎沸，摔角赛场上的比赛白热化，正在举行使用凶器的车轮战①，结夏和亚以子两人并肩站着观战。她们站在角落里，对着正在跳跃的选手欢呼。

结夏　上啊！

亚以子　饭伏！

结夏　打败他！干掉他！

在两人的背后，光生从入口进来了，结夏和亚以子一边吃着点心，一边在说话。

结夏　上次打电话也说了，我现在住在稻田堤的朋友家里。

正在说话的两人的背后，光生正准备走下通道，刚好和从台上下来的正提着链子的反派摔角选手撞了个正着。

结夏　他们家有一个三岁的孩子，那孩子真可爱。

亚以子　三岁的孩子是最可爱的。

正在说话的两人的背后，光生被从下面上来的摔角选手们夹在中间，观众们都看向光生的方向，结夏和亚以子还在热火朝天地聊着。

结夏　小脸蛋儿好软好软。

正在说话的两人的背后，光生被反派摔角选手倒剪双臂，脖子

---

①　职业摔角比赛形式之一，选手必须在圈内一对一地进行比赛。

上也缠上了链子。

结夏　什么事这么热闹?(回头看)

回头一看,看到了被摔角选手攻击的光生,结夏和亚以子惊呆了。

22 沿河的咖啡馆·店内(夜晚)

关店之后,光线昏暗的店内。

在里面座位上,光生和结夏保持着距离并排坐在健彦对面。

健彦俯下身,深深叹了一口气。

接着,结夏又叹了一口气。

光生看着两个人,非常惶恐。

健彦　……为什么?为什么离婚了?

光生　嗯。

健彦　“嗯”是什么意思?

光生　嗯。

健彦　我在问你为什么离婚。

光生　(正准备说什么)

结夏　你闭嘴。

光生　(惊讶)

结夏　(对健彦说)是我的问题。

健彦　你的问题?

结夏　我说了你也不懂。没办法,已经发生了。

健彦　总之应该是一时冲动,怎么说呢,头脑发热吧,你们重归于好就行啦。

结夏　不可能。

健彦　没有什么不可能的吧。

结夏　不可能,绝对不可能。

健彦 （想反驳但无言以对）……你妈妈呢？你妈妈怎么说？

结夏 （感到痛苦）你太啰唆了。

健彦 我啰唆?!

结夏 妈妈那儿，我想回去再跟她说明这件事的。都怪你随便乱说，才会变得这么麻烦的。（声音变得很凶）

健彦 （看到结夏生气，感到吃惊）

结夏不安，看起来很激动。

结夏 话说，我已经30岁了，已经不是孩子了，我要做什么不需要爸爸你再指手画脚……

健彦 （沮丧）

光生 （看着这样的健彦）……

结夏 我自己有自己的想法。适可而止吧，让我自己独立生活。

光生 （打断）那个。

结夏 闭嘴。

光生 （对着健彦）那个。

结夏 够了。

光生看着健彦，深深低头。

光生 对不起。

结夏 ……

健彦 ……

光生 是我的责任。不要责怪结夏。对不起。

结夏看着这样的光生，感到困惑。

结夏 为什么说这样的话？我……

健彦站起来了。

健彦 我回富士宫。

结夏 已经没有电车了。

健彦 够了，我已经不想看见你们了。

结夏　就算你说不想见我，我也是家里的……

健彦　你不用回来了。就算回来，也别进家门。

健彦走出了店门。

留下了光生和结夏两个人，心情不佳。

结夏　……承蒙你照顾我爸。

光生　没有……

两人坐着，丝毫没有起来的意思。

继男和智世走进来，担心地看着光生和结夏，然后又走到里面。

光生把手伸进口袋，拿着结夏的发圈，也没意识到是发圈，就夹在手指里拉扯着。

结夏　（不经意瞥了一眼）那是我的呀。

光生　哎？

光生不由得松开了手，发圈朝着对面的座位飞去。

光生站起来，过去捡发圈。

他捡起了发圈，但是并没有回到原来的座位，而是坐到了旁边的座位上。

两人斜对角而坐，相隔了三张桌子。

相对无言。

结夏伸出了手心。

光生看到了，就拉了一下发圈，把它弹飞。

发圈掉在结夏跟前，她伸出手去捡。

结夏也像光生那样拉扯着发圈。

结夏　……《悲惨世界》真是不错啊。

光生　你看过了？

结夏　昨天看了。你没看吗？

光生　我没看。因为离婚了，所以错过了很多东西。

结夏　真是错过了呢，比如大王乌贼①……

结夏拉了下发圈，将之弹飞，发圈掉到了光生的脚边。

光生捡起来，又拉了下发圈。

结夏　《悲惨世界》……

光生　哎，怎么又说《悲惨世界》了？

结夏　不，我回去了。

光生　（我也）回去了。

但是两个人都没有站起来。

光生　……突然就走了。

结夏　（苦笑）

光生　那个球很大啊。

结夏　啊。因为塞不进纸箱。你扔了吧，扔了好了。

光生　哎，怎么扔啊？那个。

结夏　这边应该是属于可燃垃圾吧？

光生　就直接这样扔吗？

结夏　不行吗？

光生　会弹起来的吧？在垃圾回收处。

结夏　会弹起来吗？

光生　会弹起来的，在垃圾回收处。

结夏　弹起来的话，正好可以这样投进去。

光生　说不定会弹回来的。

结夏　要是被弹回来的话。

光生　会弹得更远的，会弹到河对岸，那个东西很有威力的。

结夏　我觉得不会越过河对岸吧……

---

① 2013年1月13日NHK播出的世界上首次在深海拍到神秘的大王乌贼的节目。

光生　这样，这样，就过去了。

光生拉动手上的发圈，发圈飞出去了。

发圈飞到一半，掉在地上。

结夏　……我要回去了。

光生　我也要回去了。

光生一会儿扣着上衣的扣子一会儿解开，结夏咕噜咕噜地转着钱包。

结夏　……好了，回去吧。

结夏站起来了。

光生　啊，发圈。

结夏　啊。

两人同时走向发圈的方向。

两人又同时停下来。

光生让对方先请。

结夏捡起了发圈。

光生一看，结夏背对着他整理头发，把发圈套上。

光生　（看着）……啊。

结夏　（一边扎头发一边说）嗯？

光生　嗯……

结夏　什么事？

光生盯着结夏的背影。

光生　请变得幸福。

结夏停下来了。

光生　祝你幸福。

结夏　……

光生　……

结夏　……好的，我知道了。

光生 ……

结夏扎好了头发，回过头来。

结夏 我去跟亚以子打声招呼就来。

光生 好的。

结夏露出客套的礼貌笑容。

结夏 晚安。

光生 晚安。

结夏点头道别，然后走了。

光生 ……

23 亚以子的房间

结夏和亚以子正在喝茶。

结夏 光生说，希望我变得幸福。（苦笑）这是最高级别的分手赠言了吧。

结夏一边笑一边显得有点寂寞。

亚以子 （盯着她）……不早了，今天就住在这里吧。

结夏 但是……

亚以子 如果你认为夫妻分开了就是终点的话，那就大错特错了。就像结婚申请是结婚的开始一样，离婚申请也是离婚的开始。恢复是需要时间的。

结夏 ……（微笑）好的。

24 目黑川沿岸（另一天，早上）

光生和健彦朝着车站走去。

去上班的光生提着健彦的行李箱。

健彦 上次在晴空塔玩，真是开心啊。

光生 这是我做的便当，你在新干线上吃吧。

健彦 噢，那我就不客气了。

走到桥上，健彦突然停下来，看着河流。

健彦　抱歉，我女儿那么任性。

光生　哎？不是，原因在我。是我……

健彦　好了，不用说了。短裤我洗好之后寄给你。

健彦向前走，光生跟在后面。

光生　（感到为难）……

25　绀野家 · 房间

灯里拨打了“妈妈”的电话号码。

但是只听到忙音，没有人接。

她只好挂了电话。

26　车站附近 · 楼梯

光生抱着箱子，爬上长长的楼梯。

光生又跑下来了。

光生又抱着箱子爬上去了。

光生又跑下来了。

光生又抱着箱子爬上去了。

27　目黑川沿岸

灯里准备出门。

她抬头一看，河对岸，谅正在走路。

谅朝着光生所住的某个公寓的方向走去，消失在了灯里的视野中。

灯里抛却了些许感伤，向前走去。

28　车站附近 · 周边

光生拿着便当，寻找可以吃便当的地方。

他怎么都找不到合适的地方。

光生在公共厕所旁的绿化带边上吃着便当。

能听到旁边厕所的冲水声。

光生默默地吃着。

29　金券店①·前面

灯里走过来了。

旁边贴着一张开往新青森的新干线车票的广告贴纸，价格是一万四千九百日元。

灯里盯着看，心里在纠结。

30　美食街·马路

光生正在清理自动贩卖机商品出口里的垃圾。

甚至有人把方便面盒子放到那里面。光生一直默默地打扫着。

31　中目黑站前·人行横道（夜晚）

光生回来了，神情恍惚地等着红绿灯。

变绿灯了，光生还站在原地。

灯里来了。

她抱着 big camera 包装的加湿器等物品的箱子。

她注意到旁边的光生，微笑，拍了拍光生的肩膀。

光生还是神情恍惚地看着前方。

32　目黑川沿岸

光生和灯里走过来了。

光生　哎，我才没有发呆呢。

---

①　出售各类车票、邮票、门票的店铺。

灯里　（微笑）是吗？

光生　（看看灯里的行李）是加湿器吗？

灯里　一冲动就买了。一万四千九百日元。（微笑）

他们走到桥边，停下来了。

光生　挺重的吧，我来拿吧。拿到你家附近。

灯里　（正打算回答）

光生　啊，拿到那儿你拿得动吧？

灯里　是的。

光生　好的。那再见了。（微笑着点头行礼）

灯里　再见。（微笑着点头行礼）

两人转身，同时向前走。

突然听到“啪”的一声，好像是什么东西倒在地上了。

光生回头一看，是角落里那家餐馆的前面，刚刚经过的情侣把牌子弄倒了。

情侣扶起了牌子，又走了。

光生一看，灯里也在看他们。

光生　（四目相对，暧昧地微笑）

灯里　（暧昧地微笑）……滨崎。

光生　嗯。

灯里走过来了。

灯里　一起去吃饭吗？

光生　……好啊，那走吧。（说着，环顾四周）

灯里　等一下。（指了指加湿器）我把这个放下就来。十五分钟，啊，三十分钟之后行吗？

光生　好的，三十分钟之后，在这里见……（突然想起来）要不偶尔也去一次别的地方吧？

灯里　好啊。

光生　惠比寿，还是涩谷呢？

灯里　（突然想起来）那家定食屋还在吗？

光生　嗯？

33 绀野家·房间

灯里从里面走出来，已经换上了裙装。

她坐下来，看着指甲。

但很快又回过神来，苦笑。

34 笹塚站·出口

笹塚站的标志。

光生在车站外等候，灯里从里面走出来了。

灯里又恢复了原先的裤装。

光生笑着，灯里也笑着，两人向外走。

35 滨崎家·LDK

谅一边看电视，一边叠着衣服。

36 定食屋·店内

店内有不少学生和男性上班族，光生和灯里面对面坐在桌子旁。

他们点的炸鸡块套餐、炸竹荚鱼套餐和几份小食上来了。

光生　好像点多了呀。

灯里拿起了筷子，也递给光生一双筷子。

灯里　没关系，能吃得了。

光生　啊，这个我们分一下吧。

光生和灯里把菜分成了两半。

灯里　这个羊栖菜，真让人怀念呀。

光生　最近就只想吃面。

灯里　我也是。

两人吃着饭。

光生　这里的商业街变化挺大的。

灯里　那家百货商店已经拆了吧?

灯里伸出手去拿酱料,光生赶紧拿起来递给她。

光生　你还记得吗?地点之类的。

37　沿河的咖啡馆·店内

结夏和智世在吧台处说话。

智世　今天你还是住在奶奶家吧?

结夏　我都离婚了,还赖在前夫的老家不太好吧?

智世　没关系,我们家所有人都站在你这边。如果发生了什么,我们就和光生断绝关系。

结夏　(微笑)那我去买个牙刷。

38　笹塚的住宅街~某座公寓·外面

旁边贴着笹塚的地图。光生和灯里正在走路。

光生　啊,这是裹着头巾的人住的房子。

灯里　经常听你这么说,绝对是假的吧?还说头巾里面养着长尾鹦鹉。

光生　是真的呀,还会叫呢。

两人穿过错综复杂的马路,在拐角处拐弯。

灯里　绝对是假的……(注意到前方)啊。

光生　啊,就是这里。

这栋公寓有着又小又旧的露天楼梯。

旁边立着一块牌子上面写着“拆”,看起来这里已经无人居住了。

灯里　要拆了呀……

光生　是的……

两人走近一看，信箱还在。

灯里　是203号房吧。

光生　是203号房。

203号房的信箱上写着“田伏”和“柴田”。

光生　啊，有两个人，搞不好在同居呢。

灯里　继承传统。

两人沿着外面的楼梯往上走。

两人沿着走廊往前走，走到了从里往外数的第二扇门前。

两人怀念地看着大门，好像能看到对面一般。

光生　（回忆）……我说了很过分的话。

灯里　那些话就不用提了吧。实际上，也有很多快乐的回忆。

光生　真的吗？

灯里　比如说，买了两个肯德基的圣诞节缤纷桶。

光生　哎，你真的记得呀？

灯里　最近想起来的。

光生　最近？

灯里　哎呀，我也不再非要争那口气了，一旦变脆弱了，就会想起很多事情。

光生　你现在很脆弱吗？

灯里苦笑，走出去，站在露天楼梯的中间。

灯里　……今天，我本来想买一张车票回青森的。

光生看着灯里的背影。

光生　哎……

灯里　但是，我想不行不行，然后就买了加湿器。花了一万四千九百日元。（苦笑）

光生　……我要不要也去买个加湿器啊。

灯里　滨崎，你也很脆弱吗？

光生　（苦笑）但是，这样就变成学你了呀。

灯里　买个烤面包机怎么样？

光生　面包机？面包机在晚上揉面时，太吵了。有一次我们吵架……（突然想起来，不说话了）

灯里　（察觉了）加湿器也不错啊。

光生　那就买加湿器吧。（微笑）

灯里　（微笑）嗯。

灯里走下楼梯。

光生也走下楼梯。

突然听到有什么东西破裂的声音，灯里回头一看。

光生站在楼梯的中间，抬起脚，捡起掉落的眼镜，有一片镜片破了。

灯里　啊……

光生　不小心踩到了。

光生戴上了眼镜。

灯里　你还是别戴了，小心碎玻璃。

光生　嗯。

光生摘下了破裂的眼镜。

灯里　啊。

光生　嗯？

灯里　光生。

光生　哎？啊。（用手摸自己眼睛附近）

灯里　你还是不戴眼镜的好。

光生　是吗？

灯里　我喜欢你不戴眼镜的样子。

光生　……是吗？

灯里　嗯，喜欢。

光生　……只是眼镜的话，没有太大的变化吧。

灯里一边走一边轻松地说。

灯里　有变化呀。光生，你的颜值很高。

光生　……

灯里　你只要沉默，就很帅啊，只是你自己没有意识到罢了。人一般都不会意识到自己的优点。啊，这其实也算是优点吧。

光生　……

光生茫然若失的表情慢慢变成了开朗的笑脸。

光生　你在说什么呀？

灯里　（呵呵微笑）

光生追上去，两人走着路。

光生　你也是啊，只要不说话，看起来就很温和。

灯里　你在说我苛刻吗？

光生　你觉得不苛刻吗？

灯里　你太过分了。

39　百元店·店内

谅正在货架前看着晾衣夹。

货架的对面传来什么东西倒塌的声音。

结夏的声音　啊，对不起对不起。

谅感觉声音很熟悉，心里感到疑惑。

40　居酒屋·店内

宽敞的铺着日式草席的店内，很多年轻学生在喧闹，光生和灯里面对面地坐在里面靠角落的座位上。

两人正对着端坐，喝着水果味气泡酒。

光生　大多数时间都是去朋友家打游戏。

灯里　你是城市里长大的孩子啊,光生。

光生　你们家那儿没有吗?

灯里　有是有,但是我不打游戏。

灯里放松了腿,伸向旁边。

光生　那你都玩些什么呢?

光生把手放到身后,身体倾斜。

灯里　模仿 X-Japan 啊。还有模仿 Yoshiki。

光生探出身体。

光生　等等,这是什么啊?

灯里　在学校里收集很多桶。然后,把这些桶反过来排好,有些重叠着套起来。

光生　嗯。

灯里　然后,这样,拿两根木棍,一个个地啪啪地敲。气氛上来之后,就把这些桶啪啪地翻过来。用脚踢,再乱扔,随便破坏。

光生　就只有你这么做吧?(对店员说)啊,对不起。(对灯里说)一样的吗?

过了一会儿,店员把桌上的酒杯递给光生和灯里。灯里接过来。

灯里　(用手撑着脸)虽说如此,毕竟是服务行业,笑容还是很重要的。

光生　(用另一侧的手撑着脸)是的啊。

灯里　你的工作也很累吧?

光生　我倒还好……

灯里　做销售肯定很累吧。

光生　……啊,嗯。

灯里　我觉得很伟大。

光生　哎?

灯里　我这么说可能有点那个，其实你不太擅长这类工作吧？

光生　（苦笑）还好啦。

灯里　因为是工作，所以拼命地应付。明明知道难以做到，还是在拼命努力。

光生　……（开心，害羞地微笑，低头）

灯里　你辛苦了。

说着，轻轻地敲了敲光生的头。

光生　（仍然低着头，开心地微笑着）

后面桌子上的一家人站起来了。

光生　（避开）啊，对不起。

过了一会儿，光生后面的座位上坐了一群乐队风格的年轻人，灯里看着自己的手心。

灯里　你们男人是不会关注指甲的吧？

光生　也没有不关注啊。

灯里　这种怎么样？

光生　什么样的？

光生先伸出了手，灯里也伸出了手。

光生感觉到自己好像稍稍碰到了灯里的手。

光生　感想很难说啊。

灯里　最差的回答就是"我没注意到"，你可以说，挺适合你的啊。

光生　啊，挺适合你的啊。

灯里　这样不行。

光生　我没兴趣。

灯里　哎，那你还让我解释了半天，我杀了你哦。

光生　恐怖。我去下厕所。

光生站起来了。

过了一会儿，光生和灯里一边剥着开心果一边说话。

光生　那个，真是首不错的歌曲啊。

灯里　嗯？

光生　JUDY AND MARY 的《CLASSIC》。

灯里　（苦笑）我已经不在意了。

光生　不，我不是指那个。之后我听了好多。

灯里　真的吗？

光生　基本都听了。

灯里　《CLASSIC》以外的都听了？

光生　嗯。

灯里　啊？除了《CLASSIC》以外，我还有很多喜欢的歌曲。《CLASSIC》永远排在第一位，第二名是……

光生　啊，让我猜猜？

灯里　你这么熟悉啊？都能猜啦？

光生　怎么说呢，倒不如说我也觉得那首歌不错。是在很靠后的那首歌，对吧？

灯里　我不会给你提示的哦。

光生　是《五颜六色的世界》吧？

灯里　……

光生　不对吗？

灯里　（摇头）是的。讨厌，被你猜中了。

光生　为什么？

灯里　讨厌，这种。

光生　（歪着头）

灯里　（歪着头）

四目相对。

目光没有立刻移开。

两人都自然而然地沉默着移开了目光。

灯里　厕所在哪里?

光生　在那边一直过去。拖鞋在那儿。

灯里去洗手间。

后面座位上的年轻人胳膊肘重重地碰到了光生。

年轻人　啊,对不起。

光生　(认真地微笑着)没关系。

41　滨崎家·LDK

房间里一个人都没有,只有两只猫在走来走去。

42　居酒屋·店内

店内有些灯关了,相当空旷,光生和灯里的周围已经没什么人了。

两人坐的位置改变了,并排坐在桌角处,背靠墙壁坐着的光生和灯里,手里拿着玻璃酒杯,说着话。

灯里　因为太认真,所以不顺利。

光生　是吗?

灯里　顺利的人一般都不太认真。就像我的前男友那样。(微笑)

光生　(微笑)

灯里　我是不现实的,所以搞砸了。

光生　因为我喜欢一个人待着,这点不太好。

灯里　不喜欢独处的男人感觉不好啊。

光生　是吗?这么说的只有你了。

灯里　是吗?

光生　没想到你还有少女心呢。

灯里　哎?

光生　绝对是。可以说是爱做梦吧。

灯里　啊,嗯,是有。(害羞地苦笑)

光生　你肯定总想去保护这个人。

灯里　才没有呢。我是个很麻烦的人。

光生　你不麻烦。

灯里　你看不出的。现在我还觉得自己的女性情绪很麻烦,感到烦恼呢。

光生　是吗?

灯里　(突然声音高亢起来)我也有自暴自弃的时候,就是想把一切全部摧毁……

光生　就像那些桶?

灯里　(微笑)我下辈子一定会变成男生。

光生　是的。

灯里　头发也是,可以随意留长剪短,我一直觉得没有刘海更好。(摸着自己的头发)

光生　(看着头发)挺适合你的。

灯里　(对这个说法报以微笑)是吗?(看着光生的发型)你一般怎么理发?

光生　我一般就在家附近。

灯里摸着光生的头发。

灯里　这边再留一点头发就好了。

光生　我不喜欢理发店。

灯里　我来给你理发吧。

光生　你会理吗?

光生摸着灯里的头发。

灯里　我的头发就是自己剪的。

光生　是吗?

灯里　剪得挺正常的吧?

光生　嗯。

光生拨动灯里的头发。

光生　稍微有点怪怪的。

灯里　我已经放弃了。

灯里依靠在光生的肩膀上,敲打着他的肩膀。

光生　(笑了)

灯里　(笑了)我真的会给你理发。

两人四目相对。

灯里分着光生的头发。

灯里　嗯。轮廓很好,这边再……

两人近距离地看着,突然意识到了什么。

光生　……

灯里　……

两人端着酒杯,靠着墙壁喝着。

两人放下酒杯。

又端起酒杯,喝酒。

两人又放下酒杯。

光生　……嗯。

灯里　嗯?

光生　嗯。

灯里　……嗯。

光生　你还想谈恋爱吗?

灯里　……不知道。或许几年之后吧。

光生　嗯……

灯里　怎么样?

光生　……(歪了一下头)我觉得可能会遇到同样的情况,嗯,几年之后啊。

灯里　嗯……

光生　嗯……

光生拿着酒杯，正打算喝。

灯里　但是，我很寂寞。

光生　……（同样的感觉）

灯里　我会想，自己就一个人。甚至想，我会一个人孤独地死去吧。

光生　……（同样的感觉）

灯里　谁都可以，只要在我身边就行。

光生　……

灯里　这么说虽然有点怪，有的女人可以跟任何人睡觉吧？有这样的人。我可能也会因为某次打击，变成这样的女人。

光生　（呃）……

灯里　走在路上和偶然碰到的人搭讪，谁都可以，就是想沉溺在欲望中。我会变成这样的、这样的人吧……

光生不由自主地握住了灯里的手。

灯里继续说着。

灯里　谁都可以，谁都可以……

光生继续紧紧地握着她的手。

光生　不行的。

灯里　……

光生　谁都可以，这种……

灯里也握住了他的手。

灯里　你就可以。

光生　……光是因为寂寞，就做这种事……

灯里　是的。有什么关系呢，我们试着睡一次吧？

光生　……

灯里　总之先睡一次试试？

光生　……

光生和灯里的手握在一起。

43　中目黑·后街的某个酒吧·楼梯

陡峭的楼梯中间，一对男女手撑在墙上，正在接吻。

是结夏和谅。

两人闭着眼睛，双唇相贴，手上提着百元店的袋子。

第8话　完

第9话

1 中目黑后街的某个酒吧·楼梯（夜晚）

陡峭的楼梯中间，结夏和谅正在接吻。

2 居酒屋·店内

光生和灯里握着手，说着话。

灯里　有什么关系呢，睡一次试试？

光生　……

灯里　总之先睡一次试试？

光生　……

3 同·店门前~马路（一大早）

光生和灯里走出店门，天空已微微发亮。

光生　从这里出发大概多少钱来着？

灯里　两千日元。

光生环顾四周，寻找出租车。

光生　我们走到甲州街道吧？

两人开始走路。

灯里　三十岁的离异人士一大早回家，这也太糟糕了。

光生　你不是离异人士吧。

灯里　我们去看看那个吧，相亲活动。

光生　啊，就是要加入会员的那种吗？

灯里　是的。光生，我们一起加入吧？

光生　要参加聚会吧？那是人间地狱啊。

灯里　你和我说话就行了。

光生　那个，交钱去那种聚会说话的理由是什么？

灯里　你准备带我去哪里约会呢？

光生　会去人少的地方吧。

灯里　你喜欢动物吧？动物园之类的。

光生　动物园是一个人去的地方。

灯里　哎，一起去吧。

光生　一起去也没关系，到里面再分头行动。

灯里　光生，你这样没办法再结婚的。

光生　是没办法。

光生盯着微笑的灯里……

他们走到了甲州街道，光生先一步走到路上，背对着灯里说话。

光生　最近，我经常梦到你。

灯里　啊？

光生　所以现在仍然是在做梦的感觉。

灯里　……嗯？

光生　下一次我们白天见面吧。我们去看赛马。

灯里　（为什么这么突然？一边想着）好啊。

光生　今天很开心，今天气氛很好。但如果按照今天的势头发展下去……

灯里　嗯？

光生　按照这个势头发展下去，并不是因为脆弱，而是按照这个势头发展下去……

灯里察觉了，站在光生的旁边。

灯里　要是真能那样就好了。

光生　（安心，看着路上的出租车）啊，来了。

4　西乡山公园（另一天）

有几组老人在玩象棋，谅也在其中，他和桦田一边下棋一边说着话。

谅　我早就知道。灯里一旦决定了，就不会改变。因为那个原因，再加上我也有点醉了，星野喝了三杯龙舌兰酒之后，就烂醉了。她拼命踩我脚，踩了好几次。我对她说，对不起，星野，我脚疼。这下好了，她开始踩另一只脚。然后，走出店门的时候，星野突然开始……不知怎的，星野哭了。

5　立式荞麦面店·店内

结夏一边吃着荞麦面一边跟大原说话。

结夏　人的头没办法卸下来啊。现在这玩意好疼，真想把它卸下来，拿洗碗刷好好洗洗，把里面的酒精全部洗掉。附近有个叫上原的人，因为机缘巧合，就说要喝酒。啊，只论喝酒的话，他是个很不错的人，我说什么他都“嗯嗯”地听着，就这样喝了不少……啊，鲣鱼高汤渗透进了我的肝脏。

6　桑拿室

麻美和灯里身上裹着毛巾，聊天。

灯里　男女之间最关键的就是平衡和时间点吧？他也刚离婚，我也刚分手。啊，虽然我也经历了不少……（害羞低着头，微笑）虽然我不清楚，所谓恋爱，有时候会变成一百，有时候就算有九十九，也可能变成零。现在差不多是五十对五十吧。

7　小牧牙科医院·诊疗室

治疗椅上，光生和牙科医师穗香在说话。

光生没有戴眼镜。

光生　你知道吗？所谓恋爱，不是谈出来的，而是陷进去的。我也经历了很多，正是因为这种时候，更加觉得人和人之间什么都有可能发生，恋爱就是突然发生的……

穗香　滨崎先生。

光生　是滨崎。

穗香　医院不是闲聊的地方。

光生　……（沉默）

8　滨崎家·LDK（夜晚）

光生和谅吃着干酪火锅当晚饭。

光生看着放在大腿上的发型目录。

沉浸于思考的谅突然抬起头。

谅　结夏她。

光生　（合上了发型目录）什么？

谅　啊，结夏就是和你离婚的太太星野结夏。

光生　这个我知道。

谅　实际上，我有事需要跟你道歉……

光生用一种奇怪的样子吃着干酪火锅。

谅　怎么了？

光生　口腔溃疡。

谅　口腔溃疡啊。

光生小心翼翼地用没有溃疡的一侧吃饭。

光生　是的，你笑什么？我用没有口腔溃疡的一边在吃。口腔溃疡的痛，你以为是什么感觉？

谅　　我没得过。

光生　　还有人没得过口腔溃疡？哎，那不是超级幸福啊……好疼。总觉得这边也要长了。

谅　　实际上，我有件事必须跟你道歉……

光生　　怎么办啊，这样下去没法吃饭了。

上剧名

9　目黑川沿岸（另一天，傍晚）

结夏看着坐在餐厅露台上吃干酪火锅的女顾客们，无比羡慕。

结夏突然感到不舒服，慌忙离开了。

结夏遇到了骑自行车下班的谅。

谅　　你好。（有点紧张）

结夏　　上原，你还住在那个房子里吗？你和那个人相处得不错啊。

谅　　相当开心啊。昨天还吃了干酪火锅。

结夏　　哎，干酪火锅？两个男人一起吃干酪火锅？

谅　　我上次和你不也去吃了干酪火锅吗？在第三家店。

结夏　　第三家？我们只去了两家啊。

谅　　（呃）

结夏　　啊，这么说起来，我踩了你的脚来着。

谅　　是的。

结夏　　抱歉。我这人就是有这个坏习惯，喝醉了就会踩别人的脚。

谅　　你的坏习惯只有踩别人的脚吗？

结夏　　我没有拉你耳朵吧？

谅　　那倒没有。

结夏　　是的，我基本都记得的。

谅　是吗……

结夏　认真点。我们根本没吃什么干酪火锅。

谅　是。

10 代官山的美发沙龙·店门口

盛装打扮的女性走来走去，光生一边为口腔溃疡苦恼，一边走过来。

光生看着时尚的店铺有点胆怯，偷偷往里面看，美发师出来了。

美发师　你好。

光生　我叫滨崎。

美发师　请进，滨畸先生。

光生　是滨崎。我得了口腔溃疡，可能说得不清楚，是滨崎。

11 沿河的咖啡馆·店内（夜里）

光生把三个装着新衣服的袋子放在椅子上，正准备坐到吧台的位子上。

光生的发型相当时尚，但和他并不相称。

智世和继男呆呆地看着光生的发型。

光生　（注意到他们的目光）有没有适合口腔溃疡患者吃的菜？

智世　你这是睡出来的吗？

光生　（无视）菜单在哪里？

光生回头一看，结夏和谅坐在桌子旁。

结夏和谅的视线停留在光生的头发上。

结夏　睡觉能压成这样吗？

谅　而且也没戴眼镜。

光生承受着四个人的目光。

光生　和平常一样啊。

四人露出微妙的表情。

光生　这里，这部分，就这部分，稍微让它飞扬了一下。（摸着头发）

四人表情微妙，窃笑。

光生　没什么可笑的。普通，很普通啊，代官山，在代官山那儿很普通的，怎么没有菜单，没有菜单啊。

结夏　你去了代官山的美发沙龙吗？

光生　嗯，是的……

结夏　哎，那你是不是对他们说："请帮我弄成当下最潮流最时尚的样子"啊？

四人窃笑。

光生　我打了个盹儿。趁我睡着了，他们乱搞的！

光生用手把自己的头发拨乱。

光生　（对谅说）你今天不要再到我家来了。（对智世和继男说）菜单呢？（对结夏说）你怎么在这里呢？不是回了富士宫吗？

结夏　富士宫那边，爸爸正生气呢。我暂且先在这儿待着。

光生和结夏隔着谅的头说话。

光生　哎，也就是说，每次我来这里，都不得不见到已经分开的前妻？

结夏　你不来不就行了吗？

光生　这么一来，就等于我不能回自己老家了？

结夏　我把我的老家借给你吧？

光生　我要是住在你老家的话，三天能瘦十公斤。

结夏　啊，你是在批判我老家吗？

光生　黑色的鱼肉山芋饼。（苦笑）

结夏　你现在是在和三百七十万静冈县居民为敌。

光生　有什么问题吗？

结夏　不经过静冈的话，就去不了名古屋和大阪。

光生　有飞机的呀。

谅笑了。

光生　你在笑什么？

谅　对不起。

结夏　你干吗说他？是你的发型奇怪啊。

光生　你为什么要包庇这个人？发型是我睡觉的时候……

结夏　（打断，对谅说）我们最近关系不错哦。

谅　哎？（认真）

光生　啊，你成了上原的女友团之一了？

结夏　不是。上原的女友团解散了。

谅　没有什么女友团，什么解散啊。

结夏　他现在好像还喜欢绀野灯里呢。

光生　……（不安）

谅　灯里是怎么看我的？

光生　我认为她觉得你要是死了就好了。

结夏　喂。

谅　但是，灯里现在还没有新男友。

结夏　说不定有了。如果有了，你打算怎么办？

谅　……可能会去印度吧。

光生待不下去了，准备回去。

结夏　你要回去了吗？是对你的发型感到害羞了？

光生　我不会为了异性、为了异性去改变造型。

说罢，光生便出门了。

结夏　啊，原来是为了异性去改变造型的啊。总觉得哪里怪怪的，那家伙。

结夏心情很好地笑着。

12　绀野家·房间

灯里表情忧郁地翻看着手账。

手机收到了一封邮件，她打开看。

是光生发的，内容是“这个星期天，我们一起去看赛马吗？”

灯里笑了，把手账放到旁边，在手机上输入“几点去……”。

放在一边的手账翻开着，那一页是日历。

13　大井赛马场·看台（另一天）

光生和灯里拿着饮料走出来了。

辽阔的赛马场上马在奔跑。

灯里　哇，好厉害！好厉害好厉害！

灯里把手放在光生肩膀上，很高兴。

光生　是吧！厉害吧！

14　同·马场内

光生和灯里坐在草坪上吃着热狗肠，喝着啤酒。

灯里　（指了指热狗肠）你不吃吗？

光生　（张嘴示意）喉道……

灯里　啊，口腔溃疡。

光生　嘴只能张这么大，以这个香肠的大小……

灯里　香肠？

背后有人喊滨崎，一看，来的是多田。

多田　咦，今天怎么过来了？

光生　啊，你好，今天是私事。

多田　啊，是吗，微服出行？（看着灯里）哎，不是吧？滨崎的太太这么漂亮啊。

光生、灯里心想：“糟了”。

多田　你小子有福啊！（捏住光生的脸颊）

光生疼了。

多田　（指着灯里）看不出来啊，你在老公的面前若无其事地挠屁股吗？

灯里　（哎？）

光生　啊，不是……

多田　听说会用屁股关冰箱的门？

灯里　是的，有时候。（微笑）

光生　（哎？看着灯里）

灯里　（看着光生，恶作剧般地微笑）

15　沿河的咖啡馆·厨房~店内

结夏拿了两份面食，用屁股关上冰箱的门，走进了店里。

淳之介穿着清洁工的衣服坐在柜台处，结夏坐在他旁边。

淳之介　你老公不来这里吗？

结夏　（一边吃一边说）来呀，三十岁了还和高中刚毕业似的做了超级时尚的发型。（喝汤）啊，渗透进我的肝脏了。

淳之介　你挺能喝酒的啊。

结夏　我养成了坏习惯，不喝酒就睡不着。

淳之介　你这么喝没事吧？结夏，你经常忘事啊。

结夏　啊？我什么时候忘事……（看看淳之介）啊！

淳之介　之前在我家的时候啊。

结夏　确实全忘光了。啊，但是，本来也没发生什么啊。

淳之介　那个时候我有些顾虑就逃跑了，所以无事发生。

结夏　什么？

淳之介　你是个亲吻狂魔。

结夏　……

淳之介　是吧？

结夏　过去是。过去……假的吧？不是，的确是有这么回事，不论男女。但是自从结婚了……

淳之介　离婚之后又恢复原状了?

结夏　(愣住)……(看着外面,突然意识到什么)

结夏把脸埋到桌子上。

淳之介不解,回头一看,谅进来了。

结夏　(捂着脸)……

结夏和谅坐在桌边。

但是结夏的手肘撑在桌面上,手掌捂着脸,面朝旁边,不看谅。

谅　是的,亲了。

结夏　我主动的?

谅　是的。

结夏　……

谅　啊,但是,我想大概没人看到吧……

结夏　(表情变得严肃)对不起。

谅　没有没有,完全没关系,我并没有觉得讨厌……

结夏　我怎么做了这种事?

谅　啊,只是偶然碰到我了吧。

结夏　(自嘲式的微笑)可能我觉得谁都可以吧。

谅　哎?

结夏　(低下头)……我真是让人恶心。(嫌弃的表情)

16　东急百货中目黑店・前面

光生和灯里走到了店前面。

灯里　吃火锅怎么样?

光生　嗯,吃点适合口腔溃疡患者的。

灯里　我肚子也不舒服。

光生　那我去拿瓶葡萄酒。

灯里　嗯，一会儿见。

光生走了，灯里走进店内。

17　滨崎家 · LDK~洗手间

回到家的谅打开洗手间的门，看到光生正在刷牙。

谅　怎么这会儿在刷牙啊？

光生有点不安，漱口，走出去了。

谅　滨崎，我有话要对你说。

光生感到意外，逃跑一般地走到厨房，从橱柜里拿出了红酒。

谅从橱柜里取出了红酒杯。

光生　不是，这个不是这会儿喝的。

谅　滨崎。（严肃地看着光生）

光生　嗯。（紧张）

18　东急百货中目黑店 · 店内

结夏在零食货架前买了鱿鱼干之类的东西，又往购物篮里放了六听装的啤酒。

灯里在生鲜柜台前买东西，往购物篮里放了鳕鱼和其他一些鱼类、贝类。

两人碰到了，看见对方，吓了一跳。

互相都感到心虚，有点尴尬，两人轻轻点头打招呼。

19　滨崎家 · LDK

光生一边擦着红酒瓶，一边畏畏缩缩地偷窥低着头的谅。

谅　（意外地抬头）滨崎。

光生　（不由自主地）我不是故意隐瞒的。

谅　啊？

光生　啊，但是我们彼此都是单身。

谅　但是也不能因此就下手……

光生　是。

谅　你看到了吗？

光生　赛马吗？

谅　赛马？

光生　不是，和赛马没关系。是从更早之前开始的。我早就做好准备了，并不是抱着随便的态度，让事情发展到这一步的。

谅　你这是相当生气的意思吗？

光生　这并不是偶然。

谅　是偶然。

光生　不是偶然。

谅　是吗？也就是说，结夏早就对我……

光生　结夏？

谅　但是我没有啊。

光生　我？

谅　我。

光生　我，是谁？

谅　我并不是想跟结夏接吻才亲她的。

光生　……上原。

谅　你能原谅我吗？

光生　上原你闭嘴。

谅　好。

光生　闭嘴五分钟，我们各自整理一下思路。

20　东急百货中目黑店·店内

结夏和灯里站在货架和货架中间，拿着购物篮站着。

结夏凑近灯里的脸。

结夏　这样……

灯里 啊……

结夏 这样……然后,啊,就亲了。

灯里 ……啊。

两人分开,开始走动。

结夏 我喝醉了,不太,也不是不太,就是完全记不得了。说“不太记得”是我说错了。

灯里 我们已经分手了。

结夏 虽说分手了,但也不是立刻可以下手的。不过我并没有对他下手。

灯里 也有这种时候,就是脆弱的时候……

结夏 就算是脆弱的时候,也分能做的事和不能做的事。

灯里 (内心痛苦)……

结夏 对不起。(低下头)

两人走到收银台前。

结夏有点卑微地让灯里先请。

灯里谦让了一下,结夏说“你先请,你先请”。

灯里排到前面了。

结夏 (看着灯里的购物篮)是吃火锅吗?

灯里 是的……

收银员 请问您有积分卡吗?

灯里 有。

灯里从钱包里取出一堆卡片,寻找积分卡。

结夏一看,灯里左手拿的卡片里夹着两张赛马票,心里一惊。

灯里把积分卡递给收银员,注意到结夏的视线停留在赛马票上。

结夏 ……

灯里 ……

结夏　……啊，旁边没人了。

结夏说完就准备走向旁边的收银台。

灯里　星野。

结夏　我买的是鱿鱼干。

灯里　我有话想对你说。

结夏　我……（想拒绝，但是不知道怎么说，呆住了）

21　滨崎家·LDK

光生和谅正在说话。

光生　上原，你不是那种很会妒忌的人吧？

谅　很会妒忌是什么样子的？

光生　比如说，比如说啊，绀野会交新男友的吧？

谅　哎，她有新男友了？

光生　不是，只是打个比方。

谅　你这不是打比方吧，就是事实吧。

光生　那这样吧，比如土豆和黄油……

谅　灯里和谁在谈恋爱？

光生　不是，现在我在说土豆和黄油的事儿。

谅　她在和谁谈恋爱？

光生　与其说是谈恋爱，不如说是黄油融到土豆里……

谅　和谁融入？

光生　（停下来）……

谅看着光生，严肃地说。

谅　是你吗？

光生　……

22　绀野家·店内

结夏走进按摩店的纱幕，躺下。

结夏　感觉太爽了。

灯里来了，在纱幕的外面准备茶水。

结夏　我真羡慕你啊……绀野，你真好看。总是打扮得漂漂亮亮的，又稳重。我要是男人的话，一定会和你这样的人结婚。

灯里　（微笑）

结夏　总是从容不迫。

灯里　完全没有啦。

结夏　是从容不迫啊。（稍微提高声音说）

灯里　完全没有。（稍微提高声音说）

灯里　要喝杯茶吗？

结夏　你要说的事是什么？

灯里　啊……没什么，就是想说点什么，有点东西想问你。

结夏　嗯。

灯里　喝茶。

结夏　什么事？（声音有些紧绷）

灯里　怎么了？

结夏　什么怎么了？

灯里　总觉得……啊，那下一次……

结夏　你是打算什么都不问就让我回去吗？

灯里　……真要说吗？

结夏　嗯，什么意思？让我来决定？

灯里　并不是让你来决定。

结夏　好了，说吧。又不是小孩子，不会吵架的。

灯里　那，嗯。

结夏　嗯是什么意思？

灯里　那我们就不用把话挑明了吧？既然你都知道了。

结夏直起了身子坐着。

结夏　我想你其实也知道。

灯里　嗯？

结夏　我还没放下……

灯里　……

结夏　甚至可以说远远不止没放下。哈哈。（笑）

灯里　（微笑）是吗？

23　滨崎家·后方·神社前~目黑川沿岸

光生急匆匆地从家里出来，谅追上来，两人并排走着。

谅　怎么突然要出门了？

光生　还不是因为你刚才那眼神像是要杀人，我被吓到了。

两人沿着目黑川，像是在竞走一样往前走。

谅　你和灯里睡过了？

光生　啊，又吓到了。

谅　睡过了吗？

光生　怎么会呢？

谅　那你们做什么了？

光生　还不如你。

谅　什么叫还不如我？

光生　还不如你，什么接吻之类的都没做过。

谅　那做了什么呢？

光生　什么都没做。

谅　意思是，什么都没做，但是有这个想法吧？

光生　算是吧……

谅　这……

24　绀野家·店内~楼梯

结夏在纱幕里，灯里在外面。

结夏　这不是不如,是超过吧?

灯里　哎?

结夏　想着去做却没做,这比做了什么更过分吧。

灯里　……你们分手了吧?

结夏　分手了,是分手了。

灯里　那你就不能怪我们了吧?就算有什么……

结夏　我没怪你们,没怪,没怪。

灯里　虽然你没直说。

结夏　我知道。啊,但是我俩继续这么说下去,感觉有些不妙。

灯里　都怪我让你来。

结夏　没事。

结夏出来了。

结夏　(没有正视对方)打扰了。

灯里　(没有正视对方)没有。

结夏走向玄关,灯里目送。

结夏　再见了。

结夏没有看灯里,点头致意后就走了。

灯里深呼吸,正准备回房间,突然意识到……

结夏的鞋子忘了换。

25　目黑川沿岸

结夏穿着拖鞋在路上走。

她默默走着,没有注意到自己的鞋子。

正准备过桥的时候,光生和谅从对面过来了。

光生、谅和结夏三个人遇到了。

光生和结夏四目相对。

结夏害怕地避开了视线,准备向前走。

谅一惊，赶紧追上结夏，站到结夏面前，堵住了她的去路。

就在这时，灯里跑过来了。她注意到三人都在，站住了。

光生和谅都吃了一惊。

灯里的手上拿着结夏的鞋子。

光生看看灯里手上的鞋子，又看看结夏的脚。

结夏穿着拖鞋。

结夏也注意到自己的脚了。

光生指了指灯里，示意：灯里手上拿着你的鞋呢。

结夏转过去，灯里放下了鞋。结夏换上鞋子，灯里拿起了拖鞋。

结夏转过身准备走。

灯里看到光生在，心里也有点介意，就避开了谅的视线，转身准备离开。

谅看着要走的结夏和灯里两人。

光生看着结夏和灯里。

灯里走了。

结夏走了。

结夏的胳膊被人抓住了。

结夏回头一看，是谅。

谅　　我们四个人谈谈吧？

对面，可以看到光生正在喊灯里。

结夏　　……（呆）

26　目黑川沿岸

光生、灯里、结夏和谅四个人走着。

27　绀野家・房间（夜晚）

光生、结夏、灯里、谅都站着。

谅　　（环顾全员）呃，啊，请坐。

　　说着，自己先坐下了。

灯里　（看着谅，意思是“为什么你坐下来了？”）

谅　　坐吧。

　　谅拿起了灯里放在桌子上的手账，打算放到旁边。

　　灯里一看，表情不悦，从谅的手上接过了手账。

　　灯里把手账放到了抽屉里。

　　谅感到不解，看着灯里。

　　灯里避开了他的目光，保持距离坐在谅的对面。

谅　　（对结夏说）你不坐吗？

　　结夏坐到了谅的旁边。

谅　　（对光生说）坐吧。

　　光生环顾四周，不知道该坐在哪里，就靠着墙壁站着。

谅　　哎，你站着吗？

光生　一般而言四个人中会有一个人喜欢站着。人放松时的状态就是多种多样的……

结夏　（对光生指了指灯里的旁边）你坐在旁边不就行了。

光生　哎？

结夏　（低头）……

谅　　啊，喝茶……

　　谅正打算站起来。

　　光生和结夏同时摇手说不要。

　　灯里无视这些，用滚筒滚着绒毯。

谅　　啊，好的。

　　光生、结夏、灯里都沉默着，心情不佳。

谅　　（为难）……话说河合他啊……

光生　哎？

谅　　河合在网上是个网红，假装是个二十岁的女大学生。但是前不久，好像他最好的网友在电车上睡过头了，被锁在车库里了。然后，这个人就向河合求助，河合就很为难……

光生　　上原。

谅　　嗯。

光生　　为什么这会儿要说一个谁都不认识的人？

谅　　河合他……

灯里　　人家没让你介绍河合。

结夏摸着自己的指甲说。

结夏　　回去吧。

谅　　哎，再稍微待会儿吧。

光生　　为什么？

谅　　什么为什么？

光生　　是你叫我们来的啊。

谅　　啊。

灯里　　啊什么。你什么都没想好。

谅　　对不起。

光生表情呆呆的，坐到了灯里的旁边。

结夏斜眼看着这一切。

光生　　什么？

谅　　我以为大家都有话想说。

光生、结夏、灯里感到惊讶。

谅　　各位，没有什么要说的吗？那我有话要说。

光生、结夏、灯里感到惊讶。

谅　　那个……（看着灯里，正准备说话）

突然听到了叮的一声。

大家都一惊。

你很害羞，怎么都不看我这边，所以我有很多机会偷偷看你。

我们两个人一起并肩走过目黑川的时候，我偷偷看过你。

看DVD的时候，读书的时候，我总是偷偷看你。

心情自然而然充满了喜悦。

嫁进能看到樱花的家，和讨厌樱花的人一起生活，

但是我比你想象中的更加依赖着你。

说包容不太对，我享受着枕在你的膝盖时舒适放松的感觉。

整日沐浴在阳光下，就像猫咪一样。

或许我就是，这个家的第三只猫。

谅看着自己的手机。

谅　啊，对不起，是line的信息，学校找我。可以稍微等我一下吗？

谅开始回信息。

光生　哎？line？

谅　好像突然为喝茶是用纸杯还是用茶杯的事吵起来了。

光生、结夏、灯里等着他……

光生　（对灯里说）line是什么？

灯里　就是和手机邮件差不多的东西。

谅　（信息回好了）啊，对不起。刚刚说到哪里了？

光生　你要说的话说到一半了。

谅　啊，是的。是，呃……

手机又响了。

谅　啊。（他又看手机）

光生　你等会儿再回……

叮叮叮，手机不断地响着。

光生、结夏、灯里……

谅　啊，对不起……

叮。

谅　是群消息，所以一个接一个的。

光生　太吵了，你换个地方。

叮。

光生　你换个地方……

叮。

光生　去吧。

谅　好的。

谅拿着“叮叮叮”作响的手机走到隔壁房间去了。

光生、结夏、灯里沉默。

结夏　……(对灯里说)火锅。

灯里　啊。

结夏　(瞥了光生一下)我和他打扰到你们了吧。(卑微地微笑)

灯里　完全没有啊。

光生　嗯。

结夏　哎?(看着光生)

光生　不是……

结夏　什么不是?……现在气氛很奇怪呢。

灯里　相当奇怪。

结夏　(看着谅)而且还在等那个人发 line。(笑了)

结夏把手指放到嘴边开始咬指甲。

灯里　真是莫名其妙。(微笑)

光生　为了喝茶是用纸杯还是什么这种事。

灯里　用茶杯之类的。

光生　好像我们这儿的事就不重要了。

结夏　好像是让我们自己炒热气氛,就像豆芽那样,不用管也能长嘛!(莫名情绪高涨)

三人苦笑。

谅回来了,看着笑着的三个人。

谅　哎,你们这么开心地在说什么?

三人……

光生　那个,你的……

谅的手机还在叮叮作响。

谅　对不起。

手机一边叮叮作响,谅一边说着往回走。

光生　……那个那么急促的声音是怎么回事?

灯里　关掉不就行了。

光生　我们这儿的事倒是不重要。

结夏　就像萝卜苗一样，根本不用管它，它就自己长大了。

三人苦笑。

谅回来了。

谅　啊，大家气氛很嗨啊。喝茶……

光生　什么？

谅　已经结束了。

灯里　是什么事啊？

谅　啊，要开送别会，送河合。

结夏　河合辞职了？

谅　他男扮女装钻进了车库，被抓了。

所有人都吃了一惊。

光生　很严重啊……

谅　这事儿还闹得挺轰动的。不过也只是私下办欢送会。

光生　那肯定得私下办啊，毕竟被抓了。

灯里　我们家的电饭煲还是河合送的呢。

谅　是的。

结夏　那就不妙了，最好还是还给他吧？

灯里、谅　哎？

结夏　那是男扮女装被抓的人送的电饭煲啊。

光生　的确是男扮女装被抓的人送的电饭煲啊。不过没什么问题吧。

灯里　没有问题啊。

光生和灯里四目对视。

结夏　（咬着指甲偷偷看到了两人对视，对谅说）哪个电饭煲？

谅　啊，要看看那个电饭煲吗？

谅站起来，走向厨房。

光生　这会儿不用看。

灯里　嗯。

结夏看着光生和灯里并排坐着。

结夏　我看，我想看电饭煲。

结夏跟在谅后面走。

光生　都说了没关系。

光生用滚筒滚着绒毯。

灯里　（看着，微笑）

光生　（突然意识到了什么，苦笑着停下手上的动作）

结夏在厨房看电饭煲，谅在烧水。

结夏　卖电器的人肯定也大吃一惊吧。

谅　他又不是男扮女装去买的。

结夏　啊，有静冈茶。

光生和灯里在房间里说话。

光生　（指着厨房）我们说什么了？

灯里　嗯？（害羞地微笑）什么来着？

光生　（微笑着歪着头）……

光生把滚筒粘毛器递给灯里。

灯里站起来，收到橱里。

光生看着灯里的背影，刚好这时结夏和谅从厨房泡了茶出来。

结夏　（看着凝视灯里背影的光生）咦，咦咦，你在看绀野的屁股吗？

光生　哎，没在看啊。

结夏　明明就在看。（用手顺着光生的视线指向灯里屁股的方向）

光生　我没看什么屁股。在我看来最可爱又漂亮的屁股是唐老鸭的。

结夏　不是，你明明……

灯里　我就是被看屁股也没事。

结夏 ……

光生毫不掩饰些许欣喜，结夏看着这一切。

谅 我们喝茶吧。

灯里 我不需要。

光生 我也不要。

谅 哎？

结夏 不是蛮好吗，那就我俩喝吧。

结夏和谅坐下来，开始倒茶。

光生 上原，你到底要说什么？

谅 嗯？

光生 我们还有事呢。

结夏 （对谅指了指光生和灯里）他们两个要吃火锅呢。

光生 什么？

结夏 啊，觉得我的语气听起来不好？

光生 没有。

结夏 那对不起了。

光生 （对这个说法有点不解）哎，怎么了？

结夏 我说，对不起。

光生 用不着道歉吧……

结夏 不是……我知道我刚才语气不好。（声音很大，表情扭曲）

光生 ……什么事啊？

结夏 我知道，我知道啊。（痛苦）

光生 你喝酒了？

结夏 （停下）……

光生 喝多了又要失忆。（苦笑）

结夏 （一动不动）……

灯里 哎，好了，别这样了。（开朗地）

结夏　（对灯里说）什么，你这样算什么？

灯里　（呃）

光生　（对结夏说）什么？

结夏　……（用鼻子短促地哼着歌）

结夏摸摸自己的头发。

光生　（深呼吸，对谅说）解散吧。

谅　好的，对不起。

结夏摸着自己的头发，就这样停住了。

灯里　（对结夏说）对不起。

光生　你用不着道歉。

灯里　我要道歉……

光生　我们什么也……

结夏突然用手遮住了脸。

结夏　（深深地吐了一口气）

光生、灯里看到结夏的肩膀在颤抖。

谅　……结夏？

结夏还是用手捂着脸。

结夏　（回头）不。没事，没事……

灯里　（挤出笑容）结夏，对不起。我刚才行为也有些失常，事情并不是你想的那样……

结夏　什么叫不是我想的那样？

灯里　……（歪歪脖子）

结夏　可是你们要去吃火锅啊，你们还去看了赛马。

灯里　……

光生　（哎？惊讶地看着结夏）

结夏　还有什么不是我想的那样？我现在完全是在妨碍你们，你们两人准备去吃火锅，我妨碍你们了。就是这样吧。

光生 （惊讶）……

结夏 不用考虑我。你考虑得太多了，我妨碍你们的时候，你直说我妨碍你们了就行。

谅 对不起，是我邀请你们来的……

结夏 就算是你邀请的，如果不愿意，我们也不会来。我就是因为在意才来的。因为我在意他们两人的事，如坐针毡。

光生看着结夏，待不下去了。

光生 结夏……？

结夏 我没有恶意，我不是出于恶意才说了这番话的。

光生 走吧，一起去奶奶的店里。

结夏 为什么？！不用了，我一个人回去。

光生 行了，我们一起去吧。

结夏 我说了，我一个人回去。

谅 那我跟你一起去吧。

结夏 为什么？为什么？我没事啊。

光生 我知道。

结夏 我觉得你们两人很合适啊。

光生 （感到困惑）……

灯里 （直直地盯着看）……

结夏似笑非笑。

结夏 我早就在想，你们俩原本就……怎么说呢，错过了？错过了，只是因为一些小事分手了，但是你们原本就很配。结婚果然还是要看性格，是吧？滨崎人很靠谱，绀野也很干练，我觉得不错。绀野约会也不会迟到，也不会乱挠屁股，不会像我这样乱挠屁股，有时候还会用放屁来回应别人，我现在放给你们看看吗？你们能喊我一下吗？（笑着）

光生 （坐立不安，看着这一切）……

结夏流下了泪水。

结夏　真的，我觉得挺好的，你们两人，真的挺好的……

光生揽住了结夏的肩膀。

光生　回去吧，站起来。

灯里瞪着眼看着。

结夏　我说了，我自己一个人回去。

光生　好了，一起回去吧。

谅　结夏，你和滨崎一起吧。

光生　结夏，好啦。

光生和谅架着结夏试图让她站起来的时候，灯里突然开口了。

灯里　为什么？那为什么要离婚？

光生和谅惊讶地回头看。

灯里　如果现在你要说这些，那为什么还要分开？

结夏　（瞪着眼回头看）

灯里　如果你没有提交离婚申请的话，就不会变成这样了，事到如今还在说什么呢？

光生　不对，不对。原因在我这儿。

灯里　什么？你做了什么？出轨了吗？还是没有提交结婚申请？

谅　……

光生　地震，是地震的时候，我给她发了手机邮件，内容是关心家里的盆栽而不是她……

灯里　他就是这种性格吧？这个世界上有很多不善言辞的老公，他就是这样的人啊。可能是不好意思，或者即使知道了也表达不出来。太太应该明白这些呀。

结夏　（瞪着眼回头看）

光生　不仅仅是这些。就算我吃了她做的菜，也不说好吃……

灯里　那你在滨崎下班回家的时候，有没有说“你辛苦啦”？

结夏　（瞪着眼回头看）

灯里　这样也太不公平了吧？他不善交际，就算这样他还是在外面拼命努力。也不喝酒，下班后直接回家，扫地洗衣服，甚至制作自己的便当。有什么好责备的？你觉得自己什么都是对的，完全看不到自己不对的地方，要说没有同情心，你自己不也一样吗？

结夏　（内心不安，瞪着眼回头看着）

光生　……不是的。

灯里　（扑哧笑了）不管说什么道理，女人都不会听的。

光生　（哎？）

灯里　只会火上浇油，反咬一口吧。实际上我也是这样。

灯里说着，又苦笑了。

结夏　（低下头）

结夏和灯里表情淡然，光生惊呆了。

光生　啊……不是……总之……

叮。

谅的手机响了。

谅一惊，正准备看手机。

光生　为什么非要现在聊?!

谅的手机"叮叮叮"作响。

光生从谅的手里拿过手机，打算摔到地上，又停下了，打开旁边的抽屉放进去，又关上抽屉。

光生　为什么，为什么非要现在聊?!

谅　对不起。

光生　你很奇怪呀。不对，要说奇怪，我也很奇怪吧？但是，说起来，我也没想到会发展到这一步，也不希望会变成这样。

光生看着结夏。

结夏低着头。

光生　……不如说，倒不如说，我想去野营，我们四个人一起，大家一起。

灯里、谅感到惊讶。

光生　不是，野营我没去过。以前也没有想过要去。但说不定自然而然就会聊到那样的话题吧，然后就会有人提议“我们两家下次一起去露营吧”。租一辆车，到大山里，到很远的地方，特意搭个帐篷。最后还能吃个烧烤。虽然不知道为什么有虫子还要在外面吃。坐在折叠椅上，问起上原的孩子上的是哪个小学啊？啊，这是在有小孩的情况下。这种情况的话，我们家也该有孩子。孩子们在周围来回跑动，应该很吵吧，应该很吵。就是那样，就是那样。

结夏、灯里、谅都沉默着……

光生　（对着谅说）你们家也过得不错，啊，这样一来可能多少有点寂寞，但我真心觉得绀野也会过得很幸福。我们家，我们家的日子也能继续下去。

光生没有看结夏，但是他意识到了什么。

光生　直到前不久，我还觉得我们能继续下去。因为我一直坚信，只要我不提离婚，这辈子就不会离婚。但是，啊，也是当然的，离婚的按钮是一人一个的。结果就变成现在这样了……野营回家的路上，堵车堵得厉害，小佛隧道那里堵车堵了五十公里。小孩说想去撒尿，老婆心情不好，我看着眼前的大堵车心想：“啊，我想变成小鸟。”就是这种、这种野营。要是这些都没发生，说不定真的会发展成这样。然后，然后出乎意料地……很快乐吧。

光生低下了头。

光生　没能去野营，对不起。

结夏低着头。

灯里看着光生。

光生看起来毫无力气。

谅突然站起来，走到厨房。

正在光生等人都感到疑惑的时候，谅拿着锅和桌炉过来了。

谅把这些放到桌子上，笑着说。

谅　先吃点火锅吧？

灯里　你在说什么？

谅　吃吧。

光生　现在不是时候。

谅　我觉得，离婚不是最差的结果。

光生　是最差的吧。

谅　最差的不是离婚，而是那种假面夫妻。

光生、灯里都一惊。

结夏也抬起了头。

谅的表情像是想到了自己的事情。

谅　对另一半明明没有爱情，也没有期待，却住在一起，这种是最不幸的。我们又没变成这样，这么一想，就算离婚也不是多差的事情。离婚万岁！是吧！离婚最完美！是吧！

谅　（看着灯里，笑着）灯里，谢谢。下次一定要有最完美的结婚。

灯里　……好的。

光生　……

结夏　……

光生、结夏、灯里、谅围着锅吃着。

大家淡淡地说着话，互相夹着菜、递着果醋。

结夏　吃了白菜，感觉起死回生了。

光生　上原，你还要果醋吗？

灯里　啊，那个鳕鱼是刚刚放进去的。

谅　咦，切好的柚子①在哪儿来着？

光生　那个不是柚子，是臭橙。

这时候，某个地方传来手机的响声。

声音来自刚才光生放手机的抽屉。

光生从抽屉里拿出手机，看着屏幕，惊讶地递给了谅。

光生　上原，是河合。

28　目黑川沿岸

光生、结夏、谅走过来。

谅低下头，走向车站。

光生和结夏过桥。

过了桥，两人分开，光生在左侧，结夏在右侧。

结夏的眼神像是在说再见。

光生沉默。

这时，光生的手机响起了短信声。

结夏没有等光生反应过来，就走了。

光生放弃了，也走了。

但是他又回头，看着结夏远去的背影。

结夏一次也没有回头，大步流星地向前走。

光生取出手机一看，是灯里发来的邮件，内容是“这个周日，我们一起去看电影吗？”

光生的表情有点复杂。

29　立式荞麦面店·店内（另一天）

光生进来了，微微环顾四周。

---

① 日本柚子，常用于调味。

光生一边吃荞麦面一边说话。

光生　我的前妻很开朗，性格与其说是吵吵闹闹的，不如说是心胸开阔，怎么说呢，能让人放心吧。但是绀野给人的感觉就是有点寂寞，情绪不太稳定。我也总觉得这个人是不是什么时候会爆发一下，就会有这种什么时候会发生点什么的不安。所以……但是，这次我看到的不是绀野……而是妻子的那一面，这是我第一次看到。

他歪了一下头，又开始吃面。

30　多摩川的堤坝附近

有一个身影是站在堤坝附近的结夏。

看不清脸，一个人呆呆地看着河流。

31　目黑银座商店街

灯里走着。

灯里停下来，侧目看着药妆店。

她准备走过去，又意外地停下了脚步。

32　药妆店・店内

灯里抓起一包放在外面的促销纸巾，走进了店内。

手上提着篮子，拿起旁边的洗涤剂扔进去。

看看周围，走到店内深处，拿了化妆水、化妆棉和牙刷。

走到里面，突然停下来。

货架上摆放着避孕工具。

33　绀野家・房间

灯里回来了，把包和药妆店的袋子放下，这时手机响了。

灯里一看，是光生的邮件。内容是："六点半在电影院门口集合吧?”

灯里看了一下钟,才下午四点。

灯里打字回复道:“了解。”

灯里发送过去,放下手机,拿起洗衣篮,走向洗手间的方向。

灯里停下脚步……

34 滨崎家·厕所~LDK(傍晚)

光生在洗手间戴上隐形眼镜,走向房间。

亚以子来了,正在用手机给猫拍照。

光生　嗯?

亚以子　结夏请我来给猫拍个照。

光生　……拍好了吗?

亚以子　它总是乱动。

光生　让我来。

光生接过亚以子的手机,对准两只猫,开始拍照。

光生　(一边拍一边说)结夏怎么样了?

亚以子　她回了朋友家。

光生　……有没有说接下去怎么办?

亚以子　和你有关系吗?

光生　……玛蒂尔达,看这边。

亚以子　修一来了电话。

光生　爸爸?

亚以子　还是那么任性啊,他说你不来我这儿吗?说让我和他在河口湖一起生活。

光生　(苦笑)真是任性啊。

亚以子　店里的事都拜托给智世了。

光生　哎?

亚以子　作为终老的住处倒是个不错的地方啊。

光生　……(不安)

35　绀野家·房间

空荡荡的房间。

灯里不在,桌子上放着手账和药妆店的袋子,旁边是一个打开的茶色小袋子。

36　电影院·前面(夜晚)

走过来的光生。

光生走到电影院门口,看了下手机上的时间,是六点二十五分,表情悠闲地等待着灯里。

光生等待着。

一看时间,已经六点三十五了。

他开始有点着急,不时看着路的远处。

光生走到路上,四处张望。

一看时间,已经六点五十五分了。

光生输入了灯里的电话号码,正准备拨打的时候,看到灯里正从路对面走过来。

两人四目相对。

灯里一点没有加快脚步,慢慢走了过来。

光生有点惊讶,走过去,两人面对面站着。

灯里　对不起,明明是我请你来的。已经开始了吧?

光生　有预告吧,才晚了五分钟。

灯里　你不喜欢错过开头吧?

光生　没事,看吧。

37　同·大厅

光生和灯里进来了，朝着门走去。

灯里　抱歉。

光生　真的没关系。但是你很少迟到啊。

灯里　嗯……

光生　你不认识路吗？

来到门前，光生打开门，听到里面巨大的声音。

光生催促灯里，正准备进去的时候。

灯里面朝前方，嘴里不知道在嘟囔着什么。

光生听到了，感到惊讶，看着灯里。

灯里就这样直接走了进去。

光生站住不动了。

38　同·放映厅

电影正在放映。

空荡荡的放映厅里，光生和灯里并排而坐。

灯里眼睛直直地盯着屏幕。

光生混乱、愕然。

电影持续放映。

39　组野家·洗手间

洗脸池上面有个纸杯，还掉落着玻璃纸外包装。

有一个打开的验孕棒的空药盒。

第9话　完

第10话

1 港口·埠头

光生和岛村从卡车上往下卸货，搬运，他们身后是停着观光船的埠头。

2 观光船·船内

光生正在往甲板上并排放着的自动贩卖机里装货。

装完了，又整理纸箱。

拿出钱包买了一罐咖啡，坐在长椅上，叹了口气。

一个带着孩子的母亲走过，光生开始回忆。

光生回忆起上一次电影院的后续。

场内的灯光亮起，稀稀拉拉的观众走出去了。

光生和灯里还在里面。

光生 ……你说的孩子。

灯里 （穿着上衣）是谅的。

光生 ……（轻轻点头）

灯里 外面没下雨吧。

光生　……（正准备问）

灯里　你现在不要问我打算怎么办。

光生　……

光生发着呆。

船已经出港了。

3 港口·埠头

岛村把纸箱堆到卡车上，对面的观光船鸣笛出港。

4 滨崎家·LDK（夜晚）

光生精疲力尽，虚脱般地坐下来。

两只猫等着喂食，抬头看。

光生打开猫粮罐头，用勺子舀到盘子里。

但是手停下来，又开始发呆。

两只猫等着猫粮，抬头看着。

光生呆呆地用勺子舀了猫粮，自己开始吃。

他没意识到，还在继续吃。

猫眼巴巴地抬头看着。

5 稻田堤的公寓·房间

室内杂乱，有晾着的衣物、放在百元店箱子里的手帕纸、豹纹毯子等。

结夏站在水池边洗着孩子的碗筷。

背后听到了拉门拉开的声音。

三岁的男孩大辅从卧室里走出来。

结夏　要尿尿吗？

大辅　我妈妈呢？

结夏　你妈妈去工作了。你要尿尿吗？

大辅　不要。

结夏　那你和我再一起睡觉吧，好吗？

结夏带着大辅正准备走向房间，这时她的手机响了。

结夏　（一边留意手机）你真的不要尿尿吗？

结夏带着大辅走向卧室。

结夏一边打着哈欠一边从里面的房间走回来。

结夏捡起了地上掉落的玩具，想起什么来了，就拿起了旁边放着的手机。

她一看屏幕，吃了一惊，立刻放下了手机。

她正准备走向厨房，又一次拿起手机，打电话。

结夏　……啊。你好。嗯。（把拉门关得严严实实）啊，你给我打电话了？

6　滨崎家・LDK~稻田堤公寓・房间

光生正在更换睡衣，胸前还是赤裸的，下身也只有一条腿穿好了裤子。他以这样的姿态接着电话。

光生　是我打的。嗯。嗯。

光生一边回答，一边准备穿睡衣。

光生　……哎？不是。没关系。没关系。好。嗯。

以下，场景切回公寓房间。

结夏　……喂？

光生　哎？

结夏　不是，我以为你有什么事呢。

光生　啊。也没什么事……啊，我打给你吧。

结夏　哎？

光生　不是，这样你要付电话费呀。

结夏 电话会很长吗?

光生 不会,也就五分钟吧,还有三分四十秒左右吧。

结夏 那就这样继续说吧。

光生 啊,好的。

结夏 ……然后呢?

光生 ……啊,工作,是工作的事儿。

结夏 我在派遣公司登记了。啊,挺顺利的。

光生 啊,啊,是吗?

结夏 是的。

光生 ……

结夏 ……然后呢?

光生 总觉得你好像挺累的?

结夏 哎……为什么?

光生 总觉得听声音挺累的。

结夏 ……是的,或许吧。啊,还不适应有孩子。

光生 是吗? 别太逞强了。

结夏 嗯……

光生 上次对不起了。

结夏 哎……

光生 上次在上原家里发生了很多事。

结夏 啊。(摇头)

光生 你没事吧……

结夏 ……在那之后,我也反省了很多,我都没跟你说“你辛苦了”。

光生 啊,完全没有。

结夏 我要是说了就好了。

光生 完全没有,我也一样,我也是如此啊。

结夏 那,啊,我们扯平了。(微笑)

光生　扯平了。(微笑)

两人微笑。

结夏　啊,请帮我向绀野道歉。

光生　(惊讶)……

结夏　啊呀,我啊,上次说了奇怪的话,啊,但是我真的觉得,你们两个如果真的能好好走下去就好了……嗯?

光生　……

结夏　是不是关系变得奇怪了?对不起……

光生　绀野怀孕了。

结夏　……

光生　……

结夏　……是吗?

光生　是上原的。

结夏　啊,嗯,我想应该是的。

光生　她好像还没跟上原说。她都说了"已经回不去了",却发生了这样的事。

结夏　……(咳嗽清嗓子)

光生　我该怎么做呢?

结夏　……

光生　我担心绀野接下来怎么办……喂喂?

结夏　我总觉不太明白。(不安)

光生　嗯?

结夏　这跟我又没关系。你跟我说这个干吗?

光生　啊,对不起。跟你说这个……行了,行了,我这会儿想跟你说的也不是这个。

结夏　你当这个孩子的父亲不就行了?

光生　哎?

结夏　这样不是最好的结局吗？

光生　……这样不行吧。

结夏　行的，行的。你不是想跟她谈恋爱吗？这样不是蛮好的吗？

光生　这个还没有，还没有到这一步。

结夏　这也是责任吧，你不应该照顾她们吗？

光生　（皱眉）不是这样……

结夏　对了，啊，对了，你要是变成父亲的话，也会有所改变的吧……

光生　我可没说这话！（大声）

结夏　（呃）……

光生　结夏，你这么说想干吗？

光生激动了起来。

光生　我呢，我，我在你说想要孩子的时候，说了我不想要，我说过的，所以，我给了你悲伤的回忆，很悲伤。这件事，我那时候，后来，直到现在一直很后悔……

结夏　（惊讶）……

光生　但是我说那些话只代表当时的心情，也不是随便说说的。现在，绀野怀孕了。难道我要说，是吗，我要当孩子的父亲吗？我不会当的。我不可能当吧？这根本就是不同的。我要是做了这样的事，就等于是对你撒谎了，也只是伤害了你。我也没有期望这些。我真是不明白。都什么嘛。你就是这么想我的吗？就是这么看我吗？

结夏　（愣住）……

光生　为什么要说一些互相伤害的话啊。我是关心你才打来的……搞什么……

结夏理解了光生所说的话，但是什么也没说，表情痛苦而扭曲。

光生深呼一口气，恢复了平静，正准备对着手机平静地说话的时候。

结夏的声音　真麻烦。别再打电话过来了。

她说得飞快，很快挂断了，电话那头传来嘟嘟嘟的忙音。

光生再次打过去，手机已经关机了。

光生愣住了……

上剧名

7　秋叶原站·车站前（另一天）

结夏从车站走出来，往前走。

8　人才派遣公司·面谈室

结夏坐在负责人对面进行派遣登记。

结夏　我有过连续六十天的贴标签的工作。其他基本上是接待业务，没有在公司上过班，也没有做过正式工作……

负责人　接待是个伟大的工作哦。

结夏　哎……（盯着）

负责人　嗯？

结夏　……没什么。（眼眶湿润）

负责人　（心想："她怎么了"）现在就业形势严峻，我想你还是找个普通的兼职比较合适。你下周再来吧。

结夏　好的，谢谢。（擦掉眼角的泪水）

9　秋叶原中央大道

结夏走在路上，周围到处都是动漫系商铺，偶像系商铺。

她看着招募女服务员的告示。

10　咖啡馆·店内

结夏在店内角落的座位上，接受店长的面试。

店长　呃,不行啊。

结夏　我觉得也不是不行啊。

店长　我们店是女仆咖啡,不行啊。

周围走来走去的,都是穿着女仆装的年轻女孩。

结夏　嗯,勉强还算可以吧。

店长　是我们觉得你不行。你们这一代人,当时的手机还有天线吧?手机上会挂着闪闪发亮的挂饰吧?

结夏　是挂着呀!

11　秋叶原中央大道

结夏又走在马路上,站在拐弯处皮肤黝黑的男人都并满面笑容地看着结夏。

结夏觉得这人很可疑,眉头一皱。

12　快餐店·店内

结夏坐在窗边的吧台座吃着饭。

都并坐在旁边的座位上。

结夏　其他还有空座位啊。

都并　我不是可疑分子。(拿出名片)

结夏一看,是一家叫 Promotion 的公司。

结夏　难道不是很奇怪吗?为什么晒得这么黝黑?现在才三月份。

都并　我去了趟关岛。

结夏　为什么牙齿这么白?

都并　太太,你是美女,对我们的工作有兴趣吗?

结夏　模特?(很惊讶,但是颇有兴致)

都并　是模特。温泉系的。

结夏　啊,那种?身上裹着浴巾的那种。

都并　对对对,就是这种。

都并拿出了一盒DVD。

结夏一看,上面写着"人妻诱惑温泉"。

结夏　……这个,是没有裹着浴巾的那种啊。

都并　这个是现在超有人气的,已经拍到第12部了。

结夏　是摘掉浴巾的那种吧。

都并　这个嘛,从结果上来讲的确如此。

结夏　不行。

都并　不,你可以的。

结夏　是我觉得你这工作不行。

都并　太太,你是A级的。(伸出三根手指)我们出这个数。

结夏　三亿?(苦笑)我看你们也就能出三十万吧。

都并　三百万。签三部的话,我们出一千万。

结夏　……我回去了。

结夏慌忙拿起上衣站了起来。

13　稻田堤的公寓·房间(傍晚)

结夏回来了,在被炉附近说话。

结夏　有那么零点一秒,我心动了。还没彻底心动的时候,风一吹,我就害怕起来,赶紧回来了。

打扮花哨的朋友佐藤美纪在镜子前化妆。

美纪　你要是想在我们店工作的话,我给你介绍。

结夏　嗯,我对接客也不是很在行。

美纪　要是我的话,能赚一千万的活儿,我肯定接。

结夏　不是吧?没有裹浴巾的哦。

美纪看了看抱着玩具睡着的大辅。

美纪　你们家没有孩子真好。要是有了孩子,就不会说这些奢侈的话了。

结夏　（困惑）对不起……

美纪　我们家没事。你来我家真是帮了大忙。但是以后怎么办啊。

结夏　（不安地点头）娘家又没房间……

美纪　那还要拜托你继续帮忙了。

美纪说着就走出去了。

结夏　你走好。

结夏帮大辅盖好被子，看着都并的名片。

结夏　……（不要不要不要，摇头）

14　绀野家·房间

灯里正打算调整按摩台的位置。

正打算用力抬起来。

突然意识到自己有孕在身，松开手，放弃。

灯里　……

拿上堆积的毛巾正准备去洗手间。

但是中途又放下来，返回。

拿起放在一边的手机，拨打。

等待电话接通。

灯里　……（电话接通了）喂喂。妈妈。

说话的瞬间，灯里的声音哽咽了。

15　道路

岛村在车内吃便当，光生在外面拨打灯里的电话。

电话是忙音，断了……

找出谅的号码，试着拨打。

光生　……啊，喂喂，上原？啊，我是滨崎。不是，我是滨崎。真的。滨崎。喂喂？哎，你在笑什么？滨—崎—。要让我说几次？栗子。你在吃栗子吗？不，行行行。为什么？行了行了。暂且，栗子，请把栗子全部吃完。行行，没关系。我等着。我不会挂电话的。（深呼吸一口，等着）……喂？哎？我没挂电话，没挂呢。我不会挂的呀，我还没说正事呢。嗯。我听得见。这么说，你还在吃啊。哎？不对。滨—崎—。行了。你就一边吃栗子一边说好了。喂喂？喂喂？上原？喂？哎？你是谁啊？上原呢？麻烦让上原接电话。滨—崎—。

16 卡拉OK店·店内（夜里）

光生和谅走进店内深处。

谅　对不起，总觉得哪里有点。（笑着）

光生　你在笑什么？

谅　（笑了）好像你已经说了好几次名字了。

光生　问的人是你吧？（环顾四周）我有重要的事情，想在安静的地方说话。

谅　包厢。

光生　那个，绀野有联系你吗？

谅打开了包厢的门。

里面有四位年轻女性正在唱歌。

谅走进去。

光生　那个，上原……上原！

17 同·包厢·里面

光生的两边坐了两名女生（步美、美咲），谅身边也坐了两名女生。

步美　你叫什么名字？

光生　滨～崎～。

谅和女生们气氛高涨地碰杯。

步美　滨崎先生是做什么工作的呢？

光生　自动贩卖机的设置工作。

美咲　打开贩卖机之类的吗？

光生从包里拿出一串钥匙给她看。

光生　用这个打开。

谅和女生们气氛高涨地碰杯。

光生虽然搞不清楚状况，但也有点得意。

步美　滨崎，我们这里面，谁是你喜欢的类型？

光生　哎……（环顾四周）

步美　比起上原，我更喜欢滨崎。

美咲　我也更喜欢滨崎。

光生　哎，美咲。（迷惑，看着步美）那就你吧。

美咲　滨崎刚才选得好认真。

谅和女生们气氛高涨地碰杯，还喷了彩带筒。

女生们正在唱歌，光生走到谅的旁边。

谅　（一边笑一边说）滨崎，你真有意思啊。

光生　好笑吧？

谅　和你遇到，真好。

光生　我不想见你，但是我有事要说。

光生看着谅，正准备说灯里的事。

光生　……你说过，要改变生活方式吧。

谅　啊。

光生　然后和灯里重新来过吧。

谅　滨崎。

光生　你既然都说了，那眼前这个样子，又是什么情况？随时可以开始国王游戏，都不会觉得奇怪……

谅　你和灯里已经上过床了吗？

光生　……你在说什么啊?

谅　(一边笑一边说)滨崎,你真是个有意思的人。从我身边把灯里抢走了,难道你觉得我不会生气吗?

光生　……但是,你……

谅　(表情变得严肃)我其实对你有杀意。

光生　(表情变得严肃)就在刚在,我心里也萌生了杀意。

谅抓起了沙锤,轻轻往光生头上敲。

光生也抓起了铃鼓,轻轻敲谅的头。

两人互相敲着,手上的道具不断发出愚蠢的声响,渐渐当真起来。

光生　你,太差劲!太差劲!

18　目黑川沿岸

光生一边揉着被打疼的头一边回来,正准备往家走的时候。

灯里的声音　光生。

他回头一看,灯里从对面走过来。

光生　啊……(安心的表情)

19　滨崎·LDK

灯里坐在沙发上,看着猫。

灯里　对不起啊,让你给我打了好几次电话。

光生换好衣服走出卧室。

光生　(回头)要喝点什么吗?

灯里　不用了。

光生走到灯里的面前。

光生　(对她微笑)

灯里　(回之以微笑)

光生　要喝点什么吗?

灯里　(内心觉得奇怪)嗯。

光生走到厨房,做准备。

灯里　(一边看着猫一边说)叫什么名字来着?

光生　黑色的叫玛蒂尔达,茶色的叫八朔。

光生往水壶里灌水,放到灶台上。

灯里　这附近路很窄,很适合猫咪。

光生　是啊。

灯里　真是个不错的地方啊。来了之后发生了很多事,还遇到了你,真好。

光生　嗯?

灯里　和不说谎的人在一起,感到安心。

光生　……啊。

光生洒了红茶,开始捡茶叶。

灯里　我想结夏也知道的。

光生　哎?

灯里　和认真的、不说谎的人在一起,自己也可以做自己。很安心。

光生　没人说过我能让人安心。

灯里　这就是生活啊。不说谎,就是生活。虽然我觉得你,(苦笑)是个很麻烦的人,但是考虑到这一点,我还挺喜欢你的。

光生　……(苦笑)怎么觉得你把一辈子的表扬都夸完了。

灯里　是把一辈子的表扬都夸完了。

光生　哎。

灯里　本来说不定我们会谈恋爱,我之前也有这样的预感。

光生站起来,看着灯里的方向。

灯里　但是,并没有成真。没有成真,我现在用表扬来弥补了。

光生　……灯里。

光生回头看了下灯里,准备走过去。

瑜伽球掉到了地上。

光生看到瑜伽球，停下来了。

光生　（想起了结夏）……

灯里　嗯？

光生　……我也帮不上什么忙。

灯里　（察觉到了他的想法）……

光生　什么也……

灯里　（微笑）没事，都是机缘巧合。谢谢。

光生　……

灯里　你在烧水啊。

光生一惊，赶紧去关火。

他关了火，一直站在那里看着水壶。

灯里看着这幅场景。

灯里　我会生下来的。

光生　……

灯里　生下来，抚养大。我要做妈妈了。

光生　……

灯里　谢谢。我已经平静了。

光生　……上原呢？

灯里　（摇头）

光生　你最好和上原说一下……

灯里　（摇头）

光生　我刚才和上原……

灯里　因为是我的。就只是我的。

光生　一个人的话……

灯里　不是一个人，会变成两个人的。

光生　……你不害怕吗？

灯里　（虽然充满不安）……不怕。

灯里好像想起了谁。

灯里　我想做妈妈。那对我来说，是没有谎言的生活方式。

光生　……

灯里　（微笑）嗯。

光生　（担心）……

20　美术大学·教室

微弱的灯光下，摆放着一些学生作品，还有酒瓶和纸杯。

谅站在窗边，打开窗。

这里是三层楼的教室，能看到某座大楼的红色航标障碍灯一闪一闪的。

谅盯着看。

21　滨崎家·LDK（另一天）

厨房里还放着昨天烧水的水壶，两份杯子和盘子，还有红茶茶具。

光生刚睡醒，从卧室走出来。

他走到厨房，看到还放在远处的杯子，想着要收拾一下，但是转身又回了客厅。

他坐在椅子上，纠结着……

22　秋叶原中央大道

结夏从派遣公司回来，穿着西装走在路上。

都并还是站在同样位置的拐角处，笑着看着结夏。

23　快餐店·店内

结夏和都并在桌子上面对面坐着。

结夏　我老公也不是什么坏人，但是怎么说呢，有点神经质，或者说不信任别人吧。

都并　不信任别人？

结夏　讨厌别人吧。

都并　就是说，你先生像幽灵公主那样？

结夏　嗯，不一样啊。

都并　我是认真的，如果太太你来的话，给你八百万日元。

结夏　你之前不是说过一千万吗？

都并　你记得啊！你是不是有兴趣！

结夏　那个，我，还没有堕落到这个程度。

都并　太太，现在的人就算不堕落也会来我们这儿干的。离婚的有好多来干的。大家都只是普通人而已。

结夏　（苦笑）是啊。像我这样干什么都不行的人，怎么能瞧不起别人呢？

都并　不是不是，太太你很漂亮。

结夏　……

都并　你还年轻，不试试怎么知道自己无限的可能性？

结夏　（不安）……我回去了。

结夏慌忙拿起外套站起来了。

都并　你真的很漂亮！PS一下，看起来只有二十岁！

24　稻田堤的公寓·房间

结夏、美纪、大辅在吃鳕鱼子意面。

结夏　被那么可疑的人表扬，觉得很奇怪啊，但是又有点沾沾自喜。

美纪　嗯。

结夏　这个人是想骗我吧，但是被骗了也没什么。有利害关系的人就是温柔啊。

美纪　是的是的，就是这个原因我也迷上了牛郎。

结夏　其实我就是想被人表扬，被人承认……（苦笑）这是常有的事吧？

美纪　是的，这种烦恼是最痛苦的。

结夏　（自嘲地微笑，吃着东西，对大辅说）吃完之后我们去公园吧。

美纪看着都并的名片。

25　美术大学·走廊

光生走在拿着作品的学生之间，看到产品设计系的标志，往前走着。

和他擦肩而过的学生里，有一个叫千寻的女生。

他们注意到对方，互相回头，点头打招呼。

光生　请问，上原他现在……

千寻　在医院。

光生　医院……

26　同·教室

光生和千寻站在窗边，打开窗户往下看，看到了楼下的树。

千寻　就是那棵树。他从这里不小心掉下去了。

光生　不要紧吧？

千寻　也不是完全不要紧，但是还好，不是很要紧，现在在医院呢。

光生　啊。

千寻　好像喝得很醉……反正不关我的事。

千寻脸上浮现出悲伤的表情，走了。

光生　（看着楼下的树，感到不安）

27　医院·病房

光生一进来就看见谅在里面的床上给护士和女患者表演魔术。

谅脱臼的肩膀上绑着绷带。

光生无语。

谅刚发现光生站在那儿，光生就转身走出了病房。

谅　　滨崎……？

28　同·楼梯附近

生气的光生走下楼梯。

穿着睡衣的谅从后面追上来了。

谅　　滨崎，你来看我了吗？

光生停下来，回头盯着谅看。

谅　　你还在为之前的事生气吗？

光生　你为什么从窗户掉下去了？

谅　　……我记不得了，喝得很醉。

光生　要是喝醉的人都一个个掉下去的话，五楼六楼都不会有居酒屋了。你是自己打开窗户的吧？

谅　　……可能吧。

光生　我不知道你做了什么，也不知道你是怎么做的，但是你是自己开的窗户吧？

谅　　……是三楼。

光生　（兴奋）那下次就是四楼？再下次就是五楼？第几次会到屋顶呢？

谅　　（避开目光）

光生　这种事，这种事大家都遇到过，谁都会想很多……啊，好了，没什么……

谅　　是吗？那我告辞了。

谅转过身去，走上了楼梯。

只剩下光生一个人。

看起来很纠结的样子，跺着脚。

29　同·走廊

患者人来人往，谅的背影夹杂其中，他正准备走回病房里。

光生急匆匆地赶过来，对着谅的背影咆哮。

光生　你有孩子了！

背对着他的谅停下了。

光生　她怀了你的孩子！

谅慢慢地转过来。

谅　（锐利的眼神）

他走到光生身边，和光生相对而立。

谅　（盯着光生）谢谢。

光生　（也盯着他）不用谢。

谅越过了光生，向前跑着。

光生就一直背对着他……

30　稻田堤的公园

结夏给大辅重新围好围巾。

结夏　嗯，好啦。

大辅跑向秋千的方向。

结夏看护着他，这时候手机的短信声响了。

结夏一看，是亚以子发的两只猫的照片。

短信里写着"最近好吗？可能有点突然，我最近搬到儿子的住处河口湖了。"

结夏表情扭曲，咬着嘴唇，眼角泛红。

大辅的秋千发出嘎吱嘎吱的声音。

31　稻田堤的公园

结夏看着猫的照片，露出放空的表情。

突然听到什么声音，那是大辅在哭。

结夏一惊，抬头看。

大辅摔倒在秋千下面。

32　稻田堤的公寓·房间

美纪正在往大辅的脸颊上贴着膏药。

结夏正坐，很担心。

美纪　没事没事。喝点果汁。

大辅走向厨房。

结夏　（低下头）对不起。

美纪　（笑着）好了，谁都会走神的。我都是放养不管的，这种……

结夏　对不起。（含泪）

美纪　哎……等一下，什么，不是吧？你怎么怪怪的啊？我们去喝酒吧，我把大辅丢给前夫吧，嗯？

结夏　（流泪）……

33　绀野家·房间

灯里趴在地上，把电线弄到墙壁旁边，这时玄关处响起了敲门声。

她走到玄关处，开门。

谅脚上穿着印有医院名字的拖鞋，身上穿着睡衣，打着绷带。

灯里　……

灯里和谅面对面坐下。

谅看起来诚惶诚恐，对自己的形象感到害羞。

谅　我这个样子……（苦笑）

灯里　（微笑）你怎么了？

灯里还像以前一样，语气温柔。

谅　总之（苦笑），对不起。

灯里　(虽然不清楚发生了什么)你要小心点。

谅　好的。

灯里　(等着)

谅　……去医院了吗?

灯里　(指着谅)?

谅　(指着灯里)

灯里　(点头)去了。枪崎的医院。

谅　啊,是吗?

灯里　(没有说什么)

谅　……怎么样?

灯里　两个月了。

谅　(点头,反复点头)孩子怎么样,那个(摸着自己的肚子),挺健康的吧?

灯里　嗯,我做了B超,能看到他动了。

谅　(点了好几次头)那个,你手上有B超的照片吗?

灯里　有。

谅　(害羞地)我想看。

灯里　不能给别人看。

谅　……

灯里　这两个月,你也知道自己在外面都干了些什么吧?你这个样子,哪好意思说这是你自己的孩子啊?你没有资格的吧?你脑子里只有搞女人。

谅　……

灯里　(苦笑)我觉得你这样不错。能这样生活的人,也有让人羡慕的地方。忘了我吧。你再去找形形色色的女人不就行了?所有的一切马上都会被淡忘的。

谅　……

灯里　好了,我这儿马上要来客人了。

但是谅坐着不动。

灯里　喂,你在这儿很碍事。

谅　(瞪着灯里)

灯里　怎么了……!

谅　(瞪着灯里)忘不了。忘不了。

灯里　……!

灯里有些害怕,转过身走了。

谅起身,追过去。

灯里走到玄关,打算走出房间。

谅想抓住灯里的胳膊,灯里甩开了他。

但是谅抓住灯里的肩膀,把她转向自己这边。

谅盯着灯里,让她坐下。

自己也坐到灯里面前。

谅　我想见他。我想见这个孩子。

他看着灯里和灯里的肚子说。

灯里转过脸去……

谅　我来你家的时候,一直在想,想这个孩子的小手,这个孩子的小脚,我想象着这个孩子慢慢长大。我一直在想。一起泡澡,他骑在我的肩膀上,和我说话,个子长高时,在墙上做记号测量身高。我一直在想。

谅流泪笑着。

谅　一下子就长大了吧。我还想起了说这些话的我们。我和灯里都上了年纪,互相叫着孩子他爸,孩子他妈。现在也是这样想的。我觉得这个房间里有三个人,不是两个人,而是三个人。所以,所以我忘不了。我一直会想着这个孩子慢慢长大成人,肯定一辈子都忘不了。对不起,灯里。我想成为这个孩子的父亲，我想他叫我爸爸，我想我们三个人一起生活。

灯里　（直直地看着他）

谅　对不起，我想和你们成为一家人。

灯里　……

灯里背过脸，走进了房间深处。

谅　灯里……

谅不知道灯里有没有想通，老实地等待着。

34　同·洗手间

灯里走进去，关上门，呕吐。

灯里　……真麻烦。

这句话听起来包含着复杂的情绪。

35　目黑川沿岸

光生有点担心，在桥上看着灯里和谅怎么样了，这时谅走过来了。

他穿着灯里借给他的外套，很沮丧的样子。

36　大排档的关东煮（夜晚）

光生和谅并排而坐，喝着酒。

光生　怎么样了？

谅　（歪着头）她说要来客人了，再联系。

光生　哎，那是什么意思？女人说再联系，实际上不会再联系了吧？

谅　你别说得这么直白啊。（失魂落魄）

光生给谅的酒杯斟酒。

谅　啊，谢谢。

谅也给他斟酒。

光生　啊，谢谢。

两人喝酒。

光生　真是搞不明白啊，她们。

谅　是啊。

光生　我在想，结婚是不是男同、女同比较顺利？啊，不，也不是。

37　某个俱乐部・店前

结夏和美纪走到一个播放着轻柔音乐的华丽店铺前面。

结夏穿着美纪借给她的华丽衣服，戴着首饰。

结夏　（害怕）我还是不行……

这时都并从店里出来了，笑着挥手。

结夏　哎……为什么？

美纪　我邀请的。

结夏　什么，这么说那个人……我要回去。

但是美纪拉住了她的手，和都并一起走进了店内。

38　某个公园（另一天）

光生搬好东西，叹了口气，看了下手机有语音留言，就点了播放。

是谅的声音。

谅的声音　哎，啊，那个，滨崎？是滨崎吗？我是上原。呃……是滨崎吗？滨崎……

光生　（有些烦躁，不由自主地说）我是滨崎。

谅　我是上原。

光生　你已经说了好几次了……

谅的声音　我和灯里重修旧好了。

光生　（呃）……

谅的声音　昨天我们谈了，还是准备奔着结婚去……这个号码是滨崎的吗？

光生　我是滨崎。

谅的声音　喂喂？

光生　喂喂。

谅的声音　滨崎？

光生　你是在语音留言啊，语音留言。不对，我也真是的。

谅的声音　如果可以的话，今晚你、结夏能和我们一起吃饭吗？

光生　（呃）……

39　沿河的咖啡馆·店内（夜晚）

光生给里面的桌子铺上桌布，摆上香槟酒杯，认真地调整座位。

智世拿出冰镇香槟。

智世　这样真的好吗？你这次很大方啊。

光生　是庆祝。不过她怀孕了，干一杯就好。

智世　听说结夏也来？

光生　我给她发了手机邮件的……

这时，灯里来了。

智世　啊，恭喜你啊。来得好早。

智世让灯里进来，自己走向了厨房。

光生　（笑着迎接）请坐在这里，啊，那里。

光生拉了把椅子，灯里坐下了。

灯里　谢谢。

光生　呃。（看着入口处）

灯里　啊，我先来了。

光生　啊，是吗？那这个回头喝吧。

光生正准备放下香槟。

灯里　可以的话，我们俩先干杯？

光生　但是……

灯里　（指了指前面的座位，请光生坐下）

光生　上原很开心吧？

灯里　嗯。

光生　上原是不是都感动哭了？

灯里　（微笑）

光生把香槟倒入酒杯。

光生　真的挺好的。

灯里　谢谢。

光生　我真的这么想，真的挺开心的。

灯里　我知道。你比我还高兴。

光生　（笑了）但是，发生了那样的事，不是，也不用一一列举了，没想到会有这样的大逆转，你还对上原有着这样的爱情……

灯里　我对他没有爱情。

光生　什么？

灯里　我现在不爱他了。

光生　（不清楚状况，愣住）……

灯里淡淡地微笑着说。

灯里　发生了那样的事，不会这么容易就改变的。

光生　……咦，对不起。是不是我听错留言了。

灯里　没有爱情了，但是我会和他结婚。虽然难以置信，但我会和他结婚的。

光生　……对不起，我不太明白。

灯里　不是有了孩子吗？我和他的。

光生　是……

灯里　我只是做了个现实的选择。

光生　……

灯里　啊，但是你别误会。我想我们会相处得很好的，本来性格就合拍，过日子也不会吵架的吧，我想会过得不错的。我知道他最喜欢孩子了。

光生　但是，你们之间没有爱情吗？

灯里　因为我被背叛过。

光生　……上原已经反省了很多了。

灯里　我想他是有所反省。但是，我觉得不知道什么时候，他又会出轨。

光生　不会发生这样的事了，上原说他会改变的。

灯里　（微笑）人是不会变的。

光生　……

灯里　我们不是十几岁了。现在的自己就是自己。觉得人会改变就像借钱一样，必须在工资里扣掉欠款。

光生　不是，但是……

灯里　没关系。我会处理好的。

灯里带着自信，露出毅然决然的笑容。

光生　（呆呆地）……

灯里　哎，这个什么时候喝？

灯里举起香槟。

灯里　快点干杯吧。

光生也举起了香槟。

光生　……为什么跟我说这些？

灯里　（稍微歪了歪头）可能，现在比起他，我更喜欢你多一点吧。

光生　为什么现在说这些？

灯里　（微笑）要报十年前的仇。

两人举起酒杯碰杯，小口喝着。

传来了智世说“晚上好”的声音。

光生回头一看，谅笑着进来了。

谅　　（满面笑容）晚上好。

光生　（难受地看着）……

灯里　我们先喝了。谅，坐这里。

灯里指了指旁边的座位，谅坐下来了。

光生呆呆地看着两人。

灯里　滨崎说。

谅　　嗯。

灯里　他说，你开心得眼睛里都流出口水了。

谅　　哎，滨崎，你眼睛里流出过口水吗？

光生　（歪着头暧昧地微笑）

光生、灯里、谅喝香槟，吃饭，笑着开心地说着话。

光生旁边的位子空着。

40　亚以子的房间

吃好饭的光生一进来，就看到亚以子的衣物已经整理好了，有几个纸箱。

亚以子在里面房间里整理衣物。

亚以子　谅他们已经回去了吗？

光生　嗯……

光生坐到亚以子的旁边。

光生　……河口湖那种地方，什么都没有啊。

亚以子　你没吃过馎饦①乌冬面吗？很好吃哦。

光生　那儿很远的，很难见上一面，小佛隧道一直堵车。

亚以子　你要是以为奶奶会一直在，就大错特错了。

---

①　山梨县的著名乡土料理，是将手擀面，时令蔬菜、味噌混合在一起炖煮而成的面食。

光生 ……哎,你在说什么? 你在的啊。

亚以子 (看着光生)就像彩色铅笔一样,重要的东西总是最先消失。

光生 ……

41 滨崎家·LDK~卧室~LDK

光生回来了,打开灯,走进了房间。

房间里有两只猫。

光生 我回来了。

光生站在厨房,制作味噌汤,烤鱼,切蔬菜。

光生坐在桌边默默地吃着饭。

光生在厨房洗碗筷。

光生洗好澡,一边用电吹风吹头,一边打理盆栽。

光生走进卧室,钻进被子,戴上眼罩睡觉。

猫咪在房间里玩,开了灯。

光生从卧室里走出来,去厕所。

猫咪在房间里玩。

光生抱着双膝坐在厕所地上。

猫咪在房间里玩。

光生抱着双膝坐在厕所地上,头伏在膝盖上。

只能听到水流的声音。

过了很久。

光生不由自主地发出了声音。

光生　结夏。

猫在房间里玩。

光生从厕所回来，拿起桌子上的手机，坐下来，打电话。电话响了很久，对方接了。

光生　喂！喂？喂？结夏？

结夏的声音　干吗？

光生　（放心了）嗯，没什么……

结夏　嗯？

光生　嗯……我想着你在干什么呢？

结夏的声音　现在？

光生　现在啊……话说，明天你有事吗？

结夏的声音　明天我有约了。

光生　啊，这样啊……什么？有什么急事吗？

结夏的声音　我啊。

光生　哎？

结夏的声音　我在想要不要当演员。

光生　哎？

结夏的声音　演员。

光生　……哎，对不起，什么演员？

结夏的声音　演员啊。

光生　你？

结夏的声音　好像可以当演员，以我的水平。

光生　（苦笑）你在说什么啊？

结夏的声音　所以我想，试试看也不错。

光生　你傻吗？

结夏没有说话。

光生　这种你当不成的吧?

结夏的声音　你怎么知道?

光生　这……

结夏的声音　有人跟我说,我可以当。说我漂亮。只要PS一下……

光生　你不是被骗了吧?

结夏的声音　……啊,行了,你这样想的话。

光生　不是,这……

结夏的声音　再见。

光生　哎,等等,不是……喂喂?

42　某个俱乐部·寄物柜处~舞池

结夏站在墙角,关了手机。

她抬起头,打开门,走进了灯光昏暗、放着音乐的舞池。

美纪和都并靠在一起跳着舞。

他们看到结夏,挥手喊结夏过去。

结夏空虚的表情一下子变成了笑脸。

43　滨崎家·LDK

光生把手机贴在耳边,看着前面。

光生　……结夏?喂?我有话想对你说。我有话想对结夏你说。壁纸也差不多可以换了吧?这样心情就会有很大的变化。另外,你想要洗碗机的吧?要不买一个吧,好像有便宜的。另外,可能是不相关的事,吉川晃司什么时候把头发染成那种颜色了?前不久我看电视的时候就想问你的。还有,我们家的玻璃布丁杯子没有用得上的地方啊,就只能放放腌菜,我又不吃腌菜。结夏?你最近没有更新facebook吧?结夏,我,我……

光生不经意地看着座位。

这是结夏平时坐的椅子。

他站起来,就这样拿着手机坐到椅子上。

坐着看看周围,又看着前方。

用结夏的视角看看窗户的方向,不经意间注意到了什么。

光生　……结夏,对不起。我把盆栽移开点吧,你说想在阳台上喝茶来着。

光生把手机放到了桌子上。

刚放下,手机响了。

光生急忙拿起手机。

光生　喂!

多田的声音　喂,滨崎?

光生　……

多田的声音　刚才我发了邮件,明天你来吗?你是老成员了。

光生　……好的,我去。

44　秋叶原车站·前面(另一天)

光生穿着棒球服,站着。

多田的声音　滨崎。

一看,多田和几个同伴走过来了。

但是他们没有穿棒球服。

他们穿着原色的法披和T恤,看起来像是叫作"电波组.inc"的偶像团队的周边商品。

众人裹着头巾,手里拿着荧光棒。

多田　哎,你怎么回事,今天不是打棒球啊?

光生　啊,对不起……

45　秋叶原中央大道

光生、多田和同伴们来到演唱会现场的电器店前。

光生穿着华丽的法披、T恤,裹着头巾,手里拿着荧光棒。

多田　你学我们喊口号就行，总之先看了今晚的现场演出再决定支持谁。

光生　好的。

46 商店内的现场·场内

场内站满了观众，穿着五颜六色的衣服，举着荧光棒。

光生被推来推去。

他心想："这是怎么回事?!"害怕地环顾四周。

他无法忍耐，打算逃出去，又被推回来，无法出去。观众席的灯灭了，音乐响起，灯光闪耀。

电波组.inc的成员登上舞台。

全场欢呼，观众纷纷向前挤，光生也被挤到了最前面。歌曲(《W.W.D》)开始了，观众一起挥动荧光棒，喊着成员的名字。

光生被簇拥着，不得已看向舞台。

表演者竭尽全力地跳着。

舞台和观众席之间强烈共振。

光生呆呆地看着这一切。

光生的眼神仿佛在注视某种耀眼的东西。

他逐渐充满了活力。

光生举起右手，举起荧光棒。

观众席上的所有人都配合着成员的节奏打call。

光生也举起荧光棒，竭尽全力地大喊。

光生　urya-oi! urya-oi! urya-oi! ①

第10话　完

---

① 表演者号召观众喊的口号。

第11话

1　滨崎家·LDK

水池里还放着盘子，房间里散乱地放着衣服和袜子。

两只猫开心地玩耍着。

窗帘飘动，阳台的窗户开了一点。

2　秋叶原舞台·店内

舞台上举行着电波组.inc的现场演出。

满员观众席的最前排，是用自掏腰包的衬衫全副武装的光生。

光生　啊，预备，开始！

两手各拿着三根荧光棒，随着成员的节奏跳舞，呼喊着。

演出结束后，舞台上演员和观众在握手。

旁边有卖CD的摊位，还分发握手券。

背着帆布包的光生和多田一起站在队列里。

多田　滨崎，你跳得很好嘛，节奏踩得很好。

光生　梦眠她回应我啦。

轮到光生了，他掏出一万日元。

光生　请给我来十张。

他拿了十张一样的 CD,又拿了握手券。

他走上舞台,和成员们握手。

光生　你剪头发了? 很适合你啊。

对方道谢,光生很开心。

光生被后面的工作人员推着向旁边走,他走到旁边的成员前又握手了。

光生　我看了你的博客!

握手结束后,光生和多田一边走下来一边说话。

光生　啊,真是天使。被治愈了啊。被救赎了啊。我缺的就是这个啊。

3　沿河的咖啡馆·店内(傍晚)

亚以子正在跟熟客打招呼。

亚以子　是的,明天出发。承蒙你的关照。

光生、智世和继男在吧台处说话。

智世　爸爸说他会开车来接的。到时候也请跟他说一下离婚的事儿。

思绪复杂的光生。

亚以子回来了,手上拿着小小的花束。

亚以子　收到花了。

光生　奶奶,我有言在先,河口湖那儿可没有职业摔角比赛。

亚以子　还有很多没看的 DVD 呢。

智世　你啊,奶奶明天就要走了,你现在还不死心呢?

光生　那还不是因为……

光生站起来的瞬间,放在身边的帆布包掉在地上,里面掉出来大量的 CD、发光的荧光棒、法披等。

智世　（捡起发光的荧光棒，看着）这是什么？

光生　……别人寄放在我这儿的。

继男　咦？

继男解开光生的外套，里面的T恤上赫然印着电波组.inc的六人全身写真。

智世　啊，这样啊，你最终还是去了那儿？

光生　是啊。这是，这是我活着的地方！

4　滨崎家·走廊～LDK

光生回来了，经过猫咪尿尿的地方，捡起猫的玩具，走进房间内。

光生　冷……

窗帘晃动，窗户开着。

光生一看，正准备关上窗户，突然意识到了什么。

回头，环顾四周。

光生　玛蒂尔达？八朔？

房间里一片寂静。

光生　……哎？！

5　目黑川沿岸

光生一边环顾四周一边跑着。

光生吹着口哨，发出“咂咂”的声音，一边喊着“玛蒂尔达、八朔”，一边搜寻。

光生到处查看，看后街路，看树木的后面，看屋顶上。

6　沿河的咖啡馆·店内

光生正准备进去，站在门前的智世把光生推出来了。

智世　干什么？（不悦的样子）

光生　什么干什么？让我进去一下。

接着，继男也来了。

继男　现在很忙。

光生　不是不是，我想这边是不是没找过。

亚以子站在吧台前。

亚以子　什么事？

光生　玛蒂尔达和八朔不见了！

躲在吧台下的结夏站起来了。

光生　哎……哎，你怎么在？

不安的结夏从吧台里走出来。

智世　不见了是怎么回事？

光生　不知道啊，我回到家的时候，阳台的窗户是开着的……

结夏越过光生，跑到外面。

光生　哎？

亚以子　她是来和我道别的。

光生　（反应过来）……

亚以子　快点一起去找吧。

光生点了点头，走出去了。

7　目黑川沿岸

光生和结夏一边跑一边找猫咪。

8　上原家·房间

灯里和谅正在写结婚申请书。

灯里按了印章，一切都完成了。

两人四目对视，感慨颇深。

谅　保证人那一栏，我们让滨崎他们写吧。

谅正准备拿结婚申请书的时候，灯里说等等。

灯里　谅，我想问问你。

谅　（内心害怕）嗯？

灯里　为什么之前没有好好提交结婚申请？

谅　……我去了目黑区区政府的。我想提交的，结果朋友突然打来了电话。

灯里　嗯。

谅　说是他养的狗不见了，叫我一起去找。我找着找着，嗯，就……

灯里　这种理由？我还是第一次听说。

谅　这次没事，这次我们一起去……

有人敲门的声音。

灯里和谅走到玄关，开门一看，门口站着的是火急火燎的光生和结夏。

谅　啊，刚好，现在……

光生　我们家的猫不见了。

结夏　你们看到没有？

光生　能帮我们一起找吗？

灯里和谅看看彼此……

谅　对不起，现在我抽不开身。

光生和结夏感到很意外。

谅　要是能找到就好了。

但是灯里把结婚申请书往抽屉里一塞。

灯里　我们来帮忙找。

9　目黑川沿岸

光生、结夏、灯里和谅都在寻找猫咪。

光生一边找一边走着。

结夏在桥上,用沉重的表情看着河水。

光生站在她旁边。

光生　……你别看这种地方。

结夏看着河水,嘟囔着说。

结夏　不是有这种说法吗……

光生　嗯?嗯?

结夏　猫咪这种动物,在死亡之前会从主人的面前消失。

光生　……这种话(不要说)。

结夏　已经找不到了。

光生　你在说什么?它们会回来的,会回来的。

结夏的表情很虚无。

光生　……(惊讶)

上剧名

10　滨崎家·LDK

玄关处掉落着猫的玩具。

结夏站在阳台上,看着外面。

光生准备好了猫粮,放在地上。

光生　虽然挺冷的,还是把那边窗户打开吧。

结夏不回答,仍然看着阳台。

光生　你洗澡吗?洗个澡暖和一下比较好。

光生走向厨房,按下了热水键,又回到了房间里,自己也感到不安。

光生　啊,怎么说呢,从没发生过这种事情。啊,在外面是挺担心的,但是没关系的。应该不会走远,肚子饿了就会回来的。肯定在哪里待着呢。没关系……

结夏不回答。

光生　哎……你这样一个劲儿地把事情往坏的方向想有什么用啊。

因为不安，光生情不自禁地说得很苛刻。

结夏一直蹲着，突然哭出声来。

光生感到吃惊，焦急。

光生　对不起。对不起，结夏，没事的。来，坐到这边。

光生扶着结夏的肩膀，把她带到沙发边。

结夏仍然捂着脸哭泣。

光生　……肚子饿了没？我做点什么吃吧？好像还有点什么，有生的意面，做个意面吃吧？你有没有什么想吃的？要去买点什么不？你吃冰激凌之类的吗？吃冰激凌吗？

结夏不回答。

光生　你有没有什么想吃的？有吧？你有没有什么想要的？

结夏　没有，什么都没有。

光生　……

光生低下了头。

但是他抬起头，微笑着把手放到结夏肩膀上。

光生　我给你泡杯热可可。我泡两人份的。你要是想喝的话，就喝吧。好吧？

结夏没有回应。光生走向厨房。

他往水壶里灌水，开始烧水。

他往两个杯子里放了可可粉。

放进去之后，又想起了什么，微笑。

光生　……是名古屋城吧。（转向结夏的方向）你还记得吗？哎。名古屋城和白色恋人。

11　回忆

神社前面。

鸟居的旁边有个名古屋城的塑料模型箱子，里面放着两只猫。

光生看着猫喵喵地叫着。

滨崎家。

光生手里拿着名古屋城的塑料模型箱子，两只猫把脸和手脚伸出来了。

结夏手上拿着装着两只仓鼠的白色恋人的盒子走出来迎接他。

结夏　怎么会有猫？

光生　怎么会有像仓鼠一样的东西？

结夏　是仓鼠。朋友家一下子生了十八只。（笑了）

光生　为什么在我捡来猫咪的时候，你领养了仓鼠？

结夏　有什么关系呢？就像汤姆和杰瑞一样的感觉。

光生　那只是动画片，现实生活中会一塌糊涂的吧？

结夏　哎，朋友还觉得十八只变成了十六只很开心呢。

光生　偷偷地还回去，十六只变成十八只，也不会注意到的吧？

结夏　（思考）……确实不会注意到啊！（笑着）

12　滨崎家·LDK

光生往可可粉里冲开水。

光生　（笑着）然后，我们两个人一起，把仓鼠放在口袋里，偷偷地送回去了。

光生把装着可可的杯子端给结夏，让结夏端着杯子。

结夏表情严肃，仍然低着头。

光生　它们肯定是回到了那个制作名古屋城的人那儿了。它们有记忆的。我们去找找那种制作名古屋城的人，说不定能找到玛蒂尔达和八朔……

结夏抬头看，看看钟，把可可放在一边不喝。

光生　啊，你困了？我在这里等着，你去里面睡觉吧。它们回来之后，我喊你起床。

结夏拿起包，准备回家。

光生　哎……都这么晚了。

结夏转过脸去，看着光生。

结夏　明天我还有约。（好像隐藏着什么秘密）

光生　（对结夏的表情感到疑惑）这样啊。啊，但是已经没有电车了。你怎么走，去哪里？

结夏　……

光生　嗯？

结夏　……

结夏走出去了。

光生　等一下。我送你，我送一下你。

结夏在玄关处穿鞋。

鞋子的后跟穿不上，她用手去拔。

她着急了，直接踩上去，就准备这样出门。

光生看着结夏的背影，这时结夏正把手放在门把手上。

光生　（认真的表情）等等。

结夏停下来了。

光生　明天有什么约？回哪里？朋友家？明天是什么约会？

结夏　……（看着光生，露出脆弱的表情）

光生　（感受到她的脆弱）你等等，等一下，我有话跟你说，你回来。

光生推着结夏的背，让她转过来。

结夏　我回去了……

光生 坐下来。

光生抓住结夏的肩膀，让她坐到椅子上。

慢慢地松开手，确认结夏不会站起来，光生自己也坐到椅子上。

光生 结夏。（开始询问）

结夏 ……就是，就是那个《人妻诱惑温泉》。

光生 ……

结夏 你知道吗？

光生 （摇头）不知道啊……

结夏 是吗？

光生 哎，什么？那是什么，什么温泉？

结夏 就是，我会出镜的。

光生 ……

结夏 就是试镜，或者说面试？我不知道，就是从早上就开始。

光生 那个，那个，那个温泉，有没有浴巾之类的……

结夏 （避开目光）

光生 ……啊，啊。啊，那种啊。这就是你之前说的女演员啊。那时候你说的就是这个啊！

结夏 你声音太大了……

光生 你之前故意没说全吧，故意说得那么含糊。那种女演员，不行的！不行啊！不行不行不行，绝对不行，不准去！

结夏 怎么了？

光生 你听我的，那个温泉绝对是不可以进去的温泉。为什么呢，因为那个温泉，浴巾是……

结夏 解掉的吧。

光生 解掉的。你知道吗？

结夏 我知道。

光生　你知道？你知道?！你冷静点吧！

结夏　我很冷静。

光生　去温泉要解开浴巾。解开，就像是橘子被剥了皮的状态？

结夏　（表情不变）

光生　就像在电车里看没包书皮的书，大家都知道你在看什么书。

结夏　（表情不变）

光生　这个比方你不懂吗？等等，等一下。你别动，就在那儿。我马上就回来，马上！

13　茑屋中目黑店・店内

光生急匆匆地赶过来，走到成人书的角落。

闭幕，能听到光生的声音。

光生的声音　哇，哇，这不行，这不行。太危险了。

14　滨崎家・LDK

光生气喘吁吁地赶回家，把茑屋的袋子放到结夏面前。

光生　你看吧。事态很严重。我和稻妻都会感到不好意思的。打工的店员稻妻，（指着胸前的名牌）这里写着稻妻。

结夏　什么意思？

光生　不是，因为我看到了名字。虽然没关系，但是我现在想告诉你……喂，现在看了，确认了，预习一下会变成什么样。那个是同时在全世界都能看到的，远超乎你的想象的……

结夏　不用看我也知道，我知道我在做什么。

光生　什么？你知道的话，就应该知道这个绝对不行啊。

结夏　也没什么不可能的。听说有很多人离婚了都做这个，没什么特别的。

光生　就算其他人这样，你不一样。

结夏　哪儿不一样？我和那些人哪里不一样？

据说，罐头是1810年发明的。

可是，开罐器却在1858年才被发明出来。

奇怪吧?

但是会有这样的情况。

重要的东西总是迟到，爱情是，生活也是。

光生　这个,你完全……

结夏　你知道我什么？你知道我什么,你就这样说？

光生　(呃)

结夏　你有什么权力跟我说这些?

光生　权力……

结夏　就算我和你想法一样,也请你不要随便决定。我跟你是不相干的陌生人。我不管是解掉浴巾还是什么变成被剥了皮的橘子的状态,都是我自己决定的,和你没有关系。你没有理由说我,你没有那个权力。

光生　(正准备辩解)

结夏　没有权力。你和我只是那天偶然相遇,不安,因为不安,才进了我的房间,不知不觉某个时候就结婚了。仅此而已。

光生　(回忆那天的事情)……

结夏　如果那时候我们没有相遇,现在我们也就是陌生人而已。就只是在某个公司前台那儿擦肩而过的陌生人,仅此而已。我不管是死是活,你都不会知道,都和你没关系。没有关系。

她嘴上这样说着,回忆却涌上心头。

光生　(听着她的话)……

沉默。

厨房传来了电子音乐,是洗澡水烧开了。

光生　……(轻轻微笑,温柔地)洗澡水烧开了。

结夏　(回头看)

光生　……啊,也可能是那个原因。我也这样想过,那只是偶然,只是因为不安吧。

结夏　(稍稍皱眉)……

光生　但是现在,我的想法有点不同了。

15 回忆

当时，在拥堵的甲州街道的人行步道，光生和结夏和很多回家难民①一起走着。

光生　动物就是好，不会撒谎。

结夏　哎，滨崎先生……

光生　我叫滨崎。

结夏　滨崎先生会想变成鸟吗？

光生和结夏一直走着。

结夏　我人生中重要的事情几乎全部是从富士山学到的。

光生　你说得好绝对啊。

结夏　是真的，在能看到富士山的地方长大的人都心胸开阔。

光生和结夏走在调布站附近的马路上。

结夏　公寓，我们过去看看吧，那边的。

光生　那就在这里……（注意到什么）啊，等一下。

马路边上有卖章鱼小丸子的小摊，点着灯，正在营业。

光生　你陪我聊天了，我请你吃东西。

店主大叔给他们做了两人份的章鱼小丸子。

结夏　叔叔，要双份的鲣鱼花。

店主　好嘞。

结夏　叔叔，你不回去也不要紧吗？

店主　我啊，刚刚把老婆的佛龛整理了再来的。

旁边贴着店主和他亡妻油乎乎的旧照片。

---

①　原文为“归宅难民”，指在灾区上班，受地震后交通管辖等影响，聚集在车站、百货店等地，无法回家的人群。

店主　你们是恋人吗?

结夏　不是不是。

光生　也就刚刚才开始聊天的。

店主　啊,是吗?你们挺般配的。

光生和结夏感到不好意思,互相对视了一下,马上又避开目光。

光生的声音　喜欢上一个人的时候,就开始找理由了。

16　滨崎家・LDK

光生和结夏坐在桌边。

光生　但是其实没有什么理由,也没有原因,就是理所当然地发生了。之后就顺其自然地发展,也不知道为什么会喜欢,怎么说呢……不是,我没整理好思路。

结夏　(听着)……

光生　我曾经觉得结夏就是理所当然地待在我身边,非常寻常地待在我身边,所以没什么可以担心的,很放心,觉得这都是理所应当的……在一起很难,分开却很容易。实际上,是和一个不知道什么时候就可能消失的人一起生活着,度过了不知道什么时候就会结束的时光。任何时候结束都不奇怪。但我却忘了当初喜欢的心情,就这样,就这样生活着。

结夏　(盯着光生,听着)……

光生　结夏不在了,我感到为难。感到为难了,才知道你是我很重要的人。

结夏　……(低下头)说这么任性的话。

光生　对不起。

结夏　(看着光生)我不管。

光生　好的。

结夏　我才不管你的想法。

光生　好的，我想已经迟了。

结夏　……我倒没觉得迟。

结夏把手伸向纸巾盒。

光生拿过来放在桌子上。

结夏抽了纸巾，擦鼻子。

结夏　啊，你说的话我懂。

结夏把擦过鼻子的纸巾揉成一团。

光生一边看着茑屋的袋子一边说。

光生　虽然我没有权力管你……但还是希望你不要去。

结夏　……嗯。

光生松了口气，放心了。

光生　（笑了）太好了。太好了，太好了。

结夏　啊，是吗？（微笑）

光生　暂且先把包放下吧？

结夏才反应过来，把包放下了，脱掉外套。

光生也脱掉外套。

光生　啊。稻妻那个人啊，要是一脚踩空从楼梯上摔下去的话，就可以说是落雷了①……

结夏　哎，都是什么啊？

光生　啊，稻妻是茑屋的……

结夏　不是问你这个。

脱了外套的光生穿着印有电波组.inc的六人全身写真的T恤。

---

① 日语里"闪电"对立的汉字即为"稻妻"，"落雷"写作"稻妻落步"，"落步"有摔倒、摔落之意。

光生　……也没什么好害羞的。

他正准备再一次穿上外套。

光生　因为很冷。

结夏　不害羞干吗还要再穿上外套？

结夏伸手去拿放在旁边的帆布包。

光生慌张地去拿，却晚了一步，帆布包里大量的CD、五颜六色的荧光棒、法披露都出来了。

光生　……你不也拿着应援团扇去追过星吗？

结夏　可以是可以啦……（皱眉）

光生开始生气了。

光生　你不懂，现在已经被承认了，日本的偶像文化已经被世界承认了……

结夏　像这样马上就扯到世界，夸夸其谈的男人最差劲了。我们现在在说这个屋檐下发生的事。

光生焦躁不安，放下杯子。

光生　像这样一碰到什么就抛出一连串的指责，对男人的兴趣都不肯认可，这难道不是女人的缺点吗？

结夏　你又马上扯到全体女人了。

光生　女人不是也扯到全体男人了吗？

结夏　我在说，我讨厌你的说话方式。

光生一边擦着桌子一边说。

光生　你说讨厌我的说话方式，那我不就什么都不能说了？首先，我都不知道你为什么生气。

结夏　被人说了讨厌的话，就会生气啊。

光生　我不明白你的感情。

结夏　这种是心情。

光生　因为感情没有条理。

结夏　有条理。

光生　你所谓条理就是,在看电影的过程中离场,最后还在那边抱怨“根本不知道这电影讲的是什么”的人的条理。

结夏　我说了你讲话的方式很讨厌,你还在说。为什么要没完没了地纠缠?

光生　没完没了的人是你吧?

结夏　我要不还是去试试人妻温泉吧?

光生　喂,又开始无理取闹了。就像手里拿了什么武器一样,没事儿就拿出来搞事情。

结夏　不行吗?!

光生和结夏变换了位置,说着话。

结夏　你还说我呢,你自己不也半斤八两吗?你忘了关窗就出门,结果两只猫都丢了。

光生　你干吗这会儿提这个?我都担心死了。

结夏　难道不是事实吗?

光生　你要这么说的话,你不也有责任吗?

结夏　我怎么有责任了?

光生　随便就离家出走了。

结夏　你现在跟我说这个?我也有我的考虑。我是无法忍耐才走的。

两人保持一定距离说着话,光生擦着桌子,结夏还是坐着。

光生　我也忍耐了很多。也有不少事我没说,一直忍着……比如洗涤剂。

结夏　什么洗涤剂?

光生　家里明明有容器,你却买了普通装。为什么不买替换装?

结夏　你当时跟我说不就行了？

光生　我一说你肯定不开心。DVD你也不放回盒子里直接放在外面，我要是跟你说的话，你又要说我事无巨细。

结夏　是事无巨细啊，你根本不会体谅别人。

光生　什么体谅别人，这是为了掩盖你自己的错误而做的狡辩。

结夏　你这个说话方式，我说了，讨厌你说话的方式。

光生和结夏谈话接近尾声，两人背对背坐着，保持沉默。

17　黑目川沿岸（另一天，一大早）

光生的声音　好，好。我知道了，现在就来。

18　滨崎家·LDK

结夏闷闷不乐地背过身。

光生挂断了电话，正准备出去。

结夏　……你去哪儿？

光生　爸爸来了。

结夏　……我也去。我得跟亚以子道别。之后，我就回富士宫了。

光生　……啊。（心情微妙地点头）

19　沿河的咖啡馆·店前

光生和结夏保持距离走着。

店门口停着一辆富士山车牌的面包车。

一个男人正在拼命擦车子后面。

智世正准备用抹布擦车子，戴着眼镜的父亲滨崎修一出现了。

修一　喂喂喂喂，你干吗？

连衣服都和光生差不多。

智世　哎，我只是想帮忙。

修一　你这个是抹布吧？要是用抹布擦车子的话，车子会被刮伤的。

肯定不行。

修一用专用海绵在拼命擦车子。

光生　爸爸。

修一　噢。

光生　你辛苦了！

修一　我不辛苦。你从哪里看出来我辛苦啊？

结夏　好久不见。

修一　去年十月六日以后就没见过吧。啊，还没过半年，但见结夏已经觉得过了好久了啊。

光生、结夏　……

20　同·店内

光生、结夏、修一坐着。

修一　导航怎么那么差劲，说什么在下一个十字路口右拐。那边堵得一塌糊涂，一看就知道了，我还是开到再前面一个路口拐弯的。事实上也是多亏了我的判断才能比预计时间早十五分钟到达，那家伙也不道歉，一副泰然自若的样子。把到达时间给缩短了——那是我自己的功劳吧？怎么变成你的功劳了呢？

光生、结夏　……

修一　（看看手表）奶奶准备好了吧？那你们再来玩啊。

修一准备站起来。

光生　等一下，刚才只说了导航的事儿。

修一　嗯？其他我还有什么要说的吗？

光生　不是，是我们有话要说……

21　亚以子的房间

亚以子坐在东西很少、行李已经收拾好了的房间里，感慨良多地看着。修一跑着冲进来了。

修一　妈！妈！（勃然变色）

修一把身后的光生和结夏推到了前面。

修一　不得了了。

亚以子　（泰然自若）冷静点。

亚以子、光生和结夏互相使着眼色。

修一　……好啊，果然，不知道的只有我啊。

结夏　对不起。

修一　你父母怎么说？

结夏　我爸很生气。

修一　（对光生说）你去打招呼了吗？

光生　还没有……

修一　你啊，对人家的宝贝女儿做了这样的事，会被埋到茶园里的。

光生　哎？

修一　你们以为结婚是什么？结婚是两家人结缘。

亚以子　别说这种陈词滥调了，这是光生和结夏两人决定的事。

修一　妈妈，可能在精打细算、人情淡薄的东京是这样，在山梨县和静冈县，这样的离婚绝对不会被接受。对不起了，搬家延期到明天。（对光生和结夏说）去富士宫。

光生、结夏都感到吃惊。

修一　两家一起开个家庭会议，顶层会议。我开车去。

说着，他便走出去了。

光生　爸爸……

亚以子　（对光生和结夏）你们走好。

光生　我，明天还有工作……

结夏　我去给娘家打个电话。

结夏拿着手机，走出房间。

只剩下光生和亚以子两个人。

光生　奶奶，怎么办？

亚以子　这不是你们自己商量的结果吗？

光生　……

亚以子　（注意到光生的纠结）我不知道。

光生　……我们相处不好。就算不想吵架，也会吵起来。最后结夏就决定回富士宫了。

亚以子　啊，这样啊。

光生　你对结夏说要让她幸福的吧？所以，就要带着她走上这一条路。不管前面的路有你，还是没有你。

光生　……（点头）

22　沿河的咖啡馆·店前

光生和结夏正准备钻进修一的面包车后座。

修一　喂，喂喂喂，脱鞋，鞋子。

光生　啊，不能穿鞋啊。

座位上还包着塑料膜。

修一递给他一个超市的袋子，他把鞋放进去。

修一　妈妈说也要去富士宫。

光生　是吗……（困惑）

这时候有人“咚咚”敲窗户，一看，是谅，身后还站着灯里。

谅　找到猫了吗？

光生　没，还没有。

谅　那个，这个要拜托你签名。

谅把结婚申请和笔从缝隙里塞了进来。

光生　啊，好的……哎，要结婚了吗？

结夏　恭喜恭喜！

光生他们坐的车开动了，灯里和谅走了。

23　目黑区区政府·前面

灯里和谅走过来了，来到了区政府前面。

谅拿出结婚申请，准备提交，灯里低下头，站住了。

谅感到惊讶。

灯里　没事的……

谅　哎，什么？没事呀。（准备提交结婚申请）

灯里　（摇头）我在对我自己说。

谅　嗯？

灯里　就算只有1%的可能，我也要赌一下试试。

谅　什么赌一下？

灯里　对你的信任。（敲敲谅的背）走吧。

两人走进区政府。

24　富士宫站·前面

画面中能看见富士山，修一的车开过来，停下。

光生的妈妈滨崎清惠跑过来，砰砰地敲着挡风玻璃。

修一看到玻璃上留下了手的痕迹。

修一　啊！

他拿着布走出去，开始擦拭。

清惠穿着满是泥巴的鞋子钻进了车子。

清惠　结夏！好久不见！

结夏　好久不见！

清惠　你吃吗？

她拿出了自己随身带着的烤墨鱼。

汤汁洒了一车。

修一和光生拼命地用湿纸巾擦拭车内的汤汁。

25 星野家·外景

26 同·宽阔的空间

光生、修一、清惠、结夏、健彦、庆子围坐在桌子四周。

修一　(低下头)这次都是犬子行事鲁莽,造成这样的后果,实在是对不起了。

健彦　(低下头)不是不是,鲁莽的是我们家女儿。

光生和结夏都诚惶诚恐地低下头。

庆子和清惠看起来很淡定,吃着橘子和煎饼之类的。

清惠　(对结夏说)是不是已经觉得不想再看到光生的脸了?

结夏　不是,脸可以看的。

庆子　(对光生说)是不是不想和她呼吸同一片空气了?

光生　不是,空气可以呼吸的。可以呼吸。

清惠　是谁先开始嫌弃对方的?

结夏　谁先的……

清惠　比如不想一起吃饭。

庆子　比如不想牵手。

清惠　比如可以亲脸颊,但是亲嘴就感到恶心。

光生、结夏歪头。

清惠　最好说清楚。

结夏　……亲吻的话,现在有点不太能接受。

光生　哎……

清惠　那没办法了,只能分开了。

修一　并不是没办法吧。

庆子　能离婚真让人羡慕啊。

健彦　喂。

清惠　结夏,别苦恼。男人嘛,扔掉旧的,新的又长出来了。

修一　别说得像蘑菇一样。

健彦　我不允许的。

庆子　孩子他爸，里面的房间不是打扫过了吗？你说随时准备让结夏回来住的。

光生、结夏一惊。

健彦　那个是……

庆子　（对结夏说）欢迎回家。

结夏　……

清惠　突然打扰你们，真是抱歉。

庆子　好不容易来一次，吃了饭再走吧。

健二和亲戚们都进来了。

健二　（对修一说）富士山你们看过了吗？

修一　我们家在河口湖，每天都看得到。

健彦　是在山梨县那边吧。

修一　当然是在山梨县那边啊，怎么了？

健彦　富士山还是要从正面的静冈县看比较好……

修一　不是不是，富士山要从正面的山梨县看比较好……

健彦和修一互相瞪着眼。

庆子　（对结夏说）我们去准备宴会了。

结夏、庆子和清惠走了。

光生　（目送着离开的结夏）……

27　同·客厅（傍晚）

光生、修一、健彦、健二、众多的亲戚齐聚一堂，举行宴会。

健二在唱卡拉OK。

健二　耶！滨崎家族！耶！

光生和修一靠在一起。

修一　为什么没有人擦桌子？

健二把麦克风递给光生和修一，站起来了。

健二　Come on! Let's sing!

修一　♪一起拥抱。

光生正准备唱。

修一　♪一起迷惑。

光生正准备唱。

修一　♪一起建设 一起祈愿 描绘出这样的日子

众人为独唱的修一欢呼喝彩。

28　同·厨房

庆子叼着腌萝卜端着菜上来了。

结夏和清惠一边喝着梅酒一边吃着菜。

清惠往结夏的玻璃杯里倒入梅酒，结夏也给她倒上。

两人干杯，喝酒。

清惠　对了，我有个好东西给你看。

清惠打开钱包，拿出一张折叠着的纸，展开给结夏看。

是已经填写好了名字的离婚申请书。

结夏　（惊讶）

清惠　你说我是提交呢，还是不交呢？

结夏　（笑着）……

29　同·走廊~厕所

修一烂醉如泥，把头插进马桶里。

光生关上拉门，深呼吸，健彦来了。

健彦　给你爸爸喝了太多酒了吧。

光生　好像，是的。

健彦　（抱着光生的肩膀）光生。

光生　是的。

健彦　男人和女人,与夫妻是不一样的。夫妻也不等同于家人。

健彦烂醉如泥,草率地说着。

光生　是……(认真地听)

健彦　只要给区政府递交了申请就是夫妻了,但是家人不是申请就有了,家人是某天的某个时候,喝茶喝着喝着……

光生　(认真地听着)……

一看,健彦已经睡着了。

光生　爸?

30　同·客厅

光生回来了。

很多的家人、亲戚吃着喝着,说着笑着。

卡拉OK里开始播放泽田研二的《载着你》,庆子把麦克风递给了光生。

众人催促,光生不得已开始唱。

光生　♪迎风而上,穿上皮鞋～

光生一边唱一边环顾周围。

结夏端来了菜,好像被抱着孩子的健二开了个玩笑,敲了敲他的头。

庆子和清惠举杯饮酒,说着话。

健彦和修一互相靠在彼此肩膀上回来了,两人就这样睡着了。

光生一边唱一边看着这样的情景。

结夏看着把孩子抱在大腿上睡着了的健二微笑,一边站起来一边回头,看着唱歌的光生。

光生一边唱歌一边看着大家。

结夏顺着光生的视线看,看到了庆子、清惠、健二、健彦和修一，宴会上的人们。

大厅里站着的只有光生和结夏。

结夏……

光生……

两人四目相对。

光生的歌声戛然而止。

两人确认彼此都看到了相同的景色，感受到了同样的东西。

光生移开目光，又继续唱歌。

光生　♪啊，啊，载着你，渡过夜的大海，成为渡轮。

31　同·房间

光生走进去一看，结夏正在把自己的行李放进空着的壁橱里。

结夏　啊，是泽田研二啊，泽田研二。

光生　真吵。（环顾房间）……

结夏　暂且先确保有地方住。（微笑）

光生　嗯。（微笑）

结夏　啊，真是服了。我爸妈最后还是会让我帮忙收萝卜吧？（微笑）

光生　（微笑）

结夏　啊，怎么办？你妈和我一起睡，你爸和你一起睡在对面？

光生　我明天还要工作。

结夏　啊，是吗？

光生　现在赶过去的话，还能赶上末班电车。我爸喝了不少，就交给你行吗？

结夏　完全没问题啊，热烈欢迎。

光生拿起行李。

光生　那就拜托了。

结夏　　好的。

32　同·走廊

光生和结夏一来，就听到咆哮的声音。

清惠的声音　吵死了，事无巨细。

光生和结夏感到纳闷，一看，走廊那边喝醉了的修一在和清惠正互相瞪眼吵架。

修一　　你用摸了虾的手摸了我的手机？

清惠　　洗一下不就行了吗？鼠肚鸡肠的男人。

修一　　又来了，你不说自己，倒是说我鼠肚鸡肠。那我现在就用摸过墨鱼的手来摸你的手机。

清惠　　真是丝毫不会体谅别人。

修一　　又来了，体谅！那是掩饰你自己的错误的话罢了！

33　同·厨房

光生和结夏一过来，又听到了咆哮声。

庆子　　滚出去！你这个死老头！

光生和结夏吃惊地一看，喝醉了的健彦和庆子在厨房瞪眼吵架。

健彦　　所以说，让你写上名字！

庆子　　我已经写了呀！

健彦　　大男人怎么会看得清布丁上写的什么名字啊？

庆子　　你就是这样，对我的事情都无所谓。你只喜欢你自己！

健彦　　我真没想到，为了一个布丁，你会这样说我。滚出去！

庆子　　应该滚的是你吧！离婚吧，离婚！

34　同·玄关前

逃走的光生和结夏忽然苦笑。

结夏　　……啊，你认识路吗？车站。

光生　之前去过一次。

结夏　啊。啊，但是说不定没有公交车。

光生　走过去都行，也不是那么远。

结夏　是的。啊，那还是快点儿去吧。

光生　嗯。（复杂的笑容，挥手）

结夏　嗯。（复杂的笑容，挥手）

光生走了，结夏目送，两人逐渐远离。

35　道路

光生走在路上，背景里有富士山。

结夏跑过来了。

结夏追过来，在距离光生还有点儿距离的地方停下来了。

光生注意到了，吃了一惊。

结夏有点害羞，给了他一袋当地特产，是富士宫炒面。

结夏　给。

光生　啊。

光生正准备收下的时候，结夏缩回去了。

结夏指着道路前方，向前走。

结夏　车站……（走吧）

光生　哎……（真的可以？）

结夏　（点头）嗯……

光生　啊，那，好的……

两人向前走。

结夏一边走，一边看着远处想着什么。

结夏　这也许是最后一次见面了。

光生　哎……

结夏　啊……

光生　……像这样的话。（不要说）

结夏　嗯。

两人默默走着。

36 富士宫商店街

光生和结夏走向车站。

两人都有点手足无措，但是谁都不说话，就这样走着。

光生走上路牙。

结夏看到后，哈哈哈地笑了，也模仿他。

光生哈哈地笑了。

37 富士宫站·前面

光生和结夏走过来了。

光生在售票机上买票。

结夏指了指入场券的按钮。

光生　啊……

光生按下了入场券的按钮。

他取了自己的票，又把入场券递给结夏。

光生　给。

结夏　好的。

走到检票口，互相谦让着进去了。

38 同·站台。

光生和结夏两人并排站着，等着电车。

两人都想说点什么，但是都沉默着……

光生正准备接过结夏手上的炒面的时候，结夏拉了拉。

光生　嗯……

光生看着电车开过来了，回头一看，结夏还在，苦笑。

结夏也对他呵呵微笑。

结夏冷得颤抖了一下。

光生看着她,心中有些担忧,又意识到结夏口袋里有手套,让她戴上手套。

结夏点头,取出来,戴上一只手套。正准备戴另一只手套的时候,她把手套递给了光生。

光生摆摆手,不要她的手套。

结夏　那个……

结夏把另一只手套戴到自己手上了。

光生发现结夏的口袋里好像还有什么东西,就指了她的口袋。

结夏拿出来一看,是煤气费的账单。

结夏　煤气……

两人对视,哈哈哈苦笑起来。

结夏把手伸到另一边的口袋里,发现了什么,拿出来给光生看。

是光生房间的钥匙。

结夏　啊……

光生　啊……

结夏看看钥匙,递给光生。

结夏　给。

光生感到意外,正准备接过来,钥匙掉了。

"哐当"一声,钥匙掉了。

两人低头看。

结夏捡起来……递给光生。

光生感到意外,正准备接过来,钥匙掉了。

"哐当"一声,钥匙掉了。

两人低头看。

结夏捡起来,递给光生。

结夏　给。

光生　……

结夏　给。

光生有点纠结，还是伸手接过来了。

光生　好。

光生还是有点纠结，把钥匙放进了自己的口袋。

光生　……（看着结夏）

结夏　（也看着他）嗯？

光生　呀……（避开目光）

结夏　……嗯。（避开目光）

站内广播开始播报，电车马上就要进站了。

紧张，不安，但是没有说多余的话。

电车进站了，停车，开门。

两人都没准备好，慌了。

光生走进去了。

结夏留在站台上。

两人不知道说什么好，互相看着。

发车铃声响了。

结夏　（注意到炒面）啊。

结夏把炒面的纸袋子递给他。

光生低着头。

结夏也低着头。

光生意外地一使劲把纸袋子拉过来了。

把拿着纸袋子的结夏拉过来了。

结夏被拉过来，进了列车。

同时，列车门关了，电车开动了。

39 身延线·车内

光生和结夏坐在电车内，车内只有他们两人，两人都对刚刚发生的事情没有缓过劲来。

结夏　……哎？（看着光生）

光生　（低着头）呀……

结夏　（看着光生，像是在质问他）？

光生坐立不安，抓耳挠腮。

结夏坐立不安，摸摸头发。

光生　（低着头）……啊。

结夏　嗯？

光生避开目光，朝着对面。

光生　啊！（发出很大的声音）

结夏　嗯？

光生突然回头吻了一下结夏的嘴。

光生马上分开，离开原地，坐到了座位上。

结夏仍然站着，不知道发生了什么。

结夏　……

光生　……

结夏坐到光生稍稍斜对面的座位上。

两人互相不看对方，沉默。

光生低着头，呵呵地笑。

结夏听到了，也呵呵地笑。

光生和结夏开始笑。

两人笑出了声音。

结夏　我们真是失败的夫妻。（苦笑）

光生　（苦笑）是失败的夫妻啊。

40　上原家·卧室

灯里和谅相拥而眠。

谅醒了,看着灯里的睡颜。

41　星野家·客厅

时钟显示已经过了十二点半。

健彦、修一、清惠各自东倒西歪地睡着。

庆子拿着手机,把健彦摇醒。

庆子　孩子他爸,孩子他爸起来,快起来。

健彦起来了。

健彦　啊?

庆子　结夏来电话了,现在在新横滨。

修一和清惠听到这个,都起来了。

健彦　新?!

庆子　新横滨,听说和光生在一起。

健彦　为什么?!

42　新横滨站·车站附近的马路

光生和结夏背对着车站,向东京方向走着。

庆子的声音　但是,末班电车也没了,付了两人份的新干线车票后,只剩下八百日元了,只能走回目黑川的家了。

43　星野家·客厅

健彦、庆子、修一、清惠正在说话。

修一　从新横滨出发的话,要走三四个小时吧。

庆子　他们说,之前也走过这么远的。

健彦　之前也?为什么啊?

修一　但是那样的话,岂不是又要吵架了?

庆子　会吵架的吧？又会发生同样的事。

健彦　明明不会顺利的，为什么要一起呢？

清惠苦笑。

清惠　即使想分离，也离不开了吧。

44　纲岛街道

光生和结夏走在马路上。

结夏　我看过《夺宝奇兵》①了。叫什么来着，那个主人公？

光生　叫印第安纳·琼斯。

结夏　那个呢？《加勒比海盗》里面的乌贼人。

光生　那个是戴维·琼斯。不是乌贼人，是章鱼人。

结夏　人家又不知道。我只看了第3部。

光生　为什么你没看第1、第2部，只看了第3部呢？

结夏　《夺宝奇兵》也是只看了第4部呀。《哈利·波特》倒是第3部和第6部两部都看了。

光生　你是怎么做到的？

回忆的场景里，结夏爽朗的声音响起。

结夏的声音　喂喂喂，真是超级感动啊。

45　回忆

滨崎家的LDK。

结夏湿润了眼眶，把《罪与罚》的上下卷拿给正在照顾盆栽的光生看。

光生　（冷冷地看了一下）岩波书库的《罪与罚》不是上下卷，是上中下三卷。你跳过了中卷。

---

① 《夺宝奇兵》是斯皮尔伯格的电影，在日本的译名为《印第安纳·琼斯》。

结夏　……什么？你现在有必要说这样的话吗？

光生　我只是说了事实。

结夏　你就不能说“你都看了，真不错啊”。然后，我下次去书店，发现书架上摆着《罪与罚》的中卷，心想：“啊，原来光生为了我的面子，没告诉我还有中卷。”感动。这样不好吗？

光生　比起这些，你还是收拾一下那些教你收纳的书吧？这是啥，怎么有两本《收纳能手主妇》？

46　纲岛街道

光生和结夏在自动贩卖机上买咖啡，干杯，一边喝一边走。

结夏　野营不是蛮好的？去野营吧。

光生　绝对不想去，有那种看都没看到过的大虫子。

结夏　那个，曾经有一次，我早上起来，发现嘴里有独角仙。

光生　从这件事情就可以知道，比起独角仙，你的嘴更可怕。

下一个回忆画面，结夏惨叫。

47　回忆

滨崎家的 LDK，房间里满是烟雾。

光生脸上裹着毛巾，打开窗户拼命地换着气。

结夏拿着料理筷和烤鱼的网，站在沙发上。

结夏　（惨叫）

光生　不要叫！换气扇！打开换气扇！

结夏　（连续惨叫）

48　纲岛街道

光生和结夏走着。

光生　我之前不是说过，往布丁上浇酱油的话，就是海胆味儿。

结夏　说过说过。

光生　然后我就跟你说，去买布丁和酱油回来。结果布丁卖完了，你就直接买了海胆回来！

结夏　哎，不行吗？

49　回忆

滨崎家的卧室。

光生、结夏、两只猫睡在一张床上。

50　中原街道

光生和结夏走过横跨多摩川的桥。

结夏　♪魔法香蕉①，说到香蕉，黄色。

光生　说到黄色，太阳。

结夏　说到太阳，炫目。

光生　说到炫目，超短裙。

结夏　超短裙？

光生　彩灯。

结夏　不行不行，之前明明说的是超短裙，干吗又重新说一个？喂，喂喂，干吗装作一副若无其事的样子？

下一个回忆片段，结夏的声音。

结夏的声音　哇，这些都是樱花树！

51　回忆

目黑川沿岸的自家门口附近，搬家的行李堆积如山，光生正在搬着。

结夏抬头看着沿河的樱花。

结夏　到了春天全部会开吧？

光生找到了瑜伽球。

---

① 日本曾经的电视节目《魔法头脑风暴》，内容为从一个单词联想到另一个单词的游戏。

光生　这是什么？需要吗？

结夏　需要呀！必需品！

光生一边觉得怪异，一边搬进去了。

智世和继男来帮忙搬家了。

智世　结夏！

继男　拜托你了！

结夏　承蒙你的照顾！从今天开始我就嫁过来了！

52 中原街道

光生和结夏走在五反田附近。

结夏　一般都这样想吧。喂，你别想逃。

光生　我没逃。

结夏　你走得很快。

光生　这是普通的速度啊。

结夏轻轻地踢了一下光生。

结夏　你要为我着想啊。

光生　疼啊。

结夏　让我知道，我是被这个人喜欢着的。

光生　我知道。我说疼。

结夏　偶尔这样就行啦，偶尔让我有这种感觉就可以了嘛。

光生　太难了！

结夏爬上了光生的背。

结夏　我就要嘛，之前不是也这样了吗？

光生　没有啊。

结夏　撒谎，有的。因为我超级想撒娇。（拉着光生的耳朵）

光生　疼疼。啊，喂喂喂，目黑川目黑川。

结夏　哇哦！

两人站在宽阔的目黑川上，从栏杆边往下看。

下一个回忆场景，光生和结夏的声音。

光生的声音　我是滨崎光生。

结夏的声音　我是星野结夏。

53　回忆

目黑区区政府的柜台处，光生和结夏正在向负责人递交结婚申请书。

紧张的两人在柜台下紧紧牵着手。

递交完结婚申请书之后，两人沿着目黑川往回走。

两人虽然没有挽在一起，但紧紧靠着。

54　目黑川沿岸的道路

结夏　啊，章鱼小丸子。

路边有一个卖章鱼小丸子的小摊。

结夏　好想吃啊。

光生　没钱了啊。

结夏　不是还有一点吗？其他也没啥用的地方了。

经过小摊前面，看了一眼店主，认了出来。

光生和结夏有些惊讶地对视了一眼。

店主就是以前在调布摆过摊的那一位。

结夏　晚上好。

店主　你好，欢迎光临。

光生　请给来我一份。

店主　好嘞。

仔细一看，在同样的地方贴着同样油乎乎的和亡妻的照片。

光生、结夏心想："果然是他"。

光生　那个，你之前在调布摆过摊吧？

店主　啊，是的是的。你们来过？

光生　是啊。（对结夏说）对吧？

结夏　嗯。我们第一次相遇的那一天，就吃了你的章鱼小丸子。然后我们两个人都觉得心情放松了好多。

光生　在那之后，我们就好上了。多亏了你。

店主　啊，是吗？变成了恋人？

光生　成了夫妻。

55　回忆

小小的公寓房间里，杂乱不堪，光生和结夏还是走进去了。

光生和结夏在狭窄、杂乱的房间里。

电视关着，从小桌子和床的缝隙里，能看到光生和结夏抱着膝盖说话。

光生　河马可是很厉害的。使出全力的话，可能是最厉害的。

结夏　比鲸鱼还厉害吗？

光生　那要看是在什么地方。

结夏　要是在海里的话，是鲸鱼厉害吧。

光生　是这样的，但是展开来说的话，也要看是不是包括了行军蚁。行军蚁很厉害的哦。

结夏　你是问我平常都在想什么东西吗？我每天不都在前台吗？真的很闲啊，然后就在想啊，这里，鼻子下面这条沟啊。

光生　是的。

结夏　我觉得这里是不是也可以当筷子架。

光生　……

结夏　每过来一个客人，我就看着他的鼻子下面想象，这个地方是这样放筷子的，就这样一个人接待客人。你没有过这种经历吗？

光生　没有啊。

感觉在摇晃，两人环顾四周。

结夏很不安。

光生　（看着这样的结夏）……啊，就是个提议啊，啊，如果不愿意的话，你就跟我说不愿意。

结夏　好。

光生　抓住我的手吧？

结夏　……

光生　啊，我想这样你会安心点，要是你不愿意的话……

结夏　不，我正好也想抓住……

光生　啊，那时机不错。那么……

结夏　那么……

两人伸出手，握紧。

两人害羞，不好意思看对方。

56　目黑银座商店街

光生和结夏抬头看着微微泛白的天空，走在卷帘门拉下的商店街上。

57　上原家·卧室

早晨的阳光从窗帘的缝隙中漏进来，灯里和谅在床上互相依偎着。

灯里　我觉得是回忆。

谅　嗯？

灯里　怎么说呢，可以说，是回忆支撑着一个家。

谅　　像粮食那样的?

灯里　　是。我觉得,回忆越来越多,就是一家人了。

58 目黑银座商店街

光生和结夏走着。

结夏笑着,突然跑起来了。

光生一边苦笑一边跑着去追。

59 中目黑站·周边

光生和结夏跑过来了。

跑过车站周围,跑过了人行横道。

60 目黑川沿岸

光生和结夏跑着。

两人并排来到了桥的跟前。

光生一看旁边,结夏满面笑容地跑着。

光生突然停下来了。

结夏举起双手来到桥上,开心地跳着。

回头一看,光生正一边微笑地盯着结夏看,一边走过来。

结夏想怎么了?

光生摇摇头,慢慢走过来了,两人对视。

两人笑着对视,看着家的方向。

走着,不经意伸出手,碰到了。

光生突然意识到了什么,抓住了结夏的手。

结夏手上提的袋子掉了。

再次碰到,然后紧紧握住。

朝着家的方向,紧紧牵着手走过去。

61 滨崎家·LDK

玄关的门开了,光生和结夏回来了。

光生　我回来啦。

结夏　我回来啦。

房间空荡荡的。

光生看着打开着的阳台，叹了口气。

光生和结夏对视了一眼，一片沉寂。

两人极度疲劳，坐在椅子上。

结夏注意到了什么，惊讶地指着桌子下面。

两人静静地从椅子上起身，蹲下来看桌子下面。

光生　玛蒂尔达……

结夏　八朔……

两只猫回头看他们。

光生和结夏开心得脸都歪了。

结夏紧紧抱住光生。

光生紧紧抱住结夏。

两人拥抱，流泪，号啕大哭。

两只猫若无其事地继续玩耍。

62　西乡山公园（另一天）

谅和桦田一边下象棋一边聊天。

谅　哎，最近经常被学生说，我没有气势了。以前明明很有气势的，现在变普通了。哈哈。我和老婆说起来，她只会说这是好事。我想好吧，算了。孩子预产期是秋天，我太期待了，每天都开心地笑啊笑啊。但是好像是个女孩子，很担心啊。因为这个世界上的坏男人太多了，我正在拼命地想办法，保护我女儿免遭坏男人的毒手。

63　健身俱乐部·室内

灯里躺在垫子上，一边做着瑜伽一边和麻美说话。

灯里　最近每天都和妈妈打电话，我妈一直说怀孕初期要多吃些豆子啊之类的。虽然还是有点不安，但是觉得身体确实有了什么改变。我也一直想着要寻找自我，但是现在无所谓了。比起这些，我更想单纯地为了某个人而活。一边想着孩子和老公的事，一边一直吃着纳豆。说到底，最后不是喜欢自己，而是喜欢别人来得更简单。要是喜欢别人，就会喜欢自己了。我是一边搅拌纳豆一边想的。

64　立食荞麦面店·店内

结夏一边吃着荞麦面一边说着话。

结夏　虽然准备递交结婚申请书，（*小声地*）但是你想，我跟周围的人都说过我离婚了，我们复婚了这种话，我实在说不出口。实际上我还没提交上去呢。啊，我对老公还保密着呢，我现在在学习料理课程。我相当开心，也明白了一点：在课堂上可能可以练就一副烧菜的本领，但是培养不了烧菜的心情。吃别人做的饭的那一方是幸福的，我呢比较擅长品尝。但是，昨天我做了咖喱饭，老公说很好吃。我尝了一下，（*一边笑着一边说*）和独角仙的味道一样。

65　小牧牙科医院·诊疗室

光生坐在治疗椅上接受治疗。

光生　最近我在进行自我改造计划，就是让自己变得粗枝大叶一点。把DVD正面朝下，随手放在桌子上。哇，我现在也相当粗枝大叶了。在这一点上，我老婆是示范级别的。用抓过薯条的手直接去拿DVD。她真是我的偶像，简直是神的杰作。说实话真的很痛苦。老婆的粗糙程度变成两倍，我的忍耐程度也变成两倍，痛苦就成了四倍。我曾认为结婚就是拷问，但是我错了。结婚就是食物链。老婆是老虎的话，我就是鹿。老婆是食蚁兽的话，我就是蚂蚁。老婆是蜜蜂的话，我就是蜂蜜。最终就是草了，只有静静地等着被吃。啊，痛苦。四倍的痛苦。

66　河口湖的某个酒吧·店内

亚以子拿着香烟坐着。

亚以子　说这说那的是挺啰唆的，谁都不会随便去说别人的闲话的。

亚以子拿出打火机点燃了香烟。

亚以子　人是形形色色的，正因为如此。

亚以子吸了一口烟。

亚以子　所以才有趣啊，这人生。

67　目黑川沿岸

灯里和谅坐在某家店的露天座位上喝茶。

灯里打开手账。

谅拿着笔画着地图。

是目黑川附近的地图。

有灯里的店，有亚以子的咖啡馆，有干洗店，有桥。

人们在沿河的咖啡馆前面的马路上来回穿梭。

智世和继男把午饭菜单的牌子搬了出来。

灯里笑着打招呼，走了过去。

继男用怜爱的目光目送着灯里，这时智世敲了敲他的头。

对面，能看到光生正在走路。

人们在来回穿梭，干洗店前面，结夏和矢萩在打扫，淳之介推着送货的推车经过。

淳之介把包裹递给结夏，说“请”，两人击掌，淳之介又推着推车走了。

结夏一看寄件人，是亚以子。

对面能看到谅骑着自行车。

人们在来回穿梭。谅正准备把自行车停下的时候，一位衣着靓丽的女性经过。

谅目不转睛盯着看，突然耳朵被揪住了。

是灯里。灯里问他在看什么，谅说："没有、没有。"

对面，能看到光生正在走路。

衣着靓丽的女性走进了餐厅。

正在举行结婚典礼的二次会，新娘菜那穿着裙子，接受着亲友的祝福。

菜那看到外面经过的光生，对他眨眼。

光生吓坏了，走了。

光生撞到了推着推车的淳之介。

人们来回穿梭，结夏抱着箱子走着，看到了正在过桥的光生。

人们来回穿梭，灯里和谅走着，看到了正在过桥的光生。

在桥上，光生和抱着箱子的结夏相遇了。

光生心想："里面是什么呢"，就看看箱子，结夏拿出了馎饦。

有人喊他们，回头一看，是灯里和谅。

四人见面，打招呼，笑着说话，然后又各自朝不同的方向走去。

四人的身影慢慢消失在众多行人当中。

目黑川安静地流淌着，沿河的一排樱花树中，有一棵树的树枝上，长了一朵小小的花蕾。

看起来马上就要绽放了。

68　小牧牙科医院 · 诊疗室

光生坐在治疗椅上，接受着治疗。

光生　啊，是是，是的。我忘记说了。我感觉到最近自己内心有些东西改变了，被别人叫滨畸我也能心平气和地接受了。仔细想一想，叫什么都无所谓嘛。

《最完美的离婚》剧终

特别篇

1 小牧牙科医院·诊疗室

滨崎光生坐在治疗椅上。

他在和女牙科医师(依田令美)说话。

光生 你知道离婚的首要原因是什么吗?是结婚。因为结婚了,才会离婚。早上带着痛苦起床,晚上带着痛苦睡去。昨天的晚饭是炸鱼排。我正准备浇酱油的时候,妻子浇上了酱汁。(一边笑一边说)我想说的有三点。炸鱼排要浇酱油。要浇的话,只要浇自己的就行了。哎,为什么要在这上面浇上蛋黄酱呢?!这是根本不能吃的呀?!结婚就是一场永无止境的拷问。就像去夏威夷的时候每天都下雨,去动物园的时候动物都在睡觉,去看电影的时候只有第3部。

令美 《玩具总动员3》我觉得很棒啊。

光生 《玩具总动员3》我看哭了。虽然开头十分钟我没看,因为妻子迟到了。你知道她为什么迟到吗?(笑了)因为她睡过头三次。sandone?① 听起来像墨西哥的地名。睡一次回笼觉也就算了，睡两次回笼觉实在是太不一般了。Como está② sandoneshita! Buenas tardes③ sandoneshita! 哎，这是什么语？

令美　不要动。

令美拿起了光生的手。

光生感到疑惑。

令美　最近我迷上了占卜。

光生　哎？

令美　（看了他的手相）啊，你马上就要和太太分开了。

光生　哎？不会不会，现在就是分开的。我们离婚了，然后现在是同居的状态，已经一年了。但是，还总想着要再婚的。离婚之后也明白了一些东西，啊，转了一圈之后明白了，又因为离婚而结婚。夫妻有这种经历不也蛮好的吗？啊，什么时候递交结婚申请书比较好呢？

2　露营地·场内（另一天）

露营地四周环绕着湖和森林，停着一辆面包车，星野结夏睡在吊床里。

光生把野营的工具搬出来了。

里面还有瑜伽球，光生心想："怎么把这种东西也带来了呢？"

光生一个人把帐篷撑开，撑起柱子，穿好绳子，撑到地上。

结夏睡在吊床里。

光生把桌椅摆放整齐，竖起了折叠桌桌腿。

---

① 日语原文为サンドネ，就是日语中的三度寝，意为睡两次回笼觉，光生这里讽刺说，这个词听起来像外语。

② 西班牙语，意为你好。

③ 西班牙语，意为下午好。

结夏睡在吊床里。

光生准备厨房用具，摆上食材。

结夏睡在吊床里。

光生收集了一些枯树叶，拼命摩擦木棒，企图用这个古老的方法来生火。

结夏醒了，走过来。

结夏　啊，好冷好冷好冷。喂，我肚子饿了。

光生用卷成一卷的报纸在吹气。

光生　我正在生火。

结夏　（手里拿着点火枪）用这个不就行了吗？

光生　咱们是野营，就要用自然的方法……

结夏　取暖器呢？

光生　你，（指着瑜伽球）说这个，这个一定要带过来的吧？

结夏　话说为什么要在 12 月 30 号来野营啊？

光生　你啊……

结夏正准备用点火枪点火，光生拼命阻止。

结夏　电影一定要在电影院看，咖喱饭放到第二天才好吃，你总是固执于这种麻烦的事情……

光生　是的，是是是是。（从保冷箱里拿出鱿鱼干和罐装啤酒递给结夏）

结夏　（喝酒）哇……

结夏一边嚼着鱿鱼干一边喝啤酒。

光生拼命地生火，好不容易点着了，正欣喜若狂的时候，一辆三轮挎斗摩托车开过来，停下来了。

摩托车后座上的男子站起来，取下头盔，原来是上原谅。

谅挥手跟开摩托车的人道谢，然后走了过来。

谅　滨崎！你果然还是来了！

光生 ……（看着远去的摩托车）那是什么，间谍的坐骑？

谅 我在车站正不知道如何是好，这个摩托车车主就带着我过来了。

结夏 刚才那个人，跟那个人很像啊，就是名叫什么“在哀伤的河川上飞翔”的那个人。

光生 你说哀川翔①不就好了吗？说了那么多。

结夏 上原，那边有啤酒。

谅 那我不客气啦。

谅拿出啤酒，和结夏开始喝。

结夏 你太太和孩子不在，有点寂寞吧？

谅 她们明天从青森回来。我一想到会见到女儿，就坐立不安。

结夏 她现在简直和你长得一模一样啊。

谅 要看照片吗？

谅拿出手机，把婴儿和灯里的照片给她看。

光生还在拼命地生火。

结夏和谅喝着红酒，吃着烧烤。

光生不吃，烤着肉和鱼类、贝类。

光生正准备吃虾的时候，结夏吃了。

光生没办法，只能接着烤下一个。

谅 最好再添点柴火吧。

谅抓了一些柴火。

光生 不要用湿手碰柴火！

结夏 烦人。（大口吃虾）

① 日本演员、编剧。

谅　　（笑了）结夏，你这吃相就像 EVA① 在吃使徒一样。

结夏　　什么？

光生正准备吃扇贝的时候，又被结夏捷足先登了。

结夏和谅吃着，光生被烟雾缭绕着继续烧烤。

到了晚上，帐篷里，结夏在打呼，谅也睡着了，只有光生一人没睡着。

光生　　（不经意地注意到头上）啊，有虫子。虫子进来了。怎么办，有虫子，虫子，虫子……

光生站起来了。

视角移到帐篷外，可以看到光生为了抓虫子而轻轻跳跃的剪影。

3　河口湖周边的车站附近（另一天）

谅从面包车上走下来了。

光生　　上原，听说东京在下雨。

光生给他拿出了一把合拢的伞。

光生　　只有这种像赛车女郎用的伞了。

谅　　谢谢。

谅接过来，走向车站的方向。

结夏看着手机邮件。

结夏　　说是大家都到齐了。

光生　　为什么一定要特意到富士宫过年呢？

---

① 日本动画片《新世纪福音战士》以发生了第二次冲击大灾害的 2015 年的世界为舞台，主要讲述了 14 岁少男少女们操控巨大的人形兵器 EVA，与袭击第三新东京市的神秘敌人“使徒”之间的战斗故事。

4 道路

堵车，光生和结夏在面包车车内。

结夏正在睡觉。

光生 （盯着不动的车流看）好想变成小鸟……

5 上原家·房间

整个房间都布置好了，准备迎接小宝宝的到来，房间里有小小的澡盆、婴儿服、玩具，等等。

谅拿起手机接电话。

谅 十五点零二分。知道了。我现在过去。薰呢？在睡觉？啊，是吗，在睡觉啊。（开心地）

婴儿床上，音乐转转乐玩具在旋转，播放的歌曲是《梦幻曲》①。

6 目黑川沿岸

下着小雨，谅撑着红白双色伞走着。

正准备走到大马路上的时候，身后有人喊他。

女人的声音 上原。

谅内心疑惑，回头一看。

桥那边走来一个女子，是潮见薰（30岁）。

谅呆呆地看着她，不由自主地发出声音。

谅 ……潮见。

薰没有撑伞，身上稍微有点淋湿了，微笑着，小幅度地做出胜利的手势。

回忆，高中玄关的鞋箱前。

---

① 舒伯特·舒曼的钢琴曲。

能看到高中男生和高中女生逃跑一般飞奔到外面。

室外鞋整齐地排列在鞋柜里，其中夹杂着两双室内鞋，上面是上原谅和潮见薰的姓名牌。

从音乐室传来了《梦幻曲》的音乐。

谅　（盯着薰，感到不可思议）……

7　上野站·附近的长椅

上原灯里把裹在襁褓中的婴儿薰放在大腿上，坐在长椅上等着，挂断了正在拨号的电话。

灯里　爸爸迟到了啊，薰。（环顾四周）我们打车回家吧。

正准备站起来的时候，谅跑过来了。

谅　对不起。

灯里　（微笑）没关系。

谅拿起了灯里放在一边的包。

谅　累了吧，我们打车回去吧。

灯里　（惊讶）为什么啊？

谅　哎？啊，对不起，时间搞错了……

灯里　（摇头）薰。

灯里向谅示意怀中的婴儿。

谅反应过来，接过婴儿。

谅　（微笑）你回来了。

谅走着路。

谅没有带伞，头发和肩膀有点湿了。

灯里虽然觉得有点奇怪，但是这个念头很快就消失了，她跟上了谅。

8　星野家·走廊~客厅（夜晚）

光生和结夏抱着行李进来了。

客厅里有亚以子、健彦、庆子、修一、清惠，还有亲戚、邻居大家，齐聚一堂举行宴会。

光生和结夏畏畏缩缩的。

光生　（拿出东京特产）那个……

已经喝醉了的健彦和修一，牵起了光生和结夏的手。

健彦　哦，到了啊。（把了光生的特产扔到一边）

修一　好好好好，过来过来。

卡拉OK里开始播放BARBEE BOYS的《闭上眼睛吧》的前奏，有人向结夏递来了麦克风。

结夏虽然感到困惑，还是开始唱了。

接着光生也唱了。

所有人兴致高涨，大声欢呼。

结夏和光生也被气氛感染开始认真唱歌。

全场气氛高涨。

光生、结夏、健彦、庆子、修一、清惠、亚以子围在桌边。

健彦　2013年发生了很多事啊。

清惠　（对结夏说）是发生了很多事啊。

结夏　是吗？

庆子　（对光生说）是啊？

光生　我不太记得了。

修一　年初你们要离婚来着。

清惠　啊，离婚一周年了。

修一　（指着亚以子）甚至还给妈妈添麻烦了。

亚以子　我挺开心的啊。结夏有时候和年轻男子关系不错呢。

大家都瞪着结夏，结夏移开视线。

亚以子　光生都三十几岁了，还疯狂追星呢。

大家都瞪着光生，光生移开视线。

亚以子　离婚之后，大家关系都变好了呢。

大家都一致认同，点头。

健彦　你们打算怎么办？这种不清不楚的关系打算持续到什么时候？

修一　就这样一直不清不楚吗？

光生和结夏正坐着对着所有人，被所有人瞪着。

光生　我们要再婚。

所有人都震惊了。

结夏　我们商量过了，近期会递交结婚申请书。

光生　离婚，结束了。

大家都呆住了，健彦突然呻吟着。

健彦强忍着泪水。

大家都看着健彦，正感叹着，这边修一也开始哽咽，强忍着泪水。

庆子　你在哭吗？

健彦　我没哭！

庆子　你这反应和孩子王似的。

大家一起笑了。

看到健彦和修一的眼泪，光生和结夏也深深地感动了。

清惠　啊，开始倒计时了。

大家发出“哦”的一声，赶紧走到电视前，开始看新年倒计时活动。

光生和结夏有点吃惊，亚以子回头看。

亚以子　（微笑）今年会是怎样的一年呢？

说着，亚以子便走到健彦他们旁边。

只剩下光生和结夏两个人，他们对视了一眼，苦笑。

光生　(拿来啤酒瓶)喝吗?

结夏　真难得啊。

光生往结夏举起的杯子里倒酒。

光生　我明年会变成一个不拘小节的人。

结夏　哦,变成新的光生吗?

光生　会变的,一个崭新的光生。

这一次轮到结夏给光生倒酒了。

结夏　那,明年我想有人带我去动物园啊。

光生　(苦笑)动物园是一个人去的地方。

结夏　根本就不是崭新的啊。

正准备干杯,光生的手开始颤抖。

结夏　嗯?

光生　稍,稍微去一下厕所。

光生急忙站起来,走开了。

结夏　已经开始倒计时了!

健彦他们开始喊倒数的数字。

所有人　十、九、八……

9　同·洗手间

光生进来了,眼前贴着健彦写的川柳,内容是"谢谢 用心飞翔本垒打"。

光生感觉腰部有点不舒服,准备小便。

10　同·客厅

所有人正在倒计时。

所有人　三、二、一……

11　同·洗手间

上完厕所的光生,发出苦闷的声音。

光生　呜呜……哇啊啊啊！

12　同·客厅

所有人发出欢呼声，大喊“新年快乐！”

13　同·洗手间

光生一边压着胯下，一边蹲在地板上。

新年的钟声敲响了。

上剧名

14　东京·泌尿专科医院·诊疗室（另一天）

光生正在询问医生诊断结果。

医生　（一边把片子给他看一边说）是结石。

光生　什么？

医生　尿道结石。

医生用棒子指着片子上相应的地方。

光生　……（看着自己的胯下）

可爱的女护士说话了。

护士　请脱掉内裤，放到筐子里。

光生　内裤……好的。啊，好的。

光生脱掉内裤，正在四处张望，不知道要放到哪里。

护士　那个兔子的筐子。

旁边有一个可爱的兔子造型的筐子，光生把内裤放进去了。

15　目黑川沿岸

光生一边扶着腰一边痛苦地走过桥来。

16 滨崎家·LDK~星野家·客厅

两只猫面对面蹲着。

结夏裹着毛巾，正在给收到的贺年卡写回复贺年卡。

结夏　谨贺新年……（字写歪了）

光生表情严肃地打着电话。

光生　虽然没什么大不了的，但我还是想向爸爸取一下经……

健彦在星野家的客厅里打电话。

健彦　做好思想准备。人生最痛苦的事接下来会像雪崩一样涌过来的。

以下，画面快速切换。

光生　……啊，但是我有次因为搞错了，直接拔了没打麻药的后槽牙。

健彦　是我和熊搏斗时的一千倍疼。

光生　（无话可说）……

健彦　说真的，相貌都会变的。我是得了结石之后变成了现在这副长相的。

光生　（要哭了）……

健彦　总之要多喝水，每天要喝整整一浴缸水。

17 滨崎家·浴室

光生用花洒放水，蓄在浴缸里。

看着水越来越多，光生感到恐惧，这时结夏进来了。

结夏　居委会会长说两点在公园集合。

光生　哎，为什么？捡垃圾？除草？我现在不在状态，你替我去……

结夏　我还有工作，我走了！

结夏走的时候还扯到了花洒的软管。

光生　喂。

花洒的水喷到了光生脸上。

18　公园

光生一边喝着两升装的水一边走过来。

穿着棒球制服的孩子们在各种游乐设施上玩耍，居委会会长也在。

光生看到孩子们，心情郁闷。

光生　早上好。

会长　拜托了。

说着，正准备走。

光生　对不起，我还什么都没听说呢。

会长　听说您有打棒球的经验，拜托您指导。啊，这是礼金。

说着，会长拿出商店街的抽奖券递给光生，接着就走了。

光生　啊，啊，啊！

周围是把掉在地上的点心捡起来吃的孩子、用袖子擦鼻涕的孩子、乱拽草木的孩子……

光生　怎么了？

孩子　我的秋千被抢走了。

其他孩子们正在玩秋千。

光生　你们排队轮流玩好不好？

孩子　是我先排的！

光生　被后面来的人反超插队这事儿，就是成为大人之后也会经常遇到的。事情不一定会按照你想的来。

孩子　（快要哭出来的表情）

光生　（为难）……啊，空了，空了，那个秋千。

光生带着孩子走向秋千。

光生　请、请。

孩子们围在一起，不知怎么地他们就让光生坐上了秋千。

孩子们开始推光生的背。

光生　不是不是不是，不是我啊……

孩子们拼命地推光生。

光生被越推得越高。

光生　喂，等等，喂，喂……停下来！停下来！

19　目黑川沿岸

结夏推着装着干净衣物的盒子的推车，灯里抱着孩子，两人相遇了。

灯里　你抱抱吧。

灯里把婴儿递给结夏。

结夏　哎，怎么抱？

结夏把手在裤子上擦了擦，正准备抱孩子，紧张了，手一缩，深呼吸。

灯里　（微笑）不用这么紧张。

结夏接过来，抱着。

结夏　啊，婴儿的味道……（看着婴儿的脸蛋）

结夏觉得婴儿太可爱了。

结夏　（害羞了）……来。

马上把孩子还给灯里。

灯里抱着婴儿，凝视着。

结夏　孩子爸爸呢？已经工作了？

灯里　（一瞬间停下来）嗯？嗯……

20　棒球场

光生戴着棒球手套站在内场。

光生　好的，那我给你们做个示范。（对着击球区的孩子）打得不好也没关系，加油！

孩子击球，结果出乎光生意料，是一记快球，光生没有接住。

光生　……时机有点没把握好。（对击球的孩子说）试着用球棒的最佳击球点去击球！用最佳击球点！

结果这次又是一个快球，光生往后仰，摔在地上。

21　便当屋 · 店内~里面的房间

戴着眼镜、留着胡子、系着围裙的男子黑部三德（36 岁）从吧台里给客人拿出了便当。

三德　谢谢惠顾！

结夏拿过来的洗好的衣服堆在房间里。房间里还有手工制作的玩具和孩子们画的画和各种手工作品。

房间里有结夏、三德的儿子航平（6 岁）和女儿果菜（3 岁）在用扑克牌玩游戏。

三德、航平、果菜三人穿着一样的电车 T 恤。

脚上穿着涂上了颜色的纸巾盒。

三德　喂喂喂，你们又缠着结夏了。

三德抱起果菜，给她擦鼻涕。

航平　好了，结束。

航平开始收拾。

果菜从三德那儿逃脱，跑到结夏身边缠着她。

果菜　讨厌，结夏不要回去。

航平　不是说了不行吗？

果菜　我喜欢结夏的大腿。

结夏　大腿？！

航平　爸爸，她想让结夏当妈妈呢。

结夏、三德　哎？

果菜　做果菜的妈妈？

航平　不行。做妈妈就意味着，结夏的大腿可以让爸爸为所欲为了。

结夏　哎？

果菜　爸爸，和结夏的大腿结婚吧！

三德　（不安，对结夏说）对不起！

结夏　没事没事……（害羞）

22　同·店外面

三德送结夏回去。

结夏看着三德穿着纸巾盒做的鞋子微笑。

结夏　你太太还没有回来吗？

三德　（点头）好像再婚了。

结夏　啊，那个，是和六本木新城的人吗？那绝对不会回来了啊！百分之百！（笑了）

三德　是的……（悲哀）

结夏　有那么可爱的小孩，必须早点找个妈妈啊！（拍拍三德的肩膀）

23　目黑银座商店街

光生教完棒球回来，累得不行，在商店街的抽奖区转着抽奖机器。

球出来了，钟声响了。

光生来了劲儿。

商店街的人　好的，是五等奖。（显得很无聊的样子）

店员递给他五等奖的奖品：一支圆珠笔。

光生沮丧地走了，突然注意到了什么。

店门口的伞架上，竖着一把红白双色的伞。

咦，这把伞？光生一看，薰从店里走出来，拿起这把伞走了。

光生感到惊讶，目送她离开，这时候薰和一个男子碰头了。

男子是谅。

两人相视一笑，薰轻轻抓住谅的外套袖口，两人一起走了。

光生一只手拿着圆珠笔，惊呆了……

24 金鱼咖啡馆·前面的马路

结夏推着推车回来了。

在店门口遇到了智世和继男。

结夏　哎，这件事我先知道没关系吗？

智世　跟光生说也没用。

结夏　哇，恭喜。（羡慕地盯着智世的肚子）

继男　你也该生孩子了。

智世　结夏肯定会是个好妈妈的。

结夏　哎，不知道哎，（害羞地歪了一下头）会吗？

25 滨崎家·卧室（夜晚）

两只猫正打算钻进卧室，门被关上了。

关门的人是拿着玻璃红酒杯的结夏，意思是叫猫咪们等一下。

结夏喝着酒，看着光生更换床单。

结夏　喂。

光生　嗯？

光生刚把枕头整理干净，结夏就把玻璃红酒杯放上来，坐到了床上。

光生　稍微注意点儿吧，好不容易弄干净了……

结夏咕噜咕噜地滚过来，撞到了光生。

结夏　咕噜咕噜咕噜咕噜，咕噜咕噜咕噜咕噜。

光生　很疼的。

结夏　喂，我背上痒，这里。

光生　好。（拿出了五等奖圆珠笔）

结夏　用手。

光生叹了口气，觉得麻烦，挠了挠结夏的背。

光生　……怎么样？

结夏　啊，总觉得大腿痒。

光生　能抓到吗？

一边感到怀疑一边挠着。

结夏　这边也痒。（指着胸部）这儿也开始痒了。

光生一边感到怀疑一边挠着结夏的胸中间。

结夏的脸近在眼前。

光生不由自主地开始揉捏结夏的胸。

光生　啊，呀，不对，不对不对，我手滑了。

结夏　没事。

光生　哎。

结夏　做吧？

光生　……哎？！

结夏把手叠放在胸口光生的手上。

结夏　做吗？

光生　……（点头）

结夏突然害羞，背过身去。

光生　啊，对了。啊，啊。对了。啊，啊，好的。（满面笑容）

结夏看了一下光生，又背过身去。

光生　啊呀，久违了啊。（坏笑着）

光生打开房间的灯，打开橱柜的抽屉，开始找什么。

结夏　什么？你在找什么？

光生　那个，我记得还有的吧？上一次用是什么时候？看完《复仇者联盟》去便利店买的。在那之后，又复仇者联盟了几次来着，一次、两次、三次吧，应该还有剩的。那个有保质期吗？

结夏　嗯。

光生　没有了啊。你扔了？（用手做出盒子的样子）

结夏　不需要那个吧？

光生　哎，没关系吗？

结夏　没关系吧。

光生　我去买。

结夏　我说了不需要。

结夏拉着光生的胳膊，把他扑倒在床上。

光生　哎？

结夏　我想要孩子。

光生　哎？！

结夏把光生拖到被窝里。

被窝里，两人动来动去。

光生从床尾处像婴儿出生一般伸出头，摔到了地板上。

光生　别别别，你等下。我现在去买。

结夏裹着被子，坐在床上。

结夏　（生气）为什么？

光生　不是，我不是这个意思……

结夏　那是什么意思？

光生　那个，呃，啊……

结夏　（表情变得不开心）……行，算了。

结夏站起来，走出了房间。

光生　……哎？

26　同·LDK

光生走出去，看到结夏在阳台上吃着什么。

光生 你在干什么?

结夏 没什么,就是肚子饿了。

结夏直接嚼着从冰箱里拿出来的还没解冻的冷冻章鱼小丸子。

光生 你冷静点儿。

结夏 我很冷静。

光生 冷静的人不会直接吃没解冻的章鱼小丸子。

结夏坐在桌子旁,继续吃着。

光生坐到她前面。

光生 听说牙齿会咬断的。

结夏 断了也没关系。

光生 哎,牙齿咬断了,你跑去看牙医,医生会问你是怎么弄的。你准备回答他"哦,是直接吃没有解冻的章鱼小丸子弄的"?

结夏 就这么回答。

光生 你醉了吗?

结夏 那个,为什么我看起来像个女人的时候,你就会觉得我喝醉了?(稍稍提高了嗓门)

光生 (啊,惨了)……

光生坐正姿势,坐得稳稳的,准备跟她理论一番。

光生 那个,我已经说了好几次了,三次了吧。关于小孩子,要考虑很多的。

结夏 (一边咬着冷冻章鱼小丸子一边回头看着他)

光生 虽然发生了很多事,但现在我们不是过得蛮好的吗?最近半年,在这个家里,我们两个人一起生活。时间也自由,手头也有了点积蓄。我对现在的生活挺满意的,你也是这样吧?

结夏 (点了点头)

光生 (看着两只猫)玛蒂尔达和八朔也是,肯定很享受现在的生活。

光生　有了孩子就不是现在这个样子了，婴儿会引起革命的。又要花钱，房间里到处脏乱不堪，会变得孩子气，充满生活感，我们想做的事也做不了了。全部都是以孩子为中心。盆栽也不能种了。家里的书全部会变成《鸡蛋俱乐部》《婴儿俱乐部》《过家家俱乐部》。

结夏　（不由得点头）

光生　我们说好了，冷静下来之后，就去递交结婚申请书。新婚啊，正准备过新婚生活吧？要去也首先是去宜家吧？去宜家买沙发吧，咖啡厅风格的那种。桌子和窗帘也要换了。"MITSUO&YUKA"①，我们挂上这样的门牌吧。一周一次外食，一年一次旅行。做一对像恋人那样的夫妇不是蛮好的吗？

结夏　……（沉默）

光生　（认为结夏理解了，拿起章鱼小丸子的盘子）解冻吧，嗯？

结夏　这种只有杂志上才有的生活，我不需要。

光生　哎……

结夏　这个沙发不需要换，孩子把果汁打翻了弄脏了也不要紧。桌子上都是乱涂乱画也不要紧，我会唠唠叨叨地发火的。不用做恋人那样的夫妇，互相称呼孩子他爸、孩子他妈也不要紧。什么是恋人一般的夫妇？我们已经三十一岁了。说什么不需要生活感，成为大人就是要生活吧？我已经说了三次了，我想要孩子，我想要一个我和你的孩子。你知道吗？女人最爱一个男人的表现就是这个了，我就是因为这个才和你结婚的。

光生像是敷衍一般，在沙发上开始念叨。

光生　……我有点不一样。我是因为喜欢和你在一起，所以结婚的。

---

① 日语罗马音，意为"光生与结夏"。

结夏　是啊。

光生　没有孩子的话,就没办法在一起了?

结夏　我想要。

光生　每次都是这样,每次听到谁家生了孩子,你都要“哇”地冲动一下。要不要孩子不是那么简单就能决定的吧? 不好好制定计划的话,会引起很大的麻烦的。

结夏　什么是很大的麻烦?

光生　如果他成了家里蹲怎么办? 他会虚构出二次元的恋人。你在他房间门口放一个吃饭的盆,说,某某,吃饭了。他会向你大喊“好烦,死老太婆”,会变成这样的。

结夏　我才不怕呢,我会猛揍他一顿。

光生　你试着想想? 今年出生的孩子到了二十岁的时候,日本的贷款会有一千八百兆日元的。

结夏　什么?!

光生　我们的孩子会背负着巨额贷款的吧? 巨额贷款意味着就业难。不光是黑企业,甚至是要去黑洞企业工作。

结夏　什么叫黑洞企业?

光生　无止境的加班。我们的孩子会狼狈不堪的,会被吸进去的。把他送到那儿去行吗?

结夏　那是不行的……

光生　不行吧!

结夏　我真没想到,我说想生孩子,你竟然能告诉我孩子将来要被什么黑洞企业吸进去。

光生又开始用清洁滚筒滚沙发。

结夏　你现在滚什么沙发啊?! 你是担心日本经济,还是想要滚沙发? 男人就是故意夸大其词,糊弄人吧?

光生　女人就是感情用事,不会考虑前因后果。

结夏　你总是考虑自己、自己，全是自己！

光生　你总是想做这个，想做那个！

结夏　自以为是！

光生　被害妄想症！

结夏把手上的抱枕扔到墙上。

结夏　我想要一个家庭！

光生　两个人也是家庭！

结夏　结婚和孩子是一个组合！我想要一个幸福的家庭！

光生　没有孩子就不幸福了？这太奇怪了吧！老古董！

结夏　什么？！

光生　大家都说，孩子是好东西。没有孩子的话，老了就很寂寞。夫妻有了孩子才是一个家。啊，是吗？或许是有人这么说，但是我不一样，我不喜欢小孩。不要逼我。

结夏　（含泪斜眼看着他）

光生　最后，你只是想做和大家一样的事吧？会用和去演唱会现场和大家一起嗨的感觉去想要一个孩子。穿着同样的婴儿服，推着同样的婴儿车，接下来是准备幼升小吗？这和杂志上写的那种生活有什么不同吗？

结夏　……（说不出话）

光生　你说点什么吧？！

结夏　……为什么你要一一反驳？

光生　哎？

结夏　为什么你对别人的意见没有留一点听取的余地？你只有对自己无所谓的部分，才会听别人的意见。要么是怎样都可以，要么是我说的才对，两者之间必有其一！

光生　（生气了）我只是说了我自己的想法！

结夏　（深呼吸）知道了。不用说了。

结夏拿起了外套。

光生　又要走了。一言不合就要走。如果不想好好商量的话……

结夏　不用说了。

光生　我为了让结婚生活更好……

结夏　我不结婚。

光生　你在说什么？

结夏　这样我怎么会结婚？

光生　我……

结夏　好好，不是你的原因。是我，我不适合结婚。

光生　所以。（正准备牵手）

结夏　（甩开）够了！

结夏走了。

光生　结夏！

光生东跑西窜，最后拿起了外套。

27 目黑川沿岸

光生一边环顾四周一边跑过来，注意到了路边有很多人。

在一家露天咖啡店，牙科医院的令美等几人聚集在一起给客人看手相。

光生　啊，你说我和妻子会分开的。

令美　滨崎，肩膀。

光生　哎？

令美　我能看见你肩膀上有一只灰冕鹤。

光生　灰冕鹤……哎？！（看看两边肩膀）哪儿？

令美指着河的另一边。

令美　一个女的一边哭一边跑过去了。

光生　……！

28 上原家·玄关

光生用手机查看着灰冕鹤的图片,这时玄关的门开了。

灯里拿着奶瓶来了。

灯里　晚上好。

光生　(指着肩膀)你能看到这儿有什么吗?

灯里　什么?

光生　啊,不是。太晚了,不好意思。我老婆有没有一边哭一边跑过来啊?

灯里　没有,你们吵架了?

光生　啊,但是没关系。我不想把我的霉运带到你们这个幸福的家庭。

灯里　(表情不开心)

光生　(看到了,突然想到了什么)……上原呢?

灯里一边确认奶瓶的温度一边说。

灯里　我可能赌输了。

光生　哎……?

29 宾馆·顶层酒吧

谅和薰并排坐着。

谅　我时不时会想起,我和你一起坐卧铺列车仙后座①时候的事儿。私奔?那时候的事儿。啊,其实是害羞的回忆。(苦笑)

谅　(不说话了,微笑,平静地盯着薰)

薰打了个盹儿,额头撞到了桌子。

谅　(吓了一跳)没事吧?潮见?睡着了?

---

① 仙后座是东日本旅客铁道(JR东日本)旗下的超级豪华卧铺列车,在JR九州推出九州七星号列车之前曾是日本最豪华的卧铺列车。

薰　(醒了，但一副没睡醒的样子)嗯？

谅　嗯？

薰　嗯？

谅　没什么。(微笑着摇头)

两人喝酒，发现玻璃杯下面还粘着杯垫。

发现了，苦笑，互相取下了对方的杯垫，放到了自己旁边，放下酒杯。

薰　(看着谅，微笑)

谅　什么？

薰　上原，你之前倒是很帅的。(嘲笑)

谅　(苦笑)哎。

谅拿起酒杯，杯垫又粘在了杯垫上。

灯里的声音　结婚前，我不是和滨崎你说过吗？可能他什么时候还会出轨的。

30　上原家・房间

对面放着婴儿床，灯里一边叠着婴儿的衣服，一边和光生说话。

灯里　但是我想赌一把。为了孩子。

光生　嗯……(不安)

灯里　(轻轻微笑)我想我应该是赌输了。

光生　(纠结着)我想，不会这样的。之前他也很期待和孩子见面。

灯里　(微笑着)

光生　我之前问过上原，问他为什么要出轨。

灯里　哎。

光生　据说他在高中的时候曾经私奔过。

31　宾馆・顶层酒吧

光生的声音　同年级的一个女生好像跟班主任有点什么，上原就准备带着这个女生去北海道。但是最后这个女生背叛了上原,和其他人结婚了。

凉看着薰的笑脸。

32 上原家·房间

光生和灯里正在说话。

光生　从那之后,怎么说呢,他就说感觉憧憬幸福是件很可怕的事儿。但是现在的上原和以前的上原不一样。我想他对现在的生活很满足……

灯里　(低下头自嘲地笑笑)我想看他的邮件。

光生　(呃)

灯里　那个人是叫潮见吧?说不定他们现在正在一起呢。

光生　……不是,他都被那个人背叛了呀。

灯里　被背叛了,所以现在还是喜欢她啊。

光生　……!

灯里站起来,苦笑着说。

灯里　能到手的女人是比不过没到手的女人的。

说着,盯着婴儿床看。

光生　(呆呆地看着灯里)……

33 宾馆·顶层酒吧

凉看了一下手机,这时薰从洗手间出来了。

薰的视线停留在凉手中的手机上。

凉注意到她的视线,把手机收起来,微笑。

34 同·电梯前~内部

凉按了下降按钮,和薰一起等电梯。

薰看了一下手机(等着凉先开口)。

凉用余光瞥见薰正在看手机。

电梯来了，电梯门开了。

谅请薰上去，薰看着手机走进去了。

谅按了一楼的按钮。

两人无言，电梯下降。

谅　　(在意)没事吧？

薰　　(还是看着手机)什么?!

谅　　我觉得你好像有什么想说的。

薰　　挺开心的。

薰继续看手机。

谅　　……我听说你离婚了，是真的吗？

薰　　(还是看着手机)离了，两次。

谅　　……

薰　　(抬头看，嗯?)

谅　　我希望你能幸福。

薰　　(浅浅地微笑)

谅　　(感到痛苦)……

35　同·大厅

电梯到了，谅和薰下来了。

谅有点落寞地走着，突然袖子被拉了一下。

薰拉住谅的胳膊，快速走。

谅心里一惊，跟着薰走着，发现大厅里有人在演奏钢琴。

曲子是《梦幻曲》。

谅　　(明白了，微笑，看着薰)

薰　　(微笑)羞耻的回忆？

谅　　(看着薰)……(摇头)

36　便当店·前面的马路

结夏走过来了。

一看，三德在便当店前面，往店铺的卷帘门上贴告示。

三德　(注意到)啊。(低下头)

结夏看到告示，写着暂停营业。

结夏　……停。

三德　暂停。

37　同·家里

航平和果菜在里面的房间里睡觉，结夏和三德在店里就着小菜喝着啤酒。

结夏　六本木大厦啊，就算要抢回来的话，好像也需要指纹认证的。(用手指在三德脸上按压)

三德　饶了我吧。

结夏　有孩子的离婚和没孩子的离婚，就像茶碗蒸和布丁的差别。

三德　但是，你一笑我就觉得开心了。

结夏　我温柔的笑？

三德　大大咧咧的笑吧。

结夏　(敲了三德一下，笑了)

三德　旭川那儿可没人会纠结一些细枝末节的小事。

结夏　富士宫也是这样。

三德　我回去之后，要转达他们，和富士宫结成姐妹城市。

结夏　(看着店)真的要关店回去吗？

三德　(点头)去挤牛奶。

结夏　那就吃不到你做的牛蒡了啊……我也要回富士宫了吧。(喝罐装啤酒)

三德　(用余光看着这样的结夏)……结夏。

正想说什么的时候，房间那边有人说话了。

果菜　妈妈……

结夏和三德吃惊地看着她。

果菜 妈妈……(哭着)

结夏率先走到房间里,依偎着果菜睡着,温柔地抚摸着她。

三德看着这样的结夏……

38 宾馆·车廊

谅叫的出租车开过来,停下。

谅催促薰赶紧上去,薰把什么东西递给了谅。

薰递给他的,是两张票中的一张。

谅一看,是仙后座特急车票。

谅一惊。

回忆,十二年前。

在高中的校舍前,穿着校服的谅和薰的背影。

谅把仙后座特急车票交到薰的手里。

谅的声音 我等你。

薰 (微笑)我等你。

说着,就乘上了出租车。

出租车载着薰离去。

谅拿着红白双色伞,呆呆地看着。

39 便当屋·家里

结夏穿着男式运动衣,刷着牙,这时三德站到了她背后。

三德 旭川,知道在哪里吗?

结夏 嗯?这边?

结夏就随手一指。

三德指向相反的方向,说在那边。

是一幅坐落于大自然中的房子的照片。

三德　旭川的家里有空房间。每天早上打开窗户就能看到五十公顷的牧场。五十公顷的话，跟东京迪士尼的面积差不多吧。街上都是些粗鲁的，不赶时间的人。都是些笨笨的，但是心肠很好的人。我的特长是，认真工作。

结夏　（他在说什么呢？）……嗯。

三德　结夏，能做我的，我的那个……不，不是我的。你能做航平和果菜的妈妈吗？

结夏　哎……啊……哎？（洁牙粉从嘴里漏出）

三德　不用现在给我答复！

三德抱着枕头。

三德　我睡在这边。晚安。

关上了房间的门。

结夏放心了，惊讶地从门的缝隙里看着三德，看着睡着的孩子们，看着满是绘画和手工的房间，最后又看看坐落于大自然中的房子的照片……

结夏　（憧憬地凝视着）……

40　滨崎家·LDK

光生一边用长吸管插在瓶子里喝着水，一边翻看着宜家的商品传单，时不时用笔做个标记。

光生的手停下来，打算把商品传单扔了，又改变了主意，转而塞到了橱柜里。

41　上原家·房间

灯里躺在床上，婴儿床和她的床并排放着。

灯里的眼睛睁着。

玄关的门开了，谅回来了。

看见谅回来了,灯里闭上了眼睛。

谅过来了,看了看灯里,盯着婴儿床里的婴儿看。

谅好像陷入了沉思。

灯里稍微睁开一点眼睛看着……

42 卡拉OK店·包厢A(另一天)

灯里带领着结夏,拿着麦克风唱歌。

早安女孩的《肥皂泡》。

灯里 ♪我爱的人只有你一个 谁都不能阻止

43 同·包厢B

光生带领着谅,拿着麦克风唱歌。

黄色猴子的《玫瑰色的日子》。

光生 ♪追啊 追啊 还是像逃走的月亮那样

44 同·包厢A

灯里唱完了,轮到结夏登场了。

结夏 ♪被爱的肥皂泡包围,只属于我的你。

45 同·包厢B

光生唱完了,轮到谅唱了。

谅 ♪从手指缝里溜走的 玫瑰色的岁月啊

46 同·包厢A~B

以下,回切到双方的房间,把两首歌曲混合在一起,由四个人唱。

双方都唱到最高潮,气氛高涨。

47 同·包厢B

唱完后光生和谅在说话。

谅　听说我的肩膀上有一只短爪水獭。

谅把手机上短爪水獭的图片给光生看。

谅　(开心地)把它设成待机画面吧。

光生　一般爸爸不都是用自己女儿的照片做待机画面吗?

谅　真可爱啊……

光生看着满不在乎的谅,生气了。

光生　上原,你知道什么叫变态吗?面前有个女的,就觉得,啊,这个人胸真大啊。说出来了。说出来的瞬间,就有点变态了。你的胸都放在桌子上了。这么一说就出局了。最终,是做呢还是不做呢?哪怕有出轨的心思,也不能真正去做。喂,你在听吗?为什么你一直在转动椅子?

谅　我有事要和你商量。

光生　我也正打算和你谈谈。好的。请首先停止转动椅子,请开始谈吧。

谅　滨崎……

光生　不要转椅子!(抓住谅的椅子)

谅　你有没有想过,如果没有结婚的话,现在在谈着什么样的恋爱呢?

光生　(不知道如何作答)……

48　同·包厢A

唱完后,结夏和灯里吃着东西。

灯里打开邮件一看,是实里发过来的,内容是"薰睡了,你慢慢来"。

结夏　变成妈妈之后,有没有觉得自己哪里不一样了?

灯里　我本以为生了孩子以后,谅占百分之五十,孩子占百分之五十,实际上完全不是。实际上是孩子百分之百。

结夏　哎。

灯里　虽然知道这样不对，但是真的照顾不到老公那边了。就随他去了。（笑了）

结夏　哎。

这时，门开了，航平和果菜进来了。

果菜　结夏！

结夏　来啦！

结夏紧紧抱住航平和果菜，迎接他们。

灯里疑惑地看着。

航平　爸爸说他也要来。

结夏　（笑着对呆呆地看着的灯里害羞地说）可爱吧，小手很可爱。

结夏抓着果菜的小手。

灯里　（一边微笑一边对这样的结夏感到疑惑）

49　同·包厢B

谅看着从薰那儿收到的仙后座特急票。

谅　后天，周六出发。

光生　上原，你在想什么？你的眼神是无赖派①。那眼睛是打开了抛家弃子的男人的开关了。

谅　你就没有想过，幸福到底是什么吗？

光生　幸福就是夫妇圆满，全家平安。

谅　真的就只是这些吗？

光生　再加上，坐电车的时候，旁边的女人一边打盹儿一边靠在我身上的这种幸运！类似这种感觉吧。再进一步的话，就是无赖派了……

---

① 日本文学流派，太宰治、坂口安吾等知名作家都属于这个流派。

谅　　（盯着特急票）我在考虑另一种人生。我在想那个时候，如果走上了别的道路会怎么样呢？（盯着光生看）我在想，我目前的人生是不是出错了呢？

光生　哎……（不安）

光生也开始转动椅子。

谅　　我去一下厕所。

谅站起来出去了。

光生一边转动着椅子一边心情沉重地想着什么，这时谅回来了。

谅　　（指着外面）结夏。

光生　哎？

光生正准备出去，谅拉住了他的胳膊。

谅　　结夏和男人一起进了房间里。

光生　哎？

谅　　那眼神就是无赖派的那种。

光生　哎？！

50　同·走廊～包厢C

光生从包厢B里出来，大喘着气。

能看到远处的包厢有一对男女走进去的背影。

光生跑过去，打开门。

下一个瞬间，光生的脸上被扣上了一个生日蛋糕。

光生的脸完全被蛋糕覆盖了。

包厢里五六个年轻人围绕着完全看不见脸的光生，唱歌。

年轻人　生日快乐，健吾！祝你生日快乐！

彩喷响了，大家喊着生日快乐，生日快乐！气氛高涨，年轻人们拍着照片。

脸被遮住了的光生，站住不动……

女子A 咦，健吾？

女子B 为什么？有两个健吾？

全员都看着光生，心想："这人是谁？"

光生 ……

51 同·走廊

灯里从包厢A走出来了。

谅注意到了，追出来了。

接着结夏也从包厢A出来了，带着果菜。

结夏 呃，厕所在……（四处张望）

包厢C的门打开了，脸被蛋糕盖着的光生跳出来了。

结夏突然看到这个脸被蛋糕盖着的人跳出来，吓了一跳，赶紧准备关门。

结夏 救命！救命！

三德、航平、果菜关上了门。

光生的头被门夹到了。

光生叫起来了。

眼镜掉了，结夏看出来是光生了。

结夏 哎?！啊，等等等等，这个，是我前夫！

三德 哎……

光生摔在地板上呻吟。

52 目黑川沿岸（傍晚）

光生和结夏目送低着头回去的三德、航平、果菜。

光生 （用手绢擦拭着脸上的奶油）那个人是谁？那个像年轻版宫崎骏的人。

结夏 便当店的人。

光生　　嗯……晚饭吃什么？

说着，轻轻扭动脖子走动着。

结夏　　哎？

光生　　奶奶又给我们寄来了乌冬面。我们吃乌冬面锅吧。

结夏回头一看，三德父女正在走远。

果菜的手绕在三德的背上。

结夏虽然心事重重，还是去追光生了。

结夏　　……嗯。

结夏和光生一起回去了。

53　上原家·房间（夜晚）

转转乐演奏着《梦幻曲》，灯里在给孩子喂奶。

谅把纸尿裤从袋子里拿出来，放到专用的篮子里。

灯里　　谅，先洗个澡吧。

谅　　嗯。

谅走到一半，回头。

谅　　星期六。

灯里　　（心里想到了什么）嗯。

谅　　打算怎么办？有什么安排吗？

灯里　　没有。

谅　　要不要去趟婴儿用品店？

灯里　　谅，你毕业设计挺忙的吧？我这边不要紧，实里还会来帮忙的。

谅　　这样啊……

灯里　　嗯。（低下头，有点冷淡）随你的便。

谅　　哎？

灯里　　（抬起头，微笑）去洗澡吧。

谅　　啊，嗯。

谅点头，走向浴室。

灯里哺乳结束，把婴儿放到床上睡觉。

灯里　　（淡淡地看着旋转的转转乐……）

深呼吸，把谅刚刚放进来的纸尿裤取出来，又用自己的方法重新摆放好。

54　滨崎家・卧室

光生和结夏背对背睡着。

光生　　……（转过来对着她）结夏？

但是结夏没有回应，光生又转过身去。

结夏　　（醒着）……

她做出抓着果菜的小手的动作，回忆着。

55　小牧牙科医院・诊疗室（另一天）

坐在治疗椅上的光生正在对令美说话。

光生　　妻子离家出走了好几天。但是，虽说如此，毕竟我们是离婚状态，这也是个人自由，自己想做什么就做什么好了。我想我妻子不管怎样应该是没有背叛我的。我也没有背叛她。的确是离婚了。但是，不如说，正是离婚之后才明白了。或许是孽缘，我和妻子就是一辈子都要在一起的，她是很重要的。所以呢，今天晚上我想去递交结婚申请书。啊，保证人怎么办呢？上原现在不太合适啊。那个人绝对不会幸福的。他心里豢养着一头饥渴的狼啊。

56　目黑川沿岸

谅站在自己家门口，看着仙后座特急票。

像是决定了什么似的，把票放进口袋，背对着自己的家开始向前走。

一副无赖派的神情。

57 婴儿按摩教室

有几对母子正在进行婴儿按摩。

正在给婴儿按摩的灯里现在停下来了，和朋友说着话。

灯里　最后，男人还是喜欢塑料模型，女人喜欢洋娃娃。女人希望男人是成品，男人却希望女人未完成。男人成为成品之后，女人想一直抱紧他。而女人成为成品之后，男人就觉得她没意思了。（苦笑）对于男人的这种特性，苦恼也没用，怎么都没用。反正输的都是我。果然，要改变一个人是很难的。因为人总是会变的。行了，现在有一个孩子只喜欢我一个人。

58 神社·内部

巫女和盛装打扮的女性们来回行走，光生推着一个堆着果汁箱子的推车过来了。

光生抱着箱子爬了好几次台阶，打开自动贩卖机，装填果汁。

光生回去的时候，走到一半，看到了求签处。

买来打开一看，是凶。

他说，对不起，再来一个。认真选了一个打开，又是凶。

又买了一个，打开一看，这次是吉。

写着“姻缘良结”。

光生得意地微笑。

59 上原家·房间

灯里回来了，把婴儿递给妹妹实里。

实里　今天孩子爸爸呢？

灯里　他好像挺忙的。

实里　哼，周六还要去大学啊。

灯里站在厨房，开始淘米。

实里　（看着婴儿）不管怎么看，都很像妈妈啊。

灯里　是吧？（开心）

实里　不像爸爸啊。

灯里　（淘着米，突然一惊）……是吗？

实里　嗯，全部都像妈妈。

灯里　（一边淘米）……手。

实里　嗯？

灯里　手指头的感觉……我也不太清楚。

灯里苦笑，歪下头，默默地淘米。

60　滨崎家·LDK

光生回来了。

房间里空荡荡的，结夏不在。

橱柜里也空荡荡的。

手里的手机发出响声，手机没有电了。

光生　……结夏？

61　目黑川沿岸

光生跑过来，来到桥上，四处张望。

谅的声音　滨崎！

回头一看，谅跑过来了。

谅提着大量的袋子，里面有一把红白双色的伞。

光生　这么多行李啊，你是准备去旅游吗？

谅　纸尿裤，衣服，（给他看婴儿服）这个是甩卖的时候买的，只要四百八十日元，四百八。

光生　你不是要去坐仙后座吗？

谅　　今晚来我家吧？我打算做博多锅①。

光生　　能看到结夏没有？

谅的手机响了。

谅　　(对光生说)啊，对不起。

谅把所有行李都让光生拿着，自己拿出手机。

一看手机，是潮见。

光生　　(偷看)你要是接了这个电话，又要……

谅　　(接电话)喂喂。

光生　　啊，啊。

谅　　好的……哎……哎?!(皱眉)

光生　　啊，啊，喂你又要干什么……

62　能看见上野站的过街天桥

薰站在天桥上打电话，拿着旅行包。

薰　　现在，我就在她的旁边，你太太旁边。(说着，一副很为难的样子，回头看。)

灯里站在那儿。

灯里身着便装，空着手，看起来是着急赶过来的样子。

薰　　嗯。嗯。好。怎么办，我不知道。

灯里表情紧张，背过脸去。

灯里　　(突然意识到什么，心想："糟了")

63　目黑川沿岸

谅正在打电话，旁边站着光生。

谅　　你帮我拿着好吗？

---

①　即牛肠锅。常见的做法是，在砂锅里整齐地码放牛小肠、高丽菜(洋白菜)、豆腐，最上面一层放上韭菜。

光生　怎么了？

谅　（对光生说）潮见现在在上野站，和灯里在一起。

光生　哎，在决斗吗？（做出互相厮打的姿势）

谅　（对着手机）喂喂？灯里？

光生　你啊，搞出这种事情。

谅　为什么那边……哎，滨崎？你旁边……

光生　什么？

谅　哎？！

光生　那是什么？！

64　能眺望上野站的过街天桥

灯里用从薰那儿借来的手机打着电话。

灯里　滨崎的太太在这儿，带着男人和孩子们。

天桥下面，结夏、三德、航平、果菜带着行李走在人行道上。

他们朝着上野站的方向走去。

65　目黑川沿岸

谅用手机在打电话，旁边站着光生。

谅　（对光生说）听说你太太拖家带口在朝上野车站走呢。

光生　……（说不出话）

谅　（对着手机说）灯里？刚才我跟滨崎说要不要一起吃博多锅来着……

光生拿出了纸尿裤之类的东西。

光生　先别说博多锅了，你先帮我拿一下。

66　上野站·13号线站台

特急卧铺车仙后座进站了。

广播里播放："列车马上就要出发了。"

结夏、三德、航平、果菜抱着行李。

三德　（看看票和号码）十一号车厢。这个。

三德、航平和果菜一起走进去了。

结夏也走进去，走到一半突然停下来，回头看。

结夏带着困惑走进了车厢。

发车铃声响了。

灯里和薰来了。

灯里往车厢里看，在寻找结夏。

薰的声音　上原！

灯里回头一看，薰举着手。

光生和谅跑过来，拼了命的样子。

光生还抱着谅的购物袋和红白双色伞。

薰催促他们去乘车口，光生和谅顺势就上了车。

薰也上了车。

灯里又惊讶又不解，也赶紧上车了。

同时车门关了。

车内窗户的遮阳帘开了，结夏的脸出现在画面中。

结夏心里想着要和这一切分别了。

列车上有开往札幌的标志，开动的仙后座缓缓地驶离站台。

67　飞驰的仙后座车内・包厢

结夏、航平和果菜围坐在车窗旁的小桌子上，玩着扑克牌。

三德在整理行李。

结夏　我之前就想坐这个仙后座。

航平　顺便来爸爸的牧场就好了。

果菜　顺便和爸爸结婚就好了。

三德　（害羞地移开视线）

结夏　（困惑）……

68　同·过道

光生、灯里、谅、薰站在狭窄的过道上。

谅被灯里和薰夹在中间。

薰　上原。

谅　嗯。

灯里　谅。

谅　嗯。

灯里、薰　（指着对方，对谅说）介绍一下？

谅　啊，呃，那是，嗯……

守在一边的光生走过来。

光生　我阻止过他的。

谅　滨崎，你能稍微到那边去一下吗？

光生　好的。

谅　灯里，你怎么在这儿……

灯里　是要我先来说明吗？

谅　不是……

光生　这个啊。应该上原先说什么时候，因为什么事，为什么……

灯里　（无视）我对谅要去哪里其实并不在意，无所谓……

薰　啊，是吗？那上原，我们走吧。

灯里　什么？

薰　你不是说无所谓吗？

灯里　是无所谓。

薰　不肯承认自己输了的人总是说无所谓。

灯里　什么？

灯里和薰虽然笑着，但说话的声音尖锐，光生和谅战战兢兢的。

光生　啊,好了,冷静,冷静……

稍微前面一点的包厢门开了,结夏和三德出来了。

两人没有注意到光生他们。

三德　对不起,让你一起跟过来。

结夏　没有,票浪费了就可惜了,反正我有时间……(视线一转)

通道的前面,光生正在用惊愕的表情看着这边。

结夏　……

光生脚下绊了一下,立刻站起来,勃然大怒地走过来。

光生　你在干什么?!

谅　滨崎! 冷静! 冷静!

谅从后面拉住光生。

光生　放开我!

光生甩开谅,瞪着结夏和三德。

结夏　……(哈哈哈笑了)

光生　……(哈哈哈笑了)

结夏　(笑容消失,瞪着)你打算干吗?

光生　(笑容消失,瞪着)你打算干吗? 你问我要干吗,是打算干吗?

结夏注意到灯里和薰们也在。

结夏　为什么你把他们都带来了?

光生　不是我把他们带来的。(指着灯里他们)在这个十字路口发生事故时,刚好你们在现场,所以就……

狭窄的地方挤了六个人,通道的两旁有乘客要通过,引起了堵塞。

谅　滨崎,过去一点。后面有人要通过。

光生、谅、三德往右边挤了挤,结夏、灯里、薰往左边挤了挤。

灯里　必须往哪一边靠一靠。

光生、谅、三德往左边挤了挤。

乘客们走过去。

光生他们贴着墙壁等着乘客们通过。

谅　(看不见灯里他们)滨崎,你有票吗?

光生　票?

谅　糟了,我没带票。你有钱吗?

光生想拿出钱包,结果弄掉了红白双色伞,伞一下子打开了。

碰到了薰。

结夏　啊,没事吧?

薰　没事。

结夏　(指着薰)啊,这位是上原的?

光生　不要指别人。

结夏　(对薰说)啊,我是星野结夏。

薰　(对结夏说)我是潮见薰。

灯里　(哎?)

薰　我暂且先买张到大宫的票吧……

灯里　(对薰说)你是叫薰吗?

薰　是啊。

灯里　哎?

谅　哎……

结夏　啊,和你女儿名字一模一样!

谅　哎,啊,不是,那个,碰巧了……

灯里使劲儿甩了谅一个耳光。

全员震惊。

灯里　去死吧?!

69　同·包厢

航平和果菜用扑克牌玩着抽王八游戏。

70 同·餐车

光生、结夏、灯里、谅、薰、三德在女服务员的带领下进来了。

光生　六份咖啡。

服务员说好，便走了。

通道两边分别是一张四人座的桌子和一张两人座的桌子。

光生看着两张桌子和大家，抱着胳膊交叉在胸前，不知道如何安排。

谅　哎，还有这么像样的餐厅啊。

说着，他轻松地坐到了四人桌上。

光生　上原。

谅　嗯。

光生　你什么都没想就坐下了啊。这种状况，你不觉得要好好想想怎么坐吗？

谅　对不起……

光生　你先坐到了那个位子上的话，（指着谅旁边的座位）那谁坐这里？是你太太？还是潮见？

灯里　请你们两位坐吧。

灯里坐到了两人位上。

光生　哎，你坐那边吗？怎么办？这样不是又有点微妙吗？

三德　我自己坐。

三德坐到了谅的旁边。

光生　啊？

三德　啊？

光生　你怎么坐这里呢？

结夏　他是好心。

光生　好心让事情变得更复杂了。剩下三个座位了吧？（对三德说）